PATRICIA CERDA nació en Concepción (Chile) en 1961, aunque reside en Alemania desde 1986. Es doctora en Historia por la Universidad Libre de Berlín. *Mestiza*, su primera novela, entró rápidamente en el *ranking* de los libros más vendidos en Chile. Otras novelas suyas son: *Rugendas*, *Violeta & Nicanor*, *Luz en Berlín*, *Las infames*, *Bajo la Cruz del Sur* y *Ercilla y las contradicciones del Imperio*. Es considerada por la crítica chilena como una narradora fascinante e importante, y ha sido traducida al alemán, árabe y chino.

T0405995

Papel certificado por el Forest Stewardship Council®

Primera edición en B de Bolsillo: septiembre de 2024

© 2023, Patricia Cerda
© 2024, Penguin Random House Grupo Editorial, S. A. U.
Travessera de Gràcia, 47-49. 08021 Barcelona
Diseño de la cubierta: Penguin Random House Grupo Editorial / Julio Valdés B.
Imagen de la cubierta: *Retrato de Alonso de Ercilla y Zúñiga* por El Greco

Printed in Spain – Impreso en España

ISBN: 978-84-1314-802-1
Depósito legal: B-10.427-2024

Impreso en Black Print CPI Ibérica
Sant Andreu de la Barca (Barcelona)

BB 4 8 0 2 A

Ercilla y las contradicciones del Imperio

PATRICIA CERDA

Para mis hijas Carla y Lara

El hado y clima de esta tierra,
si su estrella y pronóstico se miran,
es contienda, furor, discordia, guerra.
Y solo a esto los ánimos aspiran.

La Araucana, ALONSO DE ERCILLA

Un entierro en el Caribe

Como la mayoría de los españoles de su época, Alonso de Ercilla sentía que su vínculo con la Corona de España era sagrado. Subordinar su existencia a defender los valores de la monarquía no era un asunto de responsabilidades o cumplimiento del deber: era el sentido de su vida. El Imperio español estaba por encima de todo.

Fue paje y gentilhombre del príncipe Felipe hasta el momento en que se embarcó hacia las Indias. Y lo hizo con tanta ilusión, a pesar de estar consciente de que, al abordar el barco en el que cruzaría el Atlántico, cambiaba los encantos de la vida cortesana por la incertidumbre y los sacrificios. No imaginó, sin embargo, que el trayecto de la ilusión a la desolación pudiera ser tan corto, que sus ilusiones se desvanecieran tan rápido en el Nuevo Mundo.

Pero ahí estaba, en la isla Taboga, frente a Panamá, desolado, enterrando al amigo que había despertado en él las esperanzas. Ayudó a los nativos panameños a tapar la tumba con la arena blanca del Caribe y plantó una cruz con el Fraile Escobar. El difunto era el adelantado Jerónimo de Alderete. Su viuda, doña Esperanza Ruedas, trataba de mantener la calma. Había recobrado a su marido dos años antes y partido con él al Reino de Chile como la flamante esposa del nuevo gobernador.

Ercilla dio un paseo por la playa antes de regresar a la tierra firme de Panamá. Todavía estaba impresionado. Comenzó a recordar la escena. Partieron juntos a conocer esa isla. Alderete abordó la barca con buena salud. Las convulsiones comenzaron poco después de bajar a tierra. Se puso morado porque le faltaba el aire, se arrodilló en la arena y le rogó, retorciéndose:

—Alonso, por favor, encargaos de que Esperanza llegue a Chile sana y salva.

El poeta soldado asintió y, de inmediato, envió a un nativo a buscar un médico a la ciudad de Panamá. Doña Esperanza Ruedas y el fraile Escobedo llegaron con él, pero tarde... solo para constatar que Alderete había muerto. Todo pasó tan rápido. Se sacó las botas y metió los pies al agua cálida buscando consuelo y así, descalzo, se dio permiso para llorar, por primera vez desde que se desató el infortunio.

Siempre tenía en cuenta lo cambiante que son los destinos humanos. Fortuna hace lo que quiere. Solía intuir sus mecanismos y prever las desgracias, pero esta vez no intuyó nada. Jamás pensó que Alderete no sobreviviría a ese viaje. Presintió que el virrey Andrés Hurtado de Mendoza, que hacía con ellos la travesía, nombraría a su hijo, García, como nuevo gobernador de Chile. Ninguno de los dos llegó al entierro.

La sola idea de tener que subordinarse a ese joven sin experiencia le repugnaba. Lo encontraba vanidoso, de mente estrecha y poco versado en latines. Siempre midiendo el efecto que causaba sobre los demás, sobre todo en las mujeres.

Cruzando el charco no disimuló su desprecio. En ningún momento conversó con él. Pensó que se iban a despedir en el Perú y nunca más se volverían a ver.

Al salir del agua se encontró a Esperanza Ruedas, además de otra viuda y unas quince jóvenes que llegaron al entierro, todas vestidas de riguroso negro. La otra viuda era Martina Ortiz de Gaete, que se había embarcado a Chile para reunirse con su marido, el conquistador Pedro de Valdivia. Al llegar a Panamá le informaron que había muerto. Las dos viudas, ambas de unos cuarenta años, se abrazaban. Habían heredado el derecho a recompensas en un reino desconocido, habitado por unos nativos bravos que, según contaban, se comían a sus enemigos. Al menos eso decía la carta del cabildo de Santiago al rey, que Martina alcanzó a leer: los indígenas habían capturado a Pedro de Valdivia y a otros cincuenta españoles cerca del fuerte de Tucapel y se los habían comido a todos.

Regresaron de noche a la ciudad de Panamá. El virrey Andrés Hurtado de Mendoza los esperaba en el muelle, rodeado de sus sirvientes africanos, quienes portaban hachones de sebo. La viuda de Alderete pasó por su lado ignorándolo. Tampoco lo dejó acercarse a ella en la casa en que se alojaban. Las otras mujeres, sus aliadas, la tenían siempre rodeada. Eran su círculo protector. Los otros murmuraban. Que una plebeya diera la espada a un noble, esas cosas solo podían pasar en las Indias.

Ercilla se tendió en una hamaca y comenzó a escribir, en su mente, una carta al príncipe Felipe, informándole lo que había ocurrido. No podía acusar al virrey o a su hijo de haber envenenado a Alderete, como sospechaba, porque no tenía pruebas para demostrarlo. Pero podía resaltar lo inesperado de su muerte y la sensación de vacío que dejó entre sus compañeros. El difunto era el único de todo el grupo de viajeros que conocía el reino al que se dirigían. Siempre había tenido una respuesta satisfactoria a sus preguntas. Recordó el momento en que este le propuso ser su cronista y esta vez tuvo que controlar el llanto. Alderete le dijo que alguien tenía que contar esa historia, así como Virgilio contó en su *Eneida* la fundación de Roma. Cerró los ojos. Esa noche durmió bajo las estrellas.

Al otro día, cuando el sol recién asomaba en el horizonte, lo despertó la viuda Martina. Le llevaba un brebaje de frutas tropicales. Las mujeres sentían que don Alonso de Ercilla era el único que compartía su dolor. Lo agradeció, se sentó en la hamaca y lo bebió de una vez para darse ánimo. Cuando por fin tomó la pluma, el nombre Alderete se escribió de manera automática:

> *Jerónimo Alderete, Adelantado, /a quien era el gobierno cometido, /hombre en estas provincias señalado, /y en gran figura y crédito tenido, /donde como animoso y buen soldado /había grandes trabajos padecido; /(no pongo su proceso en esta historia, /que dél la general hará memoria).*

PRIMERA PARTE

Dos amigos

En tiempos normales, un desconocido nacido en el apartado pueblo de Olmedo no tenía acceso a esos círculos. Pero esos no eran tiempos normales. Era una época de gestas, de surgimiento de nuevos héroes y noblezas. El adelantado Alderete llegó a Londres enviado por el conquistador de Chile, Pedro de Valdivia, con una serie de encargos y dos cofres llenos de oro y cobre. Se trataba de la primera remesa de minerales enviados desde Chile a la Corona de España. Era lo que le correspondía al rey de las ganancias por la explotación del oro; su quinto real.

Viajó a esa ciudad porque el príncipe Felipe se encontraba en ella para casarse con María Tudor, la reina de Inglaterra. Alderete se presentó una semana antes de la ceremonia y se alojó en el palacio de Westminster, destinado al duque de Alba, en el que también dormían los gentilhombres de su majestad. El pliego de peticiones de Valdivia para Felipe era extenso: su reconocimiento como gobernador de Chile, el nombramiento de un obispo para la nueva gobernación, organizar el viaje de su esposa Martina Ortiz de Gaete, llevar a Chile a tantas mujeres en edad de casarse como fuese posible y entusiasmar a hombres jóvenes para que fueran a asentarse al nuevo reino que surgía. Portaba, además, varias cartas dirigidas a Carlos Quinto que el duque de Alba se encargó de enviar con el correo a Flandes.

Alderete era un hombre de mediana estatura y menos que mediana educación, pero lúcido y con años de experiencia en las Indias. Por las tardes, en uno de los salones de Westminster, se formaba en torno suyo un círculo de jóvenes españoles interesados en escuchar sus historias. Había marchado cientos de leguas entre Panamá, el Perú, el Gran Chaco, el desierto de Atacama y los bosques del sur de Chile, fundando ciudades y extendiendo la cristiandad hacia esos territorios. El duque de Alba, los hermanos Diego y García Hurtado de Mendoza, Francisco Irarrázaval, el lusitano Simón Pereira y Alonso de Ercilla y Zúñiga, entre otros, le hacían preguntas, se sorprendían, celebraban y echaban a volar su imaginación. Les contó que había luchado como maestre de campo de Pedro de Valdivia en la batalla de Jaquijahuana en 1548, cuando fue derrotado el rebelde Gonzalo Pizarro. Los jóvenes no salían del asombro. Los Pizarro estaban en boca de todos en España. Primero por haber ganado el Imperio inca para la Corona y después por haber negado su obediencia al rey. El Perú era tierra de contradicciones. Sobre Chile, en cambio, sabían muy poco. Ercilla preguntó cómo eran los habitantes de ese reino austral y Alderete los describió como bárbaros sin Dios ni religión. Gentiles que no se debían a ningún ser superior. Almas perdidas que los españoles tenían la obligación de salvar. Les informó que gran parte del oro de los cofres que portaba provenía del territorio de Arauco, donde corrían unos ríos de los que se extraían unas pepas del porte de un grano de arroz. El duque de Alba hizo correr la voz de que los dos cofres eran el regalo de bodas que el conquistador de Chile ofrecía al príncipe Felipe. Tuvo la idea de pasearlos por las calles de Londres para que los ingleses vieran con quién se casaba su reina.

Así se hizo.

Los pusieron en una tarima que amarraron a la calesa del duque. Alderete se subió con él y los pajes Ercilla, Irarrázaval y Pereira abordaron otra calesa, dejando los cofres entre los dos carruajes. Los caballos iban a paso lento por Cheapside, la calle principal, para que los españoles pudiesen saludar e informar sobre su contenido. Algunos felicitaban y aplaudían. Otros preguntaban. Alguien comentó que Felipe de España era también rey de Chile. Un hombre mayor escupió al suelo y gritó abiertamente que no le gustaban los españoles. Lo hizo en latín, para estar seguro de que lo entendieran:

¡Non placet Hispania!

Así nació una amistad que daría un giro a la vida de Ercilla. Tenía veintiún años. Había estudiado en la corte con los mejores preceptores de España y recorrido media Europa acompañando al príncipe heredero. Las Indias siempre habían sonado en su mente como una premonición que comenzaba a cumplirse.

Ercilla y Alderete caminaban contándose sus vidas por Cheapside y por la ribera del Támesis, donde estaban los teatros de la ciudad. En una ocasión tuvieron que apurar el paso porque vieron a un grupo de unos diez ingleses caminando decididos hacia ellos. Cuando los tuvieron cerca y pudieron escuchar sus insultos en latín y en inglés corrieron a refugiarse en el palacio en el que se alojaban.

El contexto poco hospitalario despertó entre ellos sentimientos de complicidad. Una vez pidieron ser atendidos en una barbería y los echaron. Los ingleses no disimulaban su animadversión hacia la comitiva del príncipe consorte. En los bodegones, al calor de las cervezas, los ánimos se encendían. Los locales lamentaban a viva voz que su ciudad se hubiera llenado de españoles. Se quejaban de que se habían apoderado de sus plazas, que por cada inglés había cuatro hispanos. Ercilla y Alderete bebían e ignoraban.

Los ánimos reflejaban el conflicto irreconciliable entre católicos y protestantes. Los protestantes ingleses se resistían a que su reina consolidara la restauración católica en Inglaterra por medio de la boda con el príncipe español. A un grupo de cinco frailes que viajaron con el novio los encerraron en la calle, les quitaron su hábito y les anunciaron que la reconciliación de Inglaterra con el Papa sería corta, que los frailes y monjas que quedaban en el reino serían degollados como en tiempos de Enrique Octavo, y que las sotanas desaparecerían para siempre de esas tierras. El asunto tomó tintes absurdos cuando la recámara del príncipe Felipe fue robada en un viaje entre Richmond y Londres y estuvo a punto de estallar por culpa de un criado del duque de Alba que mató de un arcabuzazo a un inglés que lo llamó «cerdo español» en el palacio de Westminster. María Tudor tuvo que interceder.

Claro que los españoles también tenían sus prejuicios respecto a los ingleses. Comentaban que bebían más cerveza que agua llevaba el río de Valladolid y se quejaban de que pusieran azúcar al vino. Rechazaban los desayunos con tocino y cerveza y pedían pan y aceite de oliva. Consideraban que la reina mandaba poco. Quienes tomaban las decisiones eran sus consejeros. Las mujeres inglesas no les parecían graciosas. Su conversación, decían, era horrenda. Las nobles saludaban con un beso en la boca y montaban sus caballos solas. En las danzas, en vez de bailar, trotaban. Las casas de placer en los castillos cercanos a Londres les parecían reprochables; sin embargo, igual las visitaban. Lo peor de todo, señalaban, era que los ingleses celebraran muy raramente la misa. Opinaban que María Tudor era fea y caprichosa, que entendía el español, pero no lo hablaba porque no le gustaba la lengua de su futuro marido, y que ya no estaba en condiciones de engendrar hijos. Ercilla escuchó decir por ahí:

¡Es menester mucho Dios para tragar este cáliz!

A pesar de lo impopular de la unión entre la casa de Austria y la casa Tudor, el 25 de julio de 1554 la catedral de Winchester se llenó de cortesanos ingleses y españoles. Ercilla y Alderete asistieron juntos al templo gótico. El futuro poeta con su barba crespa, recién arreglada por los barberos de la comitiva, era uno de los cortesanos más elegantes. Vestía una capa de terciopelo negro, bordada con gruesos cordones de oro, que había comprado en su paso por Italia acompañando al príncipe Felipe. Era, además, el más culto de los gentilhombres que acompañaban al novio. Alderete vestía una capa de terciopelo violeta. Su jubón y calzas del mismo material eran de tonos marrones. En su mano lucía una argolla de oro con sus iniciales a la vista, que había mandado a fundir en la capital londinense. En su vida se había visto tan distinguido.

Cuando el príncipe entró, luciendo su toisón de oro sobre un traje de terciopelo negro, sonaron acordes de órgano. Ercilla comentó a su amigo que el novio se veía más melancólico que nunca. En realidad, todos en la catedral pensaban lo mismo. Aquel era un enlace por razón de Estado. Un hijo de ese matrimonio entre primos sería rey de España e Inglaterra y frenaría el avance de los protestantes en la isla. Pero el astrólogo y alquimista John Dee había anticipado que de esa unión no nacerían vástagos, que Inglaterra volvería a ser protestante porque María Tudor moriría pronto y que su sucesora Isabel, hija de Ana Bolena, rompería para siempre con el Papa. Cuando los rumores llegaron a los oídos de la reina, mandó a encerrar a Dee por hereje.

La mala vida que había llevado María Tudor se expresaba en las arrugas de su rostro. Su padre, el enigmático Enrique Octavo, había anulado el matrimonio con su madre, Catalina de Aragón, para casarse con Ana Bolena. Entre tanto, Ana Bolena había sido decapitada y su hija Isabel estaba presa en la Torre de Londres. En Inglaterra las cosas cambiaban muy rápido. A pesar de todo, se veía contenta caminando hacia el altar. Sus ojos chispeaban más que las joyas que portaba. No era solo una reina la que se casaba: sino una mujer que quería ser feliz. El novio que la esperaba junto al obispo, en cambio, solo quería engendrar un hijo y marcharse lo antes posible de la isla.

En el banquete que siguió a la ceremonia, Ercilla y Alderete se sentaron junto a las damas de honor de la reina. Después de la segunda jarra de cerveza se fueron soltando los ánimos y las lenguas. Una de ellas declaró con soltura:

—Han de saber que Ana Bolena se vengó de las infidelidades de Enrique Octavo en el juicio de divorcio afirmando que su espada no pasaba de ser una simple navaja.

El cuento sacó risas a los españoles.

—Por eso la decapitaron —aseguró su vecina.

Otra dama de honor contó que María Tudor leía a Erasmo de Rotterdam y a Tomás Moro y opinó que, seguramente, sabría entretener a su marido. Ercilla pidió brindar por eso. Un joven reseñó el miedo que pasó durante la rebelión en la que los protestantes ingleses trataron de derrocar a María para subir al trono a la hija de Ana Bolena. Era la razón por la que Isabel estaba encerrada en la Torre. Agregó que los católicos presionaron para que fuese ejecutada, pero el mismo Felipe intercedió en su favor. Ella hubiese preferido que la decapitaran.

Las celebraciones duraron una semana. Recién habían terminado cuando llegó a Londres un correo del Consejo de Indias de Sevilla con informes para el príncipe Felipe que tenían el carácter de urgente. Los abrió el duque de Alba. Uno de los documentos provenía del Reino de Chile. Era una carta del cabildo de Santiago del Nuevo Extremo en la que informaba de la muerte del conquistador Pedro de Valdivia:

> *A quince leguas de una casa que tenía el gobernador en Purén estaba hecha una gran junta de indígenas e mataron al gobernador y a cincuenta soldados que iban con él, a los cuales los despedazaron, después de haberlos preso, e cordado dellos pedazos se los comieron.*

El duque tuvo que hacer gran esfuerzo para terminar su lectura. Los cabildantes pedían al rey que nombrara como sucesor de Valdivia a Francisco de Villagra. Jerónimo de Alderete reclamó el cargo para él, porque así lo había dispuesto el propio conquistador en su testamento. Pocos días después obtuvo lo que pedía.

Felipe y su duque acordaron que Alderete fuera nombrado Caballero de la Orden de Santiago. La ceremonia tendría lugar a su regreso a Valladolid y sería presidida por el mismo duque de Alba. Ercilla se sumó a los planes de Alderete con más convicción que nunca. Los pajes Francisco de Irarrázaval y Simón Pereira también decidieron acompañar al nuevo gobernador a la conquista de Chile. Alderete les prometió encomiendas indígenas, haciendas, cargos públicos y un solar en Santiago del Nuevo Extremo.

Otra carta que portaba el mismo cofre del correo daba noticia de la rebelión del conquistador Francisco Hernández Girón en el Perú. Los peruleros se oponían a la implementación de las Leyes Nuevas promulgadas por Carlos Quinto. Querían darse su propio gobierno. El virrey había sido destituido. Era urgente que fuese nombrada una nueva autoridad capaz de aplacar los ánimos. El duque se quejó de que el Perú no diera tregua. Primero fue la guerra civil entre pizarristas y almagristas, después vino la rebelión de Gonzalo Pizarro y ahora esto. La noticia provocó una activa correspondencia entre Colonia —donde se encontraba el emperador Carlos Quinto— y Londres. Había que encontrar una persona que llevara la paz a esa provincia. El cardenal de Burgos propuso a su hermano Andrés Hurtado de Mendoza. Carlos Quinto accedió y le ordenó ser implacable con los rebeldes.

Ya en Valladolid, Alderete y sus acompañantes se alojaron en el Palacio Real. Los recibió Juana de Austria, otra hija del emperador, una mujer callada y triste que vestía siempre de negro. Había dejado a su hijo Sebastián en Lisboa y viajado a España a ocuparse de los asuntos de Estado porque su padre se lo había pedido. Acogió a Alderete, le ayudó a preparar su viaje y organizó su ceremonia de investidura en el salón principal del palacio. Ser armado caballero significaba entrar oficialmente en el estamento de los que defendían y acrecentaban los dominios de la cristiandad. El duque de Alba, alto y delgado, vestido como siempre de negro, fijó la insignia en el peto del conquistador y le dio los tres toques de espada en el hombro. A continuación, sonaron violines y guitarras. Los ojos del nuevo gobernador de Chile reían solos. Los sueños que lo llevaron a las Indias se habían cumplido con creces.

Y todavía obtuvo más: Carlos Quinto aceptó su petición de extender la jurisdicción de Chile hasta el estrecho de Magallanes, creó el obispado de Santiago y nombró en el cargo a Rodrigo González de Marmolejo. Solo faltaba juntar mujeres para llevar a Chile. En eso le ayudó su esposa. Invitó a todas sus sobrinas y a las amigas de estas y les prometió matrimonios con amos de tierras e indígenas. Les aseguró que, de aldeanas, pasarían a ser respetadas señoras.

En el resto de los preparativos participó activamente Ercilla. Lo contactó con mercaderes de Valladalid en torno a la plaza Mayor, donde Alderete y Esperanza Ruedas compraron utensilios para su futura casa en Santiago del Nuevo Extremo, además de utilería para el culto en la catedral que el gobernador pensaba mandar a construir, entre otros. Ercilla acompañó a la pareja en sus paseos por el barrio de la Corredera de San Pablo, donde había muchos palacios señoriales en los cuales inspirarse. Desde que Carlos Quinto instaló su corte en Valladolid en 1543, esa parte de la ciudad se había llenado de mansiones. Alderete sentía que su distancia con los grandes de España se acortaba. Comentó a Ercilla que los habitantes de esos palacios o sus antepasados habían alcanzado esa posición acuchillando moros. La fidelidad al rey de los conquistadores era la misma, la diferencia la hacían los enemigos. Se persignaron al pasar por fuera de la catedral en construcción.

El 5 de marzo de 1555 Ercilla, Irarrázaval y Pereira obtuvieron licencia de la princesa Juana para viajar a Chile. Ese mismo día llegó a Valladolid una carta de Viena para el futuro poeta. Era de su madre, que vivía en esa ciudad como guardadamas de la reina María de Austria. En ella le informaba la muerte de su hermana María Salomé. Lamentó no tener tiempo para asistir a sus funerales. Su sentido del deber lo obligaba a ponerse en camino a Sevilla lo antes posible. Así se lo explicó a su madre en una carta de despedida. El viaje a la ciudad junto al Guadalquivir fue triste. Antes de embarcarse compró ropa recia para el viaje en barco, más un peto, un morrión y otros aparejos para la guerra. Así volvió el entusiasmo.

Abordó el galeón el 29 de marzo de 1555. En su bolsa de cuero portaba los libros de sus autores favoritos, entre ellos unos poemas de Garcilaso de la Vega, el soldado poeta que lo había hecho soñar cuando era paje.

Cruzando el charco

Las primeras dos semanas de navegación fueron duras. No solo por los mareos, también por una tormenta que los obligó a detenerse en la isla La Palma. Luego el tiempo amainó y los cuerpos se fueron acostumbrando a los vaivenes del barco. Alderete compartía poco con el virrey. Mejor dicho, el virrey compartía poco con él. Lo evitaba. Por muy caballero y gobernador que fuera, no lo consideraba a su altura. Ercilla, por su parte, evitaba a García Hurtado de Mendoza, el hijo del virrey. Lo había visto muchas veces en la corte porque García había sido paje de la infanta María, la hermana del príncipe Felipe. Leonor de Zúñiga, la madre de Ercilla, era la guardadamas de la entonces infanta y continuó siéndolo cuando ella se convirtió en la reina de Austria. Nunca fueron amigos. Nunca jugaron. Supo que en 1551 se sumó a las compañías en Italia. Siguió compartiendo con su nuevo amigo, el gobernador, y escuchando sus historias. Alderete calculó que en el Perú vivían unos ocho mil españoles, de los cuales solo quinientos poseían repartimientos de indígenas. Otros mil tenían algún negocio u oficio y el resto carecía de medios para sustentarse. En Chile, en cambio, faltaba gente. A las sobrinas de su esposa les relataba las hazañas de sus futuros maridos. Otras pasajeras eran esposas de conquistadores: María de Torres y Meneses era la esposa de Francisco de Aguirre. Viajaba con sus hijas. Una de ellas se iba a casar con el capitán Juan Jufré, que además de militar, era un exitoso comerciante dueño de un molino en la ribera del río Mapocho. El matrimonio ya estaba concertado. A los novios solo les faltaba conocerse. En las noches se armaban bailes espontáneos en la cubierta con palmas, panderetas, castañuelas y una vihuela que Esperanza Ruedas había comprado en Sevilla.

Ercilla conversaba a ratos con el capitán del barco, Domingo Martín, un hombre de unos cincuenta años que había hecho ese viaje más de treinta veces. Llevaba veinticinco años yendo y viniendo entre Sanlúcar y Nombre de Dios, el puerto al que se dirigían en el istmo de Panamá. Conoció a todos los conquistadores, entre ellos, a los hermanos Pizarro, y a los virreyes que fueron a morir al Perú. Le informó que antes solo viajaban aventureros a las Indias y que últimamente el emperador estaba enviando nobles. Eso estaba causando no pocos conflictos. Aseguró que los conquistadores y los nobles eran como el agua y el aceite. Enemigos naturales. Ercilla ya lo había notado.

Cuando el capitán no estaba en alta mar vivía en Santa María la Antigua del Darién. La vida allí, decía, era buena para quien no tenía aspiraciones desmesuradas y se conformaba con lo que Fortuna le había dado.

—De los más de tres mil hombres que viven en Antigua, habrá diez con riquezas. El resto trata de ser feliz a su manera y algunos lo logran —aseguró, sacándole una sonrisa a Ercilla.

—¿Y qué hay de Vasco Núñez de Balboa, el descubridor del océano Pacífico? —preguntó el poeta. De pequeño era uno de los conquistadores que más despertaba su imaginación.

—Un gran hombre. Si no lo hubieran ajusticiado, seguramente habría partido con Pizarro a conquistar el Imperio inca.

—¿Y qué pasó?

—¿No lo sabéis?

—Es que a España no llegan todas las noticias de las Indias.

—Núñez de Balboa cayó en desgracia por proteger a los indígenas. El alcalde de Castilla del Oro, Gaspar de Espinosa, lo acusó de traicionar a la Corona y lo ahorcó.

Ercilla respiró profundo.

—¿Sabéis quién era Gaspar de Espinosa? —replicó el capitán.

Él negó con la cabeza.

—El hombre más rico de las Indias. Fue quien financió la conquista del Perú.

Entendió que debía ser cuidadoso. El monarca estaba demasiado lejos para controlar lo que hacían sus funcionarios en el Nuevo Mundo.

Otro día, el comunicativo Ercilla hizo migas con el hijo bastardo del nuevo virrey del Perú, Felipe de Mendoza, un tipo alto y de complexión recia. Fue él quien le buscó conversación. Era alto y de complexión recia. Como lo vio muchas veces leyendo en la cubierta, le ofreció su ejemplar del libro *El lazarillo de Tormes*.

—Lo acabo de terminar y me he reído mucho —señaló alcanzándoselo.

Ercilla se lo agradeció. Le dijo que ya lo había leído y que lo releería con gusto porque era un muy buen relato.

—Qué intuición poética para captar el alma del pueblo español, ¿no os parece?

Felipe asintió y Ercilla agregó:

—Conocí a su autor en Trento en el año 1548 y me impresionó su cultura. Tenía la biblioteca de autores clásicos más completa que he visto.

—Imagino que os referís a Diego Hurtado de Mendoza.

Ercilla volvió a asentir, esta vez sonriendo. Su interlocutor le pareció de mejor calidad humana que su progenitor.

—Pobrecito —agregó Felipe de Mendoza—. El rey le ha interpuesto un juicio por presunta malversación de fondos en la construcción del castillo de Siena.

Alonso no lo sabía y lo lamentó. Vio en ello una posible razón para publicar su obra de forma anónima. Felipe lo quedó mirando.

—¿Quién os dijo que él es el autor de este libro?

—Todos lo saben. Ningún otro conoce tan bien la vida de los nobles ni puede reirse de esa manera de sus excesos y su presunción.

—Eso es seguro —asintió Mendoza—. ¿Conocéis sus poemas buslescos?

Ercilla negó con la cabeza. Felipe miró en todas direcciones y le recitó, de memoria, uno en el que Hurtado de Mendoza se hacía pasar por una pulga...

Lo primero sería esconderme
debajo de sus ropas y en tal parte
que me sintiese y no pudiese verme.

—Como si lo estuviera escuchando a él mismo —dijo Ercilla—. ¿Dónde puedo leer esos poemas?

—No están publicados. Escuchad este en que don Diego le habla a la diosa Diana:

Señora, la del arco y las saetas
que anda siempre cazando en despoblado,
dígame, por su vida, ¿no ha topado
quien le meta las manos en las tetas?

—¡Qué buenos recuerdos me habéis traído! En una de las conversaciones que tuve con él me aconsejó viajar y ver el mundo porque nada está en el intelecto que antes no haya estado en los sentidos. Así me dijo. A eso vamos a las Indias, a nutrir nuestros sentidos. ¿Verdad?

García pasaba gran parte del tiempo conversando con Pedro Lisperguer, a quien Ercilla había visto en Londres en el matrimonio del príncipe Felipe. Era alemán y tenía un permiso especial del emperador para pasar a las Indias. Juntos molestaban a las mujeres para llamar su atención, mientras ellas trataban de mantenerlos a distancia. García las llamaba *hermosas idiotas*. Lo decía sin discreción y sin cuidado de que lo escucharan. Estaba alerta a cualquier nimiedad para criticarlas. Cuando una de ellas se rio con libertad de algún comentario,

García afirmó en voz muy alta que la carcajada era hija de la estupidez. Ellas lo ignoraron. Él agregó, mirando a Lisperguer:

—El cuerpo plebeyo se halla en constante peligro de desmoronarse; al contrario que el higiénico cuerpo patricio, siempre disciplinado, siempre eficientemente regulado.

Lisperguer no supo si lo dijo en broma o en serio. Se inclinó por esta última opción.

Alonso leía a Garcilaso y evocaba sus años en la corte cuando alguien gritó:

—¡Hombre al mar!

La vida en la cubierta se aceleró. El capitán lanzó un cordel al agua, pero era demasiado corto, porque el galeón avanzaba a todo trapo. El viento tenía bien hinchadas las velas. El desafortunado alzaba los brazos y pedía auxilio. Se sumergía y volvía a aparecer haciéndose cada vez más pequeño. Las mujeres y Ercilla rezaron por él en silencio. El capitán les informó que era un clérigo dominicano que iba a Nueva España. Teresa de Castro, la esposa del virrey, lo corrigió a gritos:

—No iba a Nueva España, sino al Perú. Era mi confesor.

Durante algunas horas nadie dijo nada. Ercilla se sentó en la parte trasera del barco para estar solo. Imaginaba el cadáver del clérigo sumergiéndose hacia el fondo del mar. Pensó en su padre, al que no alcanzó a conocer. Evocó su tiempo en la corte. Apareció la imagen de un niño jugando en los pasillos de un palacio frío y lleno de braseros en invierno.

Los ojos se le llenaron de lágrimas.

Los años de formación en la corte en Valladolid

Su madre estaba siempre cerca. Después de la muerte de su esposa Isabel de Portugal en 1539, Carlos Quinto la había nombrado guardadamas de sus hijas María y Juana. Muchas veces a Alonso le hubiera gustado quedarse más tiempo a ese lado del Palacio Real, porque allí también había niños, pero a él le tocaba asistir a clases. Era el hijo de Fortún García de Ercilla, destacadísimo jurista y consejero de Carlos Quinto, que murió cuando él tenía doce meses. Con ocho años le tocaba aprender latín, castellano y nociones de historia antigua. Esta última materia le gustaba mucho. Era un buen alumno.

Cuando cumplió quince años pasó a formar parte del círculo de pajes educados por Juan Calvete de Estrella. Con él profundizó sus conocimientos en latín y gramática y aprendió retórica. Calvete era una suerte de bibliotecario del palacio. Siempre estaba adquiriendo nuevos libros para la biblioteca de los pajes. Toda la prosa clásica e italiana del Renacimiento estaba allí. Las clases de historia las impartía Juan Ginés de Sepúlveda, un religioso que había sido discípulo y amigo de Fortún García de Ercilla en Bolonia. Por lo mismo, era cariñoso con el joven Alonso. Pero a él le gustaban más las clases de Calvete. Ginés le parecía dogmático en sus apreciaciones. A Calvete, en cambio, daba gusto escucharlo. Hablaba de la importancia de adherirse a un *ethikós* o teoría del vivir. Familiarizaba a los pajes con las odas, elegías y epístolas de Horacio y Propercio. Les leía pasajes escogidos de Cicerón. En sus mejores días, estudiar con él era como jugar.

En los cursos más avanzados leyeron y comentaron a Dante y a Petrarca. Esas clases deslumbraron al joven Alonso. Aprendió a distinguir entre un buen y un mal verso con cierta seguridad. Recitaba a su madre poemas del *Cancionero* de Petrarca:

Si no es amor, ¿qué es esto que yo siento?
Mas si es amor, por Dios, ¿qué cosa es y cuál?
Si es buena, ¿por qué es áspera y mortal?
Si mala, ¿por qué es dulce su tormento?

Calvete tenía días buenos y malos. Como para él todo podía ser motivo de aprendizaje, en los días malos explicaba a los pajes que había amanecido con *tristitia* y que la *tristitia* era un estado de ánimo oscuro causado por la bilis negra. Para mejor entendimiento, leía a los pajes poemas de Juan Boscán y Garcilaso de la Vega, porque ambos habían padecido el mismo mal. Así fue como Ercilla conoció el libro de poesía española que más impresión le causó en su juventud: *Las obras de Boscán y algunas de Garcilaso de la Vega repartidas en cuatro libros.* Calvete le dio a leer el soneto que Juan Boscán dedicó a la muerte de su amigo Garcilaso:

Garcilaso, que al bien siempre aspiraste
y siempre con tal fuerza le seguiste,
que a pocos pasos que tras él corriste,
en todo enteramente le alcanzaste,

dime: ¿por qué tras ti no me llevaste
cuando de esta mortal tierra partiste?,
¿por qué, al subir a lo alto que subiste,
acá en esta bajeza me dejaste?

Se aprendió los endecasílabos de memoria y los recitaba en silencio por los pasillos del palacio. Los poemas de ese libro tenían la métrica y el tono de la poesía de Petrarca, pero su contenido era español. Las once sílabas tenían para él la cadencia ideal, mucho más elegantes y sublimes que el octasílabo tradicional hispano. Con quince años, Alonso ya entendía que la buena poesía no solo debía tener un determinado número de sílabas y rimar bien. Tan importante como eso era el fuego, la llama o la luz que transportaba. Sin fuego no había poesía. Calvete le contó que el soldado poeta Garcilaso murió de un arcabuzazo en 1536, a los 35 años, en la campaña de Fréjus, sirviendo a su rey. Le dio a leer la *Égloga III* que, para Ercilla, resultó premonitoria:

> *Entre las armas del sangriento Marte*
> *do apenas hay quien su furor contraste,*
> *hurté del tiempo aquesta breve suma*
> *tomando ora la espada, ora la pluma.*

Cuando comentó con su madre su admiración por Garcilaso, ella le dijo que muchas veces se topó con él en el palacio cuando su marido acompañó a Carlos Quinto a Valladolid.

Calvete contó a los pajes que Juan Boscán fue persuadido por un amigo poeta y diplomático veneciano llamado Andrea Navagero para que adaptara al español los temas y formas que se cultivaban en Italia, por ejemplo, el soneto. Creyó recordar que esta conversación tuvo lugar en Granada en 1526 en el matrimonio entre Carlos Quinto y su prima Isabel de Portugal. Agregó, a modo de anécdota, que en ese matrimonio también estuvieron presentes cuatro indígenas que habían sido llevados a Granada desde Nueva España. Vestían atuendos de plumas de muchos colores. Su concierto de tambores fue la gran atracción de la fiesta.

Alonso buscó en la biblioteca del Palacio Real libros de Andrea Navagero y encontró uno en que relataba su viaje por España. El italiano no tenía una buena idea de los españoles. Los consideraba poco industriosos: *ni plantan, ni cultivan la tiera de buen grado, sino que prefieren irse a la guerra o a las Indias a buscar fortuna.*

Otro libro que lo impresionó fue *El cortesano* de Baltasar Castiglione. Lo leyó en una tarde y una noche. Contenía todo el programa de comportamiento al que debía ceñirse un joven noble. El cortesano debía ser culto, sensible, exquisito, guerrero, militar y valiente hasta el arrojo. Sintió que era lo suyo, que estaba predestinado a ser un buen cortesano. En la lectura, Ercilla sintió que estaba predestinado a ser un buen cortesano.

También lo entusiasmó *La Farsalia* de Lucano. El rol que jugaba Fortuna en el poema coincidía con su intuición de esa diosa romana: *Por ella a veces Dios el mundo aflige, le castiga, le enmienda y le corrige.* El desenlace de la guerra entre César y Pompeyo lo decidió ella. Le gustó porque Lucano dejaba ver su punto de vista. *La Farsalia* era una interpretación personal del autor. Concluyó que un buen poema debía irradiar la mística personal de Garcilaso, el ritmo de Petrarca, la iluminación de Dante, el carácter fundacional de Virgilio y la persuasión de Lucano.

No había quién lo parara. Quería leerlo todo. Leonor de Zúñiga estaba muy contenta con la evolución de su hijo menor. Entre sus seis retoños, era el único que había heredado los talentos de su padre.

Ginés de Sepúlveda les enseñaba historia antigua griega, romana e historia española... Les hablaba de las batallas de Carlos Quinto en Italia y de sus triunfos sobre los turcos otomanos. Ercilla, en parte, se aburría. Había perdido el interés por la historia. Pero cuando el tema de estudio fue la conquista de las Indias, recobró la curiosidad. Hernán Cortés y Francisco de Pizarro les sonaban a personajes míticos.

Francisco de Pizarro era un bastardo. En su juventud había sido criador de puercos, hasta que se enroló como soldado en las guerras en Italia. Pasó a América con Vasco Núñez de Balboa. Fue alcalde de Panamá. Allí se enteró de que, en el sur, había un reino muy rico en oro al que llamaban el Perú. Se asoció con Diego de Almagro para ir a conquistarlo. Ambos pensaron que el Perú estaba más cerca de Panamá. No imaginaron que el viaje conllevaría tantos sacrificios. Algunos de sus hombres se volvieron al istmo porque el gobernador los mandó a buscar. Pizarro no se quiso regresar. Trazó con su espada una raya en la arena y les dijo: *Por aquí se va al Perú a ser ricos y por aquí se retorna a Panamá a ser pobres.*

Solo trece pasaron la raya.

Ginés dedicó otra clase a la primera guerra civil entre almagristas y pizarristas, desatada en 1537, en la que murieron los dos conquistadores. Ercilla anotó en su cuaderno: *Nadie entiende los caprichos de Fortuna.* En cuanto a los indígenas, la visión de su preceptor era rabiosa. Leyó a los pajes la descripción de ellos que hizo Pedro Mártir de Anglería en su libro *Décadas del Nuevo Mundo...*

Los indígenas comen carne humana, son sodomitas y no conocen la justicia. No respetan ni el amor ni la virginidad. Son brutos e imbéciles. Solo se atienen a la verdad si les conviene. Son inconstantes, desagradecidos y veleidosos. Se jactan de la embriaguez que adquieren con las bebidas que preparan con hierbas, frutas y granos, semejantes a nuestra cerveza o sidra. Son brutales, desobedientes, traicioneros, crueles, vengativos,

implacables, ladrones. Carecen de buena fe. Comen piojos, ara-
ñas y gusanos sin cocerlos. No conocen ningún oficio. Si se les ex-
plica la religión cristiana, dicen que esta cuadra a los españoles,
pero no a ellos. Si alguno cae enfermo, lo llevan a las montañas
para que perezca allí. Jamás Dios hizo raza alguna tan llena de
vicios y bestialidades y sin el menor rastro de bondad ni cultura.

—Si los incas eran así, entonces ¿cómo pudieron erigir
un imperio? —preguntó el paje Luis Zapata.

Gil ignoró la pregunta. Alonso le planteó la misma
cuestión a Calvete y él sí tuvo respuestas. Dijo que las opiniones de los letrados y los teólogos sobre los indígenas estaban divididas. Que ellos tenían detractores y protectores y
que, entre estos últimos, había un fraile dominico llamado
Bartolomé de las Casas. Alonso buscó libros suyos en la biblioteca de los pajes y no encontró nada.

Gil y Calvete tenían grandes diferencias. Calvete era
un erasmista pacífico que quería entenderse con todos. Veía
en Erasmo un *optimum et maximum doctor universalis*, una
autoridad en cuestiones científicas, poéticas, terrenales y
espirituales. Leía a los pajes pasajes de su libro *Elogio de
la locura*:

Sin mí no habría unión agradable ni comunidad duradera en
esta vida. El pueblo no soportaría al príncipe, el señor a los
criados, la doncella a su señora, el profesor a los alumnos, el
amigo a los amigos, la mujer al marido, el mesonero al huésped,
el compañero al compañero, o sea, ningún ser humano a otro, si
no alternasen el engaño y la lisonja y no fueran lo bastante listos
como para transgredir a veces; en definitiva, si no estuviera todo
aderezado con un toque de tontería...

Ginés, en cambio, consideraba que no había nada que aprender de Desiderio Erasmo. Le parecía bien que la Inquisición prohibiera sus libros, sobre todo *Elogio de la locura*, porque era una muy mala influencia para los jóvenes. Citaba a San Pablo en su *Espístola a los Efesios*, donde decía que la risa se contradice con el pensamiento elevado.

Los pajes querían más a Calvete. Le ayudaban a transportar sus bártulos, cuadernos, libros y plumas y compartían su *tristitia* cuando él la sufría.

El príncipe Felipe asistía, a veces, a las clases de Ginés de Sepúlveda por recomendación del duque de Alba, ya que eran muy cercanos. Llegaba arregladísimo. Se decía que sus camareros demoraban cada día más de dos horas en vestirlo. La clase perdía naturalidad con él en la sala. Ginés se ponía aún más serio y circunspecto. El heredero estaba presente cuando el profesor advirtió a sus alumnos que no debían perder el tiempo leyendo a *Amadís, Primaleón* o *Calixto y Melibea*, porque en esos libros no se aprendía a huir de los vicios, sino a caer en ellos.

Pero no todo eran clases, letras e historia. Los pajes aprendían también equitación, manejo de armas, esgrima, caza, danza y etiqueta. Asistían a misa tres veces por semana y, de vez en cuando, les permitían participar en juegos de azar. A partir de los quince años se esperaba que los jóvenes supieran controlar la alegría, disimular la melancolía, tratar bien a los criados, bailar sin torpeza, cabalgar con prestancia, cazar con buena puntería, asistir a las corridas de toros y comportarse en los saraos.

Las corridas de toros no le gustaban a Ercilla. Prefería quedarse leyendo. Pero los saraos sí los disfrutaba. En uno de ellos bromeó distendidamente con el bufón Perico de Santervás. El bufón le advirtió de los peligros que conlleva la risa: fomenta la despreocupación y la sensación de fortaleza, espanta los delirios provocados por la melancolía y no se aviene ni con la superstición ni con las ínfulas de grandeza.

Felipe y Alonso

Ercilla admiraba al príncipe Felipe. A pesar de estar siempre rodeado de sirvientes que se ocupaban de su pelo, su barba, su capa, de las mangas de su jubón, de sus medias y sus zapatos, era un hombre solitario. Perdió a su madre a los nueve años, se casó a los diecisiete con María Manuela de Portugal y quedó viudo dos años después. Quizás por eso tendía a la *tristitia*. Dedicaba varias horas del día a rezar y a meditar. Ercilla pensaba que era su forma de estar solo. En el palacio se comentaba que su ayo Juan de Zúñiga era demasiado severo con él, que lo había transformado en un hombre retraído que ocultaba sus sentimientos y contenía sus emociones. Otros opinaban que su mismo padre le había aconsejado ser así.

Y aunque entre ellos había una diferencia de seis años, tuvieron algunos momentos de cercanía. Juan de Zúñiga, que era un pariente materno lejano de Alonso, a menudo lo invitaba a las clases de cacería. No era lo que más le gustaba, pero asistía para ver feliz al príncipe, cuando salía a los cotos de caza con su ballesta. También compartían en las fiestas y saraos del palacio. Felipe bailaba con su amiga y amante Isabel de Osorio. Era rubia, de ojos claros, culta e inteligente. Aunque era diez años mayor que él, nadie decía nada en contra de esa amistad porque ponía de buen humor al príncipe. Era la única persona que lo hacía sonreír. Con ella, Felipe sacaba a relucir la parte jovial de su temperamento.

En una de esas fiestas, el duque de Alba sorprendió a los pajes Luis Zapata y Alonso de Ercilla escondidos bebiendo borgoña. Los reprimió con un gesto, medio en broma y medio en serio. Otro día vio a Ercilla concentrado leyendo en uno de los jardines del palacio y se acercó a preguntarle qué leía. Él le mostró el libro de Boscán. Alba le contó que Boscán había sido preceptor suyo de gramática y letras y que a Garcilaso lo había conocido cuando marcharon juntos a Viena en 1532, a defender la ciudad del asedio turco. Garcilaso era entonces alferez. Ercilla, boquiabierto, solo atinó a decir:

—¿En serio?

Ginés de Sepúlveda había hablado del ejército de doscientos mil hombres que envió Carlos Quinto a Viena, cuya sola llegada hizo arrancar a los otomanos. El sueño de construir una mezquita en el corazón del Imperio romano germánico se desvaneció por algún tiempo.

—En serio —asintió el duque mientras se tocaba la barba—. Garcilaso dio la vida por su emperador.

Entendió con qué intención se lo decía. Algún día tendría que decidir qué hacer con su vida. Quizás alistarse en alguno de los ejércitos en Flandes o Italia. A lo mejor, ir a las Indias. Lo último le parecía más atractivo.

—¿Queréis ser poeta? —le preguntó Alba, mostrando cierta capacidad de intuición.

—A veces sí. Poeta y soldado, como Garcilaso.

—Seguid leyendo —le dijo, acariciándole el cabello, y se retiró.

El paje lo quedó mirando. Caminaba muy erguido y con paso seguro. Era uno de los hombres más altos de la corte y con su sombrero de copa se veía todavía más grande. Trató de volver a concentrarse, pero la pregunta le quedó dando vueltas en la mente. Cualquier cosa que hiciera, querría hacerla bien. Ser poeta significaba tener algo que decir, algo único e irrepetible. Si en él habían semillas que podrían germinar, serían el tiempo y Fortuna quienes lo dirían.

Muchos en el palacio intuían por dónde iba el camino del joven paje. Calvete lo consideraba uno de sus mejores alumnos y alguna vez se lo había dicho.

—Vuestras opiniones, Ercilla, suelen ser originales e incluso atrevidas, pero nunca displicentes. Veo en vos el talento de la honestidad.

Jamás olvidó ese comentario. No sabía que existía ese talento. Calvete agregó que la honestidad no era necesariamente una virtud, pero para ser un buen poeta era una *conditio sine que non*.

Una tarde de verano muy calurosa, el príncipe Felipe llamó a Ercilla a su habitación para que le leyera poemas del libro *De los remedios contra próspera y adversa fortuna* de Petrarca. Lo recibió con un camisón blanco y ancho, con las ventanas y postigos cerrados para que no entrara el sol. Dos criados agitaban el aire con grandes abanicos de plumas. Ercilla pidió permiso para sacarse el jubón y quedar en camisa. Así leyó el diálogo entre la Razón, el Gozo, la Esperanza y el Dolor. El príncipe lo escuchaba y comentaba que su amado padre le había dado consejos parecidos a los que se desprendían de ese diálogo. Alonso le confesó que a él le hacían falta las enseñanzas de su progenitor. Estaba seguro de que él le hubiera transmitido un tesoro de reflexiones si la muerte no se lo hubiera llevado tan pronto. Felipe le recordó que él tenía doce años cuando se vio por primera vez sin la compañía de sus progenitores. No siguieron leyendo a Petrarca. El príncipe pidió a un sirviente que le acercara un cofre de madera brillante con adornos dorados. Sacó de él una carpeta de cuero y la abrió, dejando a la vista un fajo de cartas. Ordenó a los criados que los dejaran solos y sacó del fajo una de su padre del año 1539.

—Me la escribió con motivo de la muerte de mi madre ante la urgencia de tener que viajar a Gante para sofocar una revuelta en los Países Bajos —comentó y comenzó a leer extractos que había subrayado.

En ella Carlos Quinto le pedía que se mantuviera firme ante las adversidades y tratara bien a sus hermanas Juana y María. La guardó y sacó otra carta de muchas hojas fechada en Palamós en mayo de 1543.

—Esta me la escribió con motivo de mi matrimonio, ya que no pudo viajar a Salamanca para acompañarme.

—Debe haberle tomado mucho tiempo —comentó Alonso.

La guardó sin leerle ningún pasaje de ella. Alonso lo lamentó. Le hubiera gustado escuchar los consejos que contenía. Aunque eran bastante conocidos en el palacio. Era la carta en que el emperador pedía a su hijo que no se excediera en el sexo con su esposa María Manuela. El ayo Juan de Zúñiga tenía instrucciones de evitar que los recién casados pasaran la noche juntos.

—Mi padre me pide en todas las cartas que cuide de rodearme de cortesanos honestos y honrados que sepan decirme la verdad.

—Estoy a vuestras órdenes —aseguró.

Ambos sonrieron. Felipe sacó otra carta.

—Esta me la trajo mi secretario Ruy Gómez de Silva desde Flandes.

—No son tantas hojas —comentó Alonso.

—Mi padre ha derrotado a los protestantes luteranos en la batalla de Mühlberg y quiere verme. Me pide que lo visite en Bruselas. Haremos un largo viaje.

Ese *haremos* le encantó. Se limitó a comentar:

—Los súbditos flamencos deben conocer al futuro heredero del trono.

Después de la entrevista partió a contárselo a su madre. Ella ya sabía todo. Le explicó que estaba ocupadísima con los preparativos de la boda de la infanta María con Maximiliano Segundo. El novio ya se encontraba en camino a Castilla. Cuando Felipe partiera a Flandes, Maximiliano y María quedarían de regentes de España. Así lo había dispuesto el emperador. Por otra parte, Alba había sido nombrado mayordomo mayor del príncipe con la responsabilidad de reorganizar la corte bajo el modelo borgoñón. Le aseguró que se venían días muy agitados.

En las semanas siguientes hubo fiestas en el palacio para recibir al rey de Hungría. Valladolid se vistió de gala.

La boda tuvo lugar el 15 de septiembre de 1548. Como el novio llegó acompañado de cortesanos austríacos, húngaros y bohemios, se practicaron danzas nunca antes vistas en España. Alonso quiso poner en práctica lo que había aprendido en las clases de baile. Bailó con sus tres hermanas, una por una. Su hermana mayor estaba comprometida con un primo en segundo grado. Eran sus últimos días en el palacio antes de partir a Bobadilla, la tierra de su madre. Para ellos era una suerte de despedida.

Las celebraciones continuaron al día siguiente con la representación de algunas escenas del *Orlando furioso* de Ludovico Ariosto, en italiano, por parte de los pajes del rey

Maximiliano. Algunos actores eran bastante buenos, pero uno que era malo echaba a perder toda la obra. Alonso atendía y reflexionaba sobre cuáles eran los atributos necesarios para ser un buen actor. Había que ser capaz de volcar el interior hacia afuera y tener mucha fantasía para imaginar cosas con la fuerza necesaria para hacer vibrar el mundo interior propio, de tal manera que convenza a los demás de que los sentimientos actuados son verdaderos. Era preciso, además, tener un espíritu suficientemente cultivado para entender otros caracteres y otras formas de ser. No era poco.

Las fiestas terminaron en la plaza de toros. Los cortesanos alemanes no gustaron del espectáculo. Lo consideraron bárbaro, pero fueron cuidadosos en sus comentarios. En Valladolid reinaba la armonía. Cuando Felipe partió a Flandes a encontrarse con su padre, el pueblo español no tuvo quejas ni reparos porque un rey alemán quedara a cargo del gobierno.

El felicísimo viaje

Primero partieron los aposenteros. Eran los encargados de encontrar habitaciones propicias para una comitiva real de varios cientos de personas, encabezada por el príncipe, el duque de Alba y el obispo de Trento. El paso de una comitiva real por un pueblo era un gran acontecimiento. Los habitantes se desvivían por atender a Felipe y su cortejo. Ponían todos sus haberes a disposición. Los aposenteros eran expertos en transformar las casas más humildes en alcobas reales. Para ello portaban tapices, alfombras, braseros y vajilla de plata. Debían ser rigurosos, porque el príncipe no soportaba la suciedad. Los elegidos se asustaban al ver la súbita metamorfosis de sus viviendas y quedaban tristes cuando todo volvía a la normalidad después de la partida de sus huéspedes. Los pajes se alojaban en las casas que los aldeanos abrían para ellos.

La primera noche la pasaron en Aranda del Duero, donde arribaron en medio de una tormenta. Alonso y otros seis pajes se quedaron en el rancho de una viuda con seis hijos. Esa noche los niños durmieron en el suelo sobre mantas y cueros de oveja. Al día siguiente, la comitiva avanzó hasta el Burgo de Osma, en el que había suficientes habitaciones para que durmieran el príncipe y sus cortesanos. Esa fue la última noche en Castilla antes de entrar en Cataluña. En la villa de Arbeca el duque de Segorve los recibió con salvas de artillería.

El diez de octubre de 1548 estaban en el monasterio de Nuestra Señora de Monserrate. Allí Felipe quiso hacer una pausa de tres días para dedicarlos a la oración. Alonso releyó *El cortesano* porque los consejos le eran más útiles que nunca. La próxima estación fue Molinderey, donde los recibieron el marqués de Aguilar y Bernardino de Mendoza, capitán general de las galeras de España. Ambos se sumaron a la comitiva. En Barcelona se alojaron en casa de Estefanía de Roquesens, viuda de Juan de Zúñiga, aquel pariente lejano de Ercilla que fue por mucho tiempo ayo del príncipe. Se quedaron en esa ciudad hasta la última semana de octubre esperando el buen tiempo mientras embarcaban caballos, armas y cofres en las cincuenta y ocho galeras que los llevarían a Génova. El futuro poeta se dedicó a conocer los astilleros. Vio muchos hombres construyendo galeras de diferentes tamaños en galpones junto al mar. Unas más avanzadas en su construcción que otras.

La nao capitana del príncipe era comandada por el genovés Andrea Doria. Alonso subió a la galera de los pajes, en la que iba el guardajoyas del príncipe Gil Sánchez de Bazán. No sabía, ni podía sospechar, que iba sentado frente a su futuro suegro. Jugó a las cartas con él, siguió leyendo a Castiglione y ensayó endecasílabos. Los veinticinco días de navegación pasaron rápido. Solo hicieron una pausa en Cadaqués.

En Génova los recibió un pueblo alegre vestido con trajes coloridos. Casi no se veía el color negro. El duque de Alba era el único que vestía de ese color. Los embajadores de los reinos de Nápoles y Sicilia, más el nuncio del Papa, recibieron en el muelle al heredero del trono y único hijo del soberano más poderoso de la Tierra y lo llevaron al impresionante palacio del capitán Doria. Alonso y los pajes fueron con él. En Valladolid no había ningún palacio que se le asemejara. El príncipe durmió en una cámara adornada con alegorías al dios Júpiter. Doria tuvo que darle la mala noticia de que Siena se había rebelado y no permitía continuar con la costrucción de un castillo encargado por el emperador.

Alonso quedó impresionado por el modo de ser italiano. Varias veces se sentó en la plaza de San Jorge a contemplar la vida que pasaba en frente suyo. Todo le recordaba a su padre, a pesar de que él no vivió en Génova. Estudió en Bolonia. En Pisa enseñó por un corto tiempo en su universidad y en Roma fue consejero de Juan de Médici, cuando este se convirtió en el papa León Décimo. Se sintió huérfano. A pesar de que no lo conoció ni vio un retrato suyo, sintió el vínculo. Sabía por su madre que en Italia lo llamaban *el sutil español*. Entró a un bodegón que llevaba el nombre *Columbus*. Los genoveses tenían muy presente que el descubridor de América había salido de uno de sus barrios. Pidió un *vino del paese*.

Antes de seguir por tierra a Milán compró en una librería un ejemplar de *La Eneida* empastado en cuero. Esta vez les tocó mucha lluvia y vientos fuertes. Los aposenteros no siempre tenían suerte en su búsqueda de habitaciones y alimentos. Los campesinos escondían sus víveres, pero ellos los encontraban. La comitiva pasaba por los pueblos como una plaga de langostas. En Pavia el recibimiento fue otra vez con salvas de artillería y fuegos artificiales. El príncipe se alojó en el Palacio del Broletto y los pajes en la universidad. Aprovecharon el único día de sol que les tocó para organizar danzas y representaciones teatrales de pasajes del *Orlando furioso* en la plaza de la Victoria. Ercilla se sabía esas partes de memoria. Le gustaban tanto, que no le importaba repetírselos.

En Milán la entrada fue triunfal. Doscientos arcabuceros españoles a caballo armaron dos líneas para que desfilaran el príncipe y su corte de tres en tres. La visita a esa ciudad era importante para Felipe, porque su padre planeaba nombrarlo rey de ese Estado. Se lo había adelantado en una carta. Se esforzó por dar una buena impresión a los lombardos. Se mostró como un príncipe humanista y un amante de las ciencias y las bellas artes. Allí pasaron la Navidad y el Año Nuevo. Alonso visitó la iglesia de Santa María de las Gracias, donde le dijeron que había un mural de Leonardo da Vinci inspirado en la Última Cena. Entendió por qué los soldados españoles decían: *España mi natura, Italia mi ventura y Flandes mi sepultura*.

La noche en que la princesa de Ascoli les ofreció una representación del *Orlando* y, a continuación, un baile en su casa, Ercilla se emborrachó. El *vino del paese* le infundió valentía para acercarse a la actriz que hacía el papel de Bradamante. Era bella y lúcida, tal como él se imaginaba al personaje de Ariosto. Bradamante le confesó que los italianos no sentían ninguna admiración hacia España, porque la consideraban una tierra de monjas, frailes y conquistadores.

—Lo poco sublime que tienen lo han copiado de nosotros.

Alonso trató de darle un beso, pero ella no lo dejó. No fue un rechazo total. El paje contestó con voz empalagosa:

—Amo la poesía italiana.

—España para las armas e Italia para el amor y las letras —resumió la actriz.

Intentó besarla nuevamente y esta vez ella accedió. Fue un beso suave y miedoso. Salieron al jardín, donde había mucha gente. La joven lo llevó a una casita de madera y allí se dejó besar nuevamente entre tijeras de podar y carretillas de jardinero. Le contó que su verdadero nombre era Luzia, pero Ercilla siguió llamándola Bradamante. La besó en la boca, en el cuello y en los senos y la tocó por debajo del vestido. Fue su primer acercamiento a una mujer. Volvió al cuarto que compartía con los otros cuatro pajes cambiado y feliz. Al otro día se quedó leyendo *La Eneida* en el cuarto. Cuando la comitiva siguió a Mantua, la actriz estaba entre el grupo de italianos que se juntaron a despedirlos.

Entraron por un arco del triunfo puesto allí especialmente para ellos. Se alojaron en el magnífico Palacio del Té con salas, estatuas y frescos inspirados en la antigüedad clásica. En el dormitorio de Alonso había una estatua de Publio Virgilio Marón, el príncipe de los poetas, nacido en las cercanías de Mantua. Los frescos de las paredes recordaban pasajes de

La Eneida. Estaban Dido y Eneas en un abrazo amoroso. En otro muro, la Providencia portaba espigas en su mano derecha. Se hubiera quedado allí leyendo a Virgilio, pero no podía ser.

El 17 de enero emprendieron rumbo a Trento. Dos leguas antes de llegar a la ciudad en que tenía lugar el concilio de la Contrarreforma los esperaba un cardenal para llevarlos a la entrada principal de la ciudad.

Toda la ciudad salió a saludar al príncipe. Hubo descarga de artillería y, por la noche, fuegos de artificio. Se alojaron en el Castello del Buonconsiglio. Calvete de Estrella ya había estado allí en representación del emperador en 1545, año de la apertura del concilio en que los obispos de la cristiandad deliberaban cómo reafirmar la doctrina católica. España había jugado un rol importante en su convocatoria.

Ercilla aceptó la invitación de Calvete a asistir a una reunión de los prelados en que rebatían la doctrina luterana de que el hombre solo es bueno si lleva a Dios en su seno y malo cuando está más cerca del demonio. Él también la rebatió para sí. Las ideas luteranas de que todo está predestinado no lo convencían. Prefería la idea de que el hombre es responsable, mediante su conducta, de su salvación o de su condena. El tema lo dejó pensativo.

Volvió a escuchar las conversaciones al día siguientes. Esta vez giraron en torno a la pregunta de si los indígenas tenían o no alma. Escuchó un rato los argumentos y se retiró, porque le parecieron rebuscados. Imposible imaginar a seres humanos sin alma.

Quien más lo impresionó en Italia fue el embajador español Diego Hurtado de Mendoza. Tenía unos cuarenta años, de mediana estatura y rostro agradable. Hablaba con soltura y miraba con complacencia a los diez pajes que llegaron a visitarlo con el preceptor Calvete. En su salón había muebles de inspiración oriental que combinaban fantasía y mitología. A Alonso le llamó la atención un escritorio de madera tallada con la imagen de algún héroe griego. Lo más impresionante era la biblioteca, que contenía manuscritos griegos y romanos. Unos trescientos volúmenes, entre ellos libros valiosísimos de Platón, Aristóteles, Plutarco y Flavio Josefo. Los prelados del concilio los usaban como libros de consulta. Dos sirvientes llevaron bandejas con vasos de jugo de manzana mientras Alonso admiraba los originales de Aristóteles. Calvete le aclaró que su anfitrión los leía en su idioma original. Hurtado de Mendoza les presentó a sus visitas a su ayudante Francisco López de Gómara, que había escrito una historia de las Indias. Ercilla le preguntó si conoció a Hernán Cortés y Gómara contestó que había conversado varias veces con él. Todo muy inspirador para él. Su inclinación a *inquirir y saber lo no sabido* encontró alimento en esa casa.

En su última noche en Trento, los religiosos obsequiaron al príncipe y su comitiva una representación teatral. Otra vez Ariosto. Italia celebraba a sus poetas. Una frase de un personaje resonó en su mente; se quejaba del *ozio lungo d'uomini ignoranti*. Él nunca se aburría. En su vida no había *ozio lungo*.

Avanzaron hacia Innsbruck. El paso por los Alpes, en pleno invierno, duró nueve días y fue inclemente. No hubo cómo escapar del frío. Allí lo esperaba el hermano del duque de Baviera. Se unió a la corte para acompañarlos hasta Múnich, donde los recibió el rey Enrique Duodécimo en su palacio. Alonso pudo darse un baño de agua muy caliente para curarse de la sensación de frío que lo acompañaba desde que salió de Trento. A continuación hubo un banquete generoso, acompañado de música y baile. Los hombres presentaron una danza tradicional compuesta de palmas y zapateo, que no fue de su gusto.

En los bodegones de Múnich les sirvieron cerveza sin límites. Toda la ciudad los invitaba. En un mercado de vituallas, cerca del municipio, escuchó historias terribles de nobles alemanes dedicados a la lujuria y la brutalidad más desenfrenada. Era corriente el caso de señores que depredaban los caminos cercanos a sus castillos y capturaban a los viajeros para exigir rescate. Un tal Goetz von Berlichingen vivía secuestrando comerciantes. Había que cuidarse de él cuando siguieran camino hacia Augsburgo. Alonso contó estas historias a Alba y él dijo que también las había escuchado. A la salida de la ciudad, los guardias iban con sus arcabuces dispuestos, las mechas siempre encendidas.

Augsburgo era la tierra de los Fugger. Alonso se alojó en la Fuggería, un barrio popular construido por el banquero Anton Fugger, uno de los hombres más ricos de Europa. La dueña de casa le contó que Maximiliano Segundo había pasado por la ciudad cuando iba a España a casarse con su prima María. Los hombres de su séquito se llevaron muchas mujeres de la ciudad y las abandonaron por el camino después de algunos días.

En Ulm hubo fiestas junto al Danubio. En Heidelberg se alojaron en el castillo de los condes Palatinos. Desde la pequeña ventana del cuartito de Alonso se veía el río Neckar. Siguieron a Luxemburgo por un camino entre bosques. Otra vez hubo un gran recibimiento. Entre tanto, la comitiva solo quería llegar pronto a Flandes y descansar. Felipe ya no disimulaba su aversión a la carroza en la que se movilizaba.

La primera ciudad de Flandes a la que llegaron fue Namur. Una multitud de príncipes, caballeros y soldados flamencos llegaron a congraciarse con él y a acompañarlo en la última etapa de su viaje, que lo llevó por fin a Bruselas. Hicieron su entrada triunfal por la Puerta de Lovaina seis meses después de la salida de Valladolid, el primero de abril de 1549. Los recibieron con artillería y desfiles de animales exóticos enjaulados: monos, osos, leones. Felipe y su corte lo observaron desde una ventana del ayuntamiento. No era la sutileza italiana. Se parecía más al grotesco que después volvería a ver en las pinturas del Bosco en el palacio de Binche, donde se alojaron. Estas obras sí gustaron a Felipe y también a Ercilla. El palacio estaba al sur de Bruselas. Allí vivían las princesas María y Leonor, hermanas del emperador.

Alonso se emocionó cuando Felipe se arrodilló ante su padre y le besó las manos. Hacía siete años que no se veían. Carlos Quinto le acarició la cabellera. En el baile posterior, Felipe se lució como nunca. Su deseo de mostrar lo bien que él hacía todo denotaba cierta inseguridad. ¿Estaría Felipe a la altura del cargo que iba a heredar? Su padre sin duda se lo preguntaba. En los días siguientes hubo torneos, asaltos a castillos, rescates de doncellas y la representación de un pasaje del libro *El amadís de Gaula,* uno de los favoritos del emperador. Felipe decidió que las fiestas en sus palacios en el futuro deberían hacerse con arreglo a las del palacio de Binche. En uno de esos encuentros festivos, Ercilla se acercó al emperador, se hincó y le dijo:

—Mi padre fue Fortún García de Ercilla, vuestro consejero.

El emperador le habló en un castellano con fuerte acento alemán.

—Estimé mucho a vuestro padre.

Le pidió que se pusiera de pie e hizo memoria.

—Lo había nombrado preceptor de mi hijo y lo hubiera sido si la peste no se lo hubiera llevado.

—Soy el menor de seis hermanos.

—Lo imaginé. Encantado de conocer al hijo de don Fortún. Su libro *Tratado de la Guerra y el Duelo* fue por mucho tiempo mi lectura de cabecera. ¿Lo habéis leído?

Alonso confesó que no. Nunca había tenido ese libro en sus manos.

—Debéis hacerlo. Y también su libro *Fin último de ambos derechos*. Todos mis consejeros deben leerlo.

Alonso aseguró que lo buscaría.

La corta entrevista lo dejó emocionado, avergonzado e inseguro. No se perdonó no haberse interesado nunca por los libros de su padre. Por mucho que la jurisprudencia no fuera de su interés. Comenzó a hilvanar ideas para la carta que le iba a escribir a su madre.

Sus progenitores se habían conocido en Nájera cuando Fortún llegó a esa ciudad en el séquito del emperador, y él había nacido en Madrid cuando Carlos Quinto se encontraba allí acompañado de su consejero y su familia. Un año después, a su regreso a Valladolid, su padre se contagió de la peste que asolaba esa ciudad. Esa era la historia de su procreación. La tenía muy presente.

Pasado el mes de las celebraciones, comenzó un período de tranquilidad para Ercilla. Estuvo dos semanas sin montar un caballo, dedicado a leer por las mañanas y a deambular por Bruselas en compañía de otros pajes. Siempre terminaban en alguna taberna para probar los diversos sabores de las cervezas flamencas. Fue una pausa necesaria. No así para el príncipe. Él comenzó un recorrido por las ciudades flamencas más importantes para que los duques y príncipes juraran obediencia al heredero.

Ercilla viajó a fines de julio a Rotterdam con otros pajes para encontrarse con la comitiva real. Era la ciudad de Desiderio Erasmo Roterodamo. Junto al arco de entrada había una estatua suya de tamaño natural, vestido de sacerdote con una pluma en la mano. De ella colgaba un pergamino en el que se leía:

Erasmo da la bienvenida al príncipe Felipe.

Se alojó en una casa cerca de la iglesia de San Pedro y San Guido en el barrio de Anderlecht, en la que vivió un tiempo Erasmo. En la misma calle había un bodegón. Un borracho que lo reconoció como español le contó que Erasmo había rechazado la invitación del obispo Cisneros para dar clases en la Universidad de Alcalá de Henares usando la conocida fórmula:

Non placet Hispania.

La dijo bien fuerte para que todos escucharan. Ercilla se fue del lugar molesto, sin terminar su cerveza.

El emperador y su hijo llegaron al día siguiente. Felipe se veía cansado. Sentado en el estrado junto a su padre mostraba indolencia y aburrimiento ante el desfile de bienvenida. Ercilla temía que se desmayara. En el séquito se comentaba que el príncipe no apreciaba el temperamento flamenco. Los encontraba vulgares. No le gustaba su cerveza. No obstante, tuvo que seguir el itinerario. Todavía quedaban varias ciudades y principados de los Países Bajos por recorrer. Alonso regresó a Bruselas y esperó allí a la comitiva real.

Regresaron a principios de mayo de 1550. Carlos Quinto llegó enfermo y en camilla. Su médico personal, Matías Haco Sumbergius, quien también era astrólogo, recetó compresas de hierbas al emperador y a su hijo le leyó la carta astral. Le dijo que se casaría cuatro veces, tendría cinco hijos y solo sobrevivirían dos, entre ellos el heredero al trono. Alonso le pidió en secreto que también se la leyera a él. Haco lo invitó a su casa, en el mismo barrio de Anderlecht, en un albergue que recibía a peregrinos de Santiago de Compostela. Se presentó cuando las campanas de la iglesia tocaban el cambio de día. Haco vestía una túnica color marrón. Con su barba canosa parecía uno de los siete sabios griegos. Lo invitó a sentarse frente a una mesa pequeña, cuadrada, de madera. Sobre ella había una vela encendida y hojas con mapas astrales.

—¿Creéis en la predestinación?

Alonso no supo qué decir.

—¿Cuántos años tenéis?

—Diecisiete.

—Toda la vida por delante. Muchos poetas antiguos predijeron por inspiración divina el nacimiento de Cristo. ¿Lo sabíais?

Alonso hizo amago de asentir. Haco quiso saber su fecha de nacimiento.

—Siete de agosto de 1533.

—Leo, quinto signo zodiacal. ¿Dónde?

—Madrid.

Haco lo miró a los ojos y se sonrió complaciente porque notó el nerviosismo de su visita.

—Veo un alma curiosa y dones de poeta. El sol es vuestro astro protector. Brillaréis como él con luz propia para después, con el calor de esa luz, fertilizar el mundo.

—¿Encontraré el amor?

—Nunca os faltará nada. Vuestro metal es el oro que imita al sol en la tierra. No os será esquivo. Y podréis saciar vuestra curiosidad. Es todo lo que os puedo decir.

El astrólogo hablaba con convicción. Decidió creerle. Regresó saltando a su cuarto. Al otro día comenzó a escribir a su madre las cosas más sorprendentes que le habían pasado en ese viaje. Dedicó a eso todo el día y por la noche visitó una taberna con otros dos pajes.

El 31 de mayo de 1550, Alonso volvió a salir de viaje, esta vez a Alemania para acompañar al emperador y su hijo a la Dieta de Augsburgo. Carlos Quinto pretendía que Felipe fuese ratificado como su sucesor a la cabeza del imperio por los príncipes alemanes. Estaban allí el 8 de julio.

Felipe se veía más inseguro que nunca. Alonso sintió algo parecido a la compasión. Lo que a su padre le resultaba casi con naturalidad, él todavía tenía que aprenderlo. Entre los asistentes se encontraba Fernando, el hermano del emperador. Inesperadamente, propuso que fuese su hijo Maximiliano y no Felipe quien accediera a la cabeza del imperio en caso de la muerte de Carlos Quinto y la suya propia. Argumentó que Felipe no hablaba nada de alemán, lo cual era un grave inconveniente. Alberto de Prusia asintió y agregó que era evidente el desinterés del príncipe heredero de España por las cosas de Alemania. El duque de Alba defendió a Felipe. Argumentó que Maximiliano era, para muchos, un protestante encubierto. Eso enardeció los ánimos. Alberto de Prusia, Mauricio de Sajonia, Alberto de Brandemburgo se pusieron del lado de Maximiliano. Se hizo evidente que la mayoría de los asistentes lo preferían. Ercilla tuvo un mal presentimiento. Acordaron pedir a Maximiliano que se apersonara en la Dieta antes de tomar alguna decisión. El paje aprovechó para entregar al mensajero que partió a España una carta de cinco hojas para su madre.

Felipe ocupó el tiempo de espera posando para Tiziano en su taller junto al Lech. El veneciano recibió el encargo de pintar un retrato del príncipe para ser enviado a su prometida María Tudor. Alonso lo acompañó porque quería conocer al famoso artista. Se parecía a Haco. Era otro profeta de barba larga y blanca. Señaló a Felipe el lugar en que debía ubicarse para captar mejor la luz que entraba por la ventana. Acordaron que posaría de frente para disimular su prognatismo y su labio inferior belfo. Alonso, mientras tanto, admiró los cuerpos de mujeres desnudas en los caballetes. Eran cuadros a medio terminar de temas mitológicos inspirados en *La metamorfosis* de Ovidio. Mientras posaba, el príncipe también los admiraba. Le compró uno de ellos y le encargó otras siete obras. Tiziano le propuso un cuadro de Dánae desnuda recibiendo a su amante Júpiter y otro de Venus y Adonis y Felipe estuvo de acuerdo. Los otros los dejó al criterio del artista. Anunció que los colgaría en sus aposentos en un castillo que algún día iba a construir.

La alegría de recibir una respuesta de su madre alumbró su estadía en Augsburgo. Leonor de Zúñiga se quedó cuidando a la reina de Hungría embarazada en la ausencia de su marido. Volvieron las reuniones y las discusiones en latín y alemán en el salón principal del ayuntamiento. Pero no hubo avances. La llegada de Maximiliano no aclaró nada. Decidieron dejar la elección abierta, lo cual fue visto por

Carlos Quinto como una derrota. Su hijo no había impresionado bien a los alemanes. Después de su muerte España podría transformarse en un imperio sin emperador. Durante el regreso de la comitiva a Bruselas, Carlos volvió a enfermar. Lo llevaron en camilla a la casa de Haco.

Antes del regreso de Felipe a España, padre e hijo se encontraron a solas, aunque también pudieron asistir a la reunión algunos pajes, Alonso entre ellos. Fue una clase de política porque Carlos repasó todas las fuentes de conflictos del imperio: por una parte, estaba el protestantismo, con focos en Francia e Inglaterra y cada vez más en los Países Bajos. Los rebeldes flamencos podrían sublevarse contra la tutela de España para poder practicar sus herejías. Por otro lado, estaban los turcos que se habían tomado el Mediterráneo. Para hacerles frente era importante mantener unida a la cristiandad.

—Son muchas las amenazas, muchos los desafíos, hijo mío.

Miró a Haco.

—Mi médico me aconseja retirarme.

Haco explicó que el cansancio del emperador se debía a sus muchos viajes. Felipe bajó la vista. Eso no sería lo suyo. Su padre prosiguió:

—No todo han sido guerras. Siempre he intentado arreglar los conflictos mediante la diplomacia o personalmente. Me he entrevistado con Enrique Octavo de Inglaterra, con Francisco Primero de Francia, con el papa Clemente Séptimo y su sucesor Paulo Tercero y hasta recibí a Martín Lutero para pedirle que se retractara, pero el hereje no quiso hacerlo.

Terminó su arenga mirando fijo a su heredero:

—La herejía y la rebelión son dos caras de la misma moneda.

Felipe asintió. Carlos bajó la voz y agregó, con solemnidad, que ya había elegido el lugar donde quería pasar sus últimos días...

—En el monasterio Jerónimo de Yuste en Extremadura. Conozco la habitación en que moriré.

Hubo un silencio largo en la sala. Se esperaba que su hijo tomara la palabra. Felipe prometió estar a la altura.

Así llegó a su fin el largo viaje del príncipe Felipe. Entre tanto, era la primavera de 1551. Alonso constató con alegría que había aprendido bastante alemán. Compró tres libros en ese idioma en una de las muchas librerías de Augsburgo. Uno de ellos de astrología.

En su regreso a España el séquito solo se detuvo en Trento y en Mantua. En esta última ciudad tuvo lugar un encuentro relevante para el paje Alonso de Ercilla, aunque él en ese momento no lo sabía. En el Palazzo del Té, donde se quedaron, se alojaba el licenciado Pedro de la Gasca, un hombre de cuerpo deforme con un dorso corto y jorobado y piernas largas. Acababa de llegar del Perú y se dirigía a Flandes a reunirse con Carlos Quinto. En el palacio se comentaba que el licenciado había llevado a Sevilla unas cinco mil barras de plata. Era una cantidad exorbitante, nunca aportada por las Indias al erario real. La Gasca entretuvo a la corte de Felipe con sus historias sobre el Perú. Su claridad y elocuencia hicieron olvidar ese capricho de la naturaleza que era su cuerpo. Habló del cerro Rico de Potosí, descubierto en 1545, y adelantó que próximamente vendrían muchas barras de plata desde el Perú. Las que él había transportado en su galeón eran solo un adelanto. Contó que el emperador lo mandó a controlar la sublevación de Gonzalo Pizarro y había cumplido ese encargo. La cabeza del rebelde quedó en la plaza de Armas de Lima expuesta en una jaula de fierro. Los pajes se miraron. Después de todo, los hermanos Pizarro habían conquistado esas tierras sin la ayuda de la Corona.

Por la noche Alonso visitó al licenciado en su habitación y le comentó que le gustaría ir a las Indias. Quiso saber su opinión. La Gasca lo alentó a hacerlo. Le dijo que allá se necesitaba gente de bien. No más aventureros ni vagos, que solo querían enriquecerse rápido explotando a los indios. Al día siguiente, antes de despedirse, el licenciado aconsejó al príncipe restringir los permisos para ir al Perú y le habló de la urgencia de regular el trabajo de los indígenas para evitar los malos tratos de los encomenderos. Él mismo había escrito una ordenanza de minas para evitar abusos.

De Mantua siguieron a Génova, donde se embarcaron rumbo a Barcelona. Desde allí continuaron sin detenerse hasta Valladolid. Entraron a la ciudad el 15 de julio de 1551. El viaje de regreso duró solo dos meses.

Valladolid

Tenía tantas novedades que contarle, pero Leonor de Zúñiga estaba demasiado atareada preparando su viaje a Viena y ocupándose de la archiduquesa Ana, la hija de María y Maximiliano, una niña que pronto iba a cumplir dos años. Ahora que el príncipe Felipe había regresado y retomado su función de regente de España, la reina preparaba su partida a Viena para reencontrarse con su marido. Leonor y dos de sus hijas irían con ella. María Magdalena y María Salomé habían crecido. Eran mujeres hechas y derechas. Se habían transformado en damas de honor de la reina. Alonso vio que iba a quedar solo en España. El futuro se presentaba incierto.

El siete de agosto, día de su cumpleaños número dieciocho, él y su madre pasearon por los jardines del palacio.

—¿Qué pasa con vuestras ambiciones de escribir poesía? —preguntó la madre.

—Nada —respondió Ercilla, negando con la cabeza, evidentemente triste.

—Tenéis una buena estrella, Alonso.

Él esbozó una sonrisa.

—Lo mismo me dijo el astrólogo Haco.

—¿Qué os dijo?

—Que el astro solar me protege.

Por la noche cenaron en familia. Su madre le contó que en su ausencia tuvo lugar una controversia frente a los jueces del Consejo Real, convocados por el emperador, para deliberar sobre la naturaleza de los indígenas y si acaso la guerra contra ellos era justa. Los debates tuvieron lugar en el Colegio Dominico de San Gregorio, cerca del Palacio Real.

—Si Fortún viviera, como parte del Consejo Real, seguramente le hubiera tocado dirimir las diferencias —aseguró Leonor.

La controversia de Valladolid

Lamentó no haber estado presente en la discusión y quiso saber más sobre la controversia de la que todos hablaban, en la que debatieron Juan Ginés de Sepúlveda y Bartolomé de las Casas. A Ginés de Sepúlveda lo conocía bien, pero Las Casas solo había oído hablar alguna vez a su maestro Calvete.

El debate, en realidad, había comenzado dos décadas antes, cuando Francisco de Vitoria, profesor de la Universidad de Salamanca, puso en duda los derechos de España en el Nuevo Mundo. En sus clases magistrales sostenía que los canonistas del Vaticano no tenían facultades para entregar posesiones de pueblos a quienes no les había llegado el Evangelio. Los únicos que podían discernir sobre ello eran los teólogos. Declaró ilegítima la así llamada guerra justa que los conquistadores esgrimían para someter a los infieles. Era ilícito forzar a los indígenas a reverenciar al Dios cristiano. Ellos debían poder decidir libremente qué religión seguir.

Fue un escándalo.

Después de la muerte de Vitoria sus discípulos continuaron la discusión, entre quienes el más connotado era Bartolomé de las Casas. El fraile dominico adoptó un tono más severo que su maestro. Criticaba abiertamente a España por su manera, a su juicio, despiadada de conquistar las Indias. Carlos temió que esto podría traerle graves problemas de legitimidad ante otras naciones de Europa. Llamó a esa controversia abierta para que sus pares vieran que tomaba en serio las opiniones de los teólogos.

Alonso visitó a Ginés de Sepúlveda y conversó largamente con él. Concluyó que el debate giró en torno a dos temas. Primero, si era lícito declarar la guerra a los indígenas antes de predicarles la fe. En segundo lugar, si el estado de inferioridad de los indígenas era tal que justificara la conquista mediante la guerra justa para acercarlos a la civilización y la vida cristiana.

Ginés le mostró generosamente los apuntes que presentó ante los jueces. Para Ercilla, aquellas ideas no eran nuevas.

Ya se las había escuchado en sus clases. Lo había escuchado decir que Hernán Cortés era un elegido de Dios para restaurar y recompensar a la Iglesia católica por las pérdidas de almas que Martín Lutero había causado en el Viejo Mundo. *De suerte que lo que por una parte se perdía se recobraba por otra.* Que así era, lo demostraba el hecho de que el mismo año que Lutero nacía en Sajonia, Hernando Cortés veía la luz en Medellín; *aquel para turbar el mundo y meter debajo de la bandera del demonio a muchos fieles católicos, y este para atraer al gremio de la iglesia a una infinita multitud de almas que por años habían estado bajo el poder de Satanás envueltos en vicios y cegados por la idolatría.* Basándose en *La Política* de Aristóteles, que el mismo Ginés tradujo del griego, y en la *Historia general y natural de las Indias* de Gonzalo Fernández de Oviedo, argumentó que los indígenas eran bárbaros y salvajes porque no tenían lenguaje escrito, porque cometían crímenes contra la ley natural como la sodomía, porque apresaban y mataban a personas inocentes y porque practicaban sacrificios humanos. *Ha sido cosa providencial*, decía el documento, *que España hubiera tomado esos territorios para escarmentarlos y obligarlos a salir de su barbarie.* España estaba en la obligación de ensanchar la cristiandad hasta los límites del orbe, como había predicado San Marcos. La guerra era un justo medio para expandir la fe de Cristo y sacar a todo un continente del pecado. Así lo quería Dios. Si no, ¿cómo se entendía que trescientos españoles lograran someter a un imperio de veinte millones de habitantes? La única explicación válida era la ayuda de la Providencia. Las epidemias que había enviado Dios solo afectaban a los indígenas y no a los españoles. *Se mueren porque Dios así lo quiere para que sus continuas ofensas a la fe y sus pecados lleguen a su fin.*

Citaba a Francisco López de Gómora, que en su *Historia General de las Indias* mostraba todos los beneficios que los indígenas habían conseguido de la conquista: la religión que los liberó de la poligamia, la sodomía y el canibalismo; las bestias de carga, que los habían liberado de tener que transportar ellos mismos sus cosas; lana para fabricar sus paños; el hierro para fabricar sus hachas y cuchillos. Haberles enseñado latín y ciencias valía mucho más que cuanta plata y oro les habían tomado. Ginés terminaba su arenga afirmando que Las Casas no quería aceptar esos argumentos porque era un *homo natura factiosus et turbulentus*.

Esa era una posición. Hasta entonces, la única que conocía Alonso. No fue fácil encontrar la versión de Bartolomé de las Casas. Consiguió algunos de sus papeles con la ayuda de Luis de Zapata, otro paje que se interesó por el tema. Zapata pensaba escribir una historia apologética de Carlos Quinto. Había asistido como oyente a algunas sesiones. Le informó que Las Casas rebatió uno a uno los argumentos de Ginés de Sepúlveda. Esgrimió que los gentiles americanos no eran bárbaros. En las Indias había, a lo menos, tres civilizaciones con leyes, normas y arte. Entregó mucha información sobre los aztecas y los comparó con los griegos y los romanos. Aunque eran culturas distintas, existía una relación proporcional de equidad. La escritura de los mexicas era a base de puntos y glifos, tal como se veía en sus códices, y mucha de su sabiduría se transmitía de forma oral.

Bartolomé de las Casas acusó a Ginés de Sepúlveda de haber distorsionado las enseñanzas de los filósofos y teólogos y falsificado las palabras de las Sagradas Escrituras. Le reprochó haberse basado en los dichos del historiador Gonzalo Fernández de Oviedo, a quien consideró el enemigo mortal de los indígenas, porque sus acusaciones solo buscaban justificar su participación en la conquista y el saqueo. Él y sus compañeros habían quemado vivos a los nativos para robarles su oro. No perdonaron ni a las mujeres, ni a los niños, ni a los viejos. Las Casas terminó su arenga pidiendo al Consejo Real proteger a las ovejas indígenas de los lobos conquistadores y encomenderos.

Según Zapata, los jueces del Consejo Real aún no habían dado su veredicto, no obstante, ambos contendientes se consideraban ganadores.

Alonso quiso conocer al *homo natura factiosus et turbulentus* que había desafiado a Ginés. Lo visitó en el convento de San Gregorio. Le calculó unos 70 años. Calvo, algo encorvado y con la mirada y el gesto de los letrados. El paje dijo estar muy contento de conocer al protector universal de los indígenas de América, porque así firmaba en los documentos que antes tuvo en sus manos. Con eso, se lo ganó. Las Casas lo hizo pasar a su celda, lo invitó a tomar asiento y le sirvió un agua de menta. Era una pieza grande y cómoda, con una repisa llena de libros.

—El título de protector de indios me lo dio el cardenal Cisneros, como debéis saber.

Alonso no lo sabía, pero asintió. Mientras bebía la menta, le informó que era hijo de Fortún García de Ercilla, que había leído con interés sus argumentos en el debate, y que su percepción de los indígenas le parecía humana. Había despertado su interés en conocer los nuevos territorios. Las Casas le contó que su interés en ir a las Indias nació cuando vio llegar a Cristóbal Colón después de su primer viaje.

—Mi padre y yo estábamos en el muelle de Sevilla cuando echó anclas el almirante. Las cosas que contaban los marinos eran maravillosas, de no creerlas —se sonrió.

Luego compartió un recuerdo. Le contó que a Colón le costó mucho llenar los tres barcos en su primer viaje. Los reyes católicos dieron permiso para embarcarse a condenados a muerte. Pero, ya en su segundo viaje, los sevillanos se empujaban para subir a las naves. Su padre fue uno de ellos. Partió en el segundo viaje de Colón y regresó con un indígena de regalo para él.

—Después partí yo y fui encomendero hasta que escuché el sermón de fray Antonio de Montecinos en Santo Domingo. ¿Habéis oído hablar de él?

Alonso negó con vergüenza.

—Venid —le pidió Las Casas.

Lo siguió hasta una repisa en que había varios manuscritos. Uno llevaba el título *Historia de Indias*, otro *Apologética historia sumaria*, otro *Memorial de remedios...* Todos escritos por su anfitrión.

—Y este, que está aquí en mi escritorio, es una brevísima relación de la destrucción de las Indias. Aún no está lista.

—¿Puedo?

Las Casas asintió y le dio tiempo para que hojeara el manuscrito

—Será publicado el próximo año en Sevilla —le informó.

—Espero leerlo.

—¿Qué más queréis saber?

—Muchas cosas, pero, por ahora, solo quería conoceros.

Viena y Praga

Su madre quiso que Alonso las acompañara a ella y a sus dos hijas a Viena. Leonor de Zúñiga no se alegraba de dejar España para irse a vivir a una tierra desconocida, cuyo idioma no hablaba. Pero así estaban las cosas: la reina no quería prescindir de ella, por lo que no tenía alternativas, a menos que estuviera dispuesta a caer en la indigencia. El cuatro de octubre de 1551, partió estoica con sus hijos. Los tres en la misma carroza. Alonso llevaba un caballo, por si era necesario defenderse de asaltantes. El séquito formaba una fila interminable. En la vanguardia iban pajes a caballo. Después venían las carrozas de la reina y sus damas de honor, más atrás los carromatos con los equipajes seguidos por las mulas que portaban las viandas. A la zaga marchaban en carreta sirvientes con sus sacos y enseres. Ercilla se entretenía leyendo y jugando a los naipes con sus hermanas y en los pueblos se ocupaba de que los aposentadores asignaran buenas habitaciones a su madre. El itinerario ya lo conocía: primero, por tierra, a Barcelona y, de allí, a Génova en galeras. En Italia los recibió un cortejo de nobles autríacos, húngaros y checos que viajó con ellos hasta Viena.

Los vieneses acogieron con fiestas y desfiles a su reina española. Se comentaba que la pareja se quería, que desde que conoció a su marido, María había quedado prendada de su cultura. Confiaban en que sabría mantener a raya el espíritu protestante de Maximiliano, que lo llevaría a la iglesia, algo que siendo príncipe él evitaba hacer.

Se instalaron en el Palacio de Hofburg, en las cercanías del río Danubio. Mientras su madre y su hermana se ambientaban en su nuevo y lujoso domicilio, Alonso se dedicó a estudiar los libros de la biblioteca del palacio en que se encontraban, que era la más completa de Europa. Estaban todos los libros de Erasmo y muchos de protestantes alemanes que conocería en esa estadía porque eran cercanos al monarca. En las repisas de manuscritos encontró textos en árabe y griego. Había también una colección de piezas de arqueología y de monedas de los tiempos del Imperio romano.

Mientras leía *Lamento de la paz* de Erasmo, libro que no se conseguía en España, entró Maximiliano en persona a la sala de lectura, seguido por un sirviente, y se dirigió a las repisas. Buscaba algo. Alonso carraspeó, el rey lo miró, él se puso de pie e hizo una venia. Antes de abandonar la sala con su sirviente cargado de manuscritos, pasó por su lado. Vio la pila de libros de Erasmo sobre la mesa, le sonrió y comentó.

—*Optimum et maximum doctor universalis.*

Alonso sintió su complicidad. La frase ya la conocía por boca de Calvete. Continuó leyendo más entusiasmado que antes.

Lamento de la paz estaba escrito con el espíritu mediador que caracterizaba a Erasmo. Exhortaba a los emperadores, reyes, príncipes, obispos y prelados a terminar con los conflictos religiosos. El roterodano era un católico que se entendía bien con los protestantes. Alonso comprendió muchas cosas. La influencia que Erasmo ejercía sobre Maximiliano era evidente. El rey quería ser mediador. Por no causar problemas en sus dominios y para no alejarse de su esposa, llevaba una vida católica, aunque no profesara aquella fe. En 1547 luchó junto a su tío Carlos Quinto en Mühlberg, la gran victoria sobre los protestantes alemanes, pero prefería la libertad religiosa y tenía la intención de implementarla poco a poco en sus dominios. Hablaba de eso con los profesores universitarios que lo visitaban. No quería que en sus dominios se desataran guerras de religión. Tampoco que su pueblo se dividiera por interpretaciones de la Biblia. El gran enemigo de la cristiandad era el turco Solimán. Los cristianos debían mantenerse unidos.

Se sintió bien en ese ambiente cultivado y abierto. Cuando no leía en la biblioteca, compartía con sus dos hermanas María Magdalena y María Salomé y con otra dama de honor alemana. Le gustaba esa joven. Todo en ella aludía a la paz, también su nombre: se llamaba Frida. Las interacciones con ella le causaban tanta dicha como desgracia, todo le afectaba. En los momentos de mayor ansiedad destilaba sus emociones en sonetos. A ratos se sentía como Garcilaso. Frida era angelicalmente coqueta y notaba que él se batía entre el orgullo y la esperanza y sufría por ella.

A principios de 1552, Maximiliano enfermó de manera misteriosa. Corrió el rumor de que su tío Carlos lo había querido envenenar. La vida se aceleró en el Hofburg. Pietro Andrea Mattioli, médico y botánico experto en venenos y contravenenos, lo curó por medio de yerbas y sangramientos. Nadie sabía más de botánica que él. Era requerido por muchas cortes europeas. Los vieneses atribuyeron a Fortuna su presencia en la ciudad en esos días.

Pasado el susto Alonso pensó que era hora de regresar a Valladolid, pero el rey lo invitó a formar parte de su séquito en su próximo viaje siguiente a Praga. Aceptó de inmediato. Se sentía extrañamente bien en esa corte. España podía esperar.

Fue un trayecto de un día y medio entre bosques. Se instalaron en la residencia de Maximiliano, un imponente castillo junto al río Moldava. El futuro poeta paseó maravillado por las calles de Praga. En el barrio judío, bajo el puente de piedra, vivían algunos sefarditas expulsados de España por los reyes católicos. Los reconoció de inmediato. El ritmo en la calle denotaba armonía. Los expulsados no tenían nada que temer de su rey. Maximiliano les permitía vivir en paz, ofrecer sus productos y asistir a la sinagoga. Entró a una tienda donde todos los productos provenían del oriente: tapices, sedas, porcelanas, especias... Otro día paseó por el Barrio Viejo. En la callecita del Enebro un mendigo le habló en latín y le ofreció predecir su futuro. Alonso no quiso.

—Ya me lo predijeron una vez y no quiero que nadie lo contradiga.

Entró a una taberna de la calle de los Cruzados, donde lo reconocieron como extranjero. Un bebedor quiso saber dónde se alojaba y él le dijo que en el castillo.

—¿Es cierto que el rey Maximiliano es un protestante de corazón?

—No haga caso a los rumores —contestó Ercilla.

Cuando regresaron a Viena se enteraron de que Carlos Quinto iba a ceder a Felipe el dominio de Nápoles y Milán, y que su matrimonio con María Tudor era asunto concertado. Alonso tomó la noticia como la señal que necesitaba para regresar a Valladolid. Llevaba un año fuera de España. El sentido del deber le indicaba que debía acompañar a su príncipe e integrarse a la comitiva que iría con él a Londres.

SEGUNDA PARTE

En tierra firme

Se persignó al pisar el nuevo continente por primera vez y dio gracias a Dios por haber llegado a las Indias sano y salvo después de tres meses de navegación. La ciudad a que arribaron se llamaba Nombre de Dios, aunque, estrictamente, no era más que una larga playa con casas de madera sin instalaciones de puerto. La mayoría de sus habitantes eran funcionarios reales, cuya única función era recibir a los viajeros y poner a su disposición mulas y caballos para la travesía del istmo. Los caminos eran muy estrechos. El virrey y sus dos hijos —el legítimo y el natural— iban adelante. Sus cofres fueron cargados en quince mulas. Atrás iban Jerónimo de Alderete, Ercilla, Irarrázaval y Pereira. Los seguían las mujeres montadas en mulas. Lisperguer y otros viajeros que se les sumaron en el Caribe les protegían las espaldas. La comitiva iba bien resguardada por arcabuceros.

Llegaron a Panamá a fines de agosto de 1555. Allí se instalaron en una posada sin lujos, pero cómoda, en la que también se alojaban otros viajeros, como la viuda de Pedro de Valdivia y un tal Pedro de Ursúa, un navarro del valle de Baztán que vivía en las Indias desde 1545. Tenía buena presencia. Ercilla le hizo preguntas que él respondió con displicencia, tratándolo como lo que era: un aprendiz de conquistador. Le contó que un tío suyo había sido gobernador de Cartagena de Indias. Bajo su mando, había sometido a muchas tribus de indígenas rebeldes y fundado dos ciudades: Pamplona, en el valle de Chicamocha, y Tudela. Fue un tiempo gobernador de Santa Marta. Había viajado a Panamá para reunirse con el virrey y ofrecerle sus servicios.

—¿Habéis oído hablar de la rebelión de los cimarrones?

Ercilla negó con la cabeza.

—Ya os enteraréis.

Alonso se despidió y caminó hacia la playa para hacer algo que siempre soñó hacer: sumergir sus pies desnudos en el Mar del Sur. Invocó a Fortuna. Miró sus manos, las abrió y entrecruzó los dedos. *La fortuna también está en estas manos,* se dijo.

Más tarde conversó con un hombre mayor al que todos llamaban don Benigno. Era el corregidor de la ciudad, un hombre sencillo de unos cincuenta años. Por su forma de hablar se notaba que no era letrado. Pero era lúcido. Hablaron del capitán Pedro de Ursúa. Así se enteró de que el conquistador estaba en la ciudad porque lo habían destituido. Se fue de Santa Marta para no tener que enfrentar una acusación judicial por maltrato a los indígenas. No le sorprendió. El corregidor era un hombre sencillo de unos cincuenta años. Por su forma de hablar se notaba que no era letrado. Pero era lúcido. Le informó que entre los noventa y tantos conquistadores que recibieron encomiendas en Panamá había pocos hidalgos. La mayoría eran escuderos, artesanos, campesinos, pilotos, capitanes de barcos o marineros. Más de alguno dijo no tener oficio. Ercilla se alzó de hombros y opinó:

—Entre los antepasados de los grandes de España hay muchos hombres humildes que defendieron su territorio en tiempos de la Reconquista.

—Todos provenimos de Adán —concluyó don Benigno.

Por la tarde paseó por la playa con Jerónimo de Alderete y su esposa. Su amigo le comunicó que quería conocer la isla que tenían enfrente, que los lugareños llamaban Taboga. Ercilla propuso ir la mañana siguiente en una de las barcas que había en la bahía, ya que el galeón que los llevaría al Perú aún no estaba preparado para zarpar. Después ambos se acostaron en sus hamacas.

Al despertar no se vieron. Alderete se levantó antes que él. Mientras aseaba su cuerpo con un paño húmedo se le acercó Ursúa. El navarro lo intimidaba. Ercilla le preguntó si ya había hablado con el virrey y él negó con la cabeza. Aseguró que ese día lo iba a recibir. Quiso saber más sobre los cimarrones rebeldes y Ursúa le informó que eran varios cientos. Vivían en la selva circundante bajo las órdenes de un tal Boyano, a quien habían proclamado rey. Ercilla intuyó lo que venía. Hurtado de Mendoza tenía instrucciones de sofocar todas las rebeliones contra la Corona y ser implacable con los subversivos. Seguro que se iban a entender bien los dos.

Ursúa cambió de tema.

—¿Habéis oído hablar del Dorado?

Ercilla asintió sorprendido. No sabía a quién, ni cuándo, pero sí; algo había escuchado.

—En el reino de los Omaguas. El Cuzco no es nada comparado con las riquezas que se encuentran en el interior de la selva que recorre el Amazonas.

Alderete lo llamó desde la playa con una señal. Se despidió para subir con él a la barca en la que cruzarían a la isla, de la que su amigo no regresaría.

Lima

En el galeón que lo llevó de Panamá a Lima no quiso hablar con nadie. Quería reflexionar y ordenarse. La muerte de Alderete había echado por tierra todos sus planes. Ni siquiera tenía ganas de leer. Los fuertes vientos que sufrieron en Paita no lo amedrentaron. A ratos se le acercaba la viuda de Alderete con sus ojos llorosos. Ambos se consolaban mutuamente en silencio mirando la línea costera, que nunca desapareció del todo.

El virrey Andrés Hurtado de Mendoza pasó gran parte del viaje escribiendo. Ercilla imaginó que redactaba una carta al rey explicando lo ocurrido en Taboga. Pensó que le informaría que el fallecimiento se debió a una fiebre repentina.

Poco antes de llegar al Callao, dos comerciantes limeños le buscaron conversación. Ercilla les contó que se dirigía a Chile. Ellos habían conocido en su juventud a Diego de Almagro, el descubridor de esas tierras. Por alguna razón, lo tranquilizaron. El trayecto del Callao a Lima lo hizo en la calesa de uno de ellos.

Los oidores de la Real Audiencia de Lima tenían preparada una recepción de bienvenida al nuevo virrey en la plaza de Armas de la ciudad. Hubo carreras de caballos y un banquete al que asistieron muchos conquistadores. Ercilla constató que los invitados eran muy diferentes a los nobles que se reunían en las ciudades europeas a recibir a su príncipe. Vio rostros escépticos y desafiantes de gente que había demostrado ser resistente a todo tipo de climas. Eran los sobrevivientes de la conquista. A algunos les faltaba una pierna, a otros una mano, a otros un ojo y a algunos las tres cosas.

Todos tenían cicatrices en el cuerpo y en el alma. Exhibían sus bocas desdentadas por la mala alimentación con orgullo.

No se quedó mucho rato en la celebración. Volvió temprano a la casa de los virreyes, que antes fuera la casa de Francisco de Pizarro. Estaba vacía. Sus habitantes se encontraban en la plaza. Se sentó en el patio interior y cerró los ojos esperando alguna idea, alguna conexión astral, una señal... Pero no, estaba solo. Solo, desorientado y sin aliados por primera vez en su vida.

Al otro día salió a conocer la ciudad. Vio pocas casas grandes y hermosas. La mayoría estaba a medio construir. A un costado de la plaza resaltaba la jaula de fierro de la que le habló el licenciado La Gasca en Mantua. Se acercó y vio las cabezas exhibidas en ella... Gonzalo Pizarro, Francisco de Carvajal y Francisco Hernández Girón. Esta última aún conservaba en buen estado los labios, la piel y los ojos abiertos, que miraban asustados.

Caminó hasta el puente sobre el río Rímac. Allí se encontró con Felipe de Mendoza, el hijo ilegítimo del virrey con quien se entretuvo en el barco. Estaba de buen humor. Lo invitó a un bodegón a pocos pasos del río. El bodeguero los recibió con entusiasmo y un marcado acento castellano. Ercilla le preguntó de dónde venía. Él respondió que de Toledo, y que había nacido el mismo día en que se alzaron los comuneros. Otro español que estaba allí bebiendo aguardiente aseguró, con voz pastosa, que esa rebelión no fue nada comparada con las rebeliones sucedidas en el Perú.

—¿Os referís a la rebelión de Gonzalo Pizarro? —preguntó Ercilla.

Tenía curiosidad de escuchar la versión peruana de aquella historia.

—Sí.

—¿Por qué se rebeló?

—La culpa la tuvo el virrey Blasco Núñez Vela —respondió el hombre ebrio—. Llegó a quitarnos nuestras encomiendas. Figuraos, a nosotros, que habíamos ganado para España medio hemisferio.

—¿Os gustaría probar la chicha peruana? —ofreció el bodeguero.

Ambos asintieron. Felipe de Mendoza apuró el vaso y pidió otro. Ercilla quiso saber el nombre de su interlocutor.

—Rodrigo Vargas, para servirle. ¿Y usted?

—Alonso de Ercilla.

—Oíd, don Alonso. Yo apoyé a Gonzalo Pizarro y por eso volví a la pobreza.

La voz ahora era, además de pastosa, triste. El bodeguero agregó que el virrey llegó al Perú con nuevas ordenanzas sobre las encomiendas y pensó que podía hacerlas cumplir a sangre y fuego.

Vargas repitió, asintiendo con la cabeza:

—A sangre y fuego.

El bodeguero explicó que el rey pretendía quitar sus encomiendas a quienes participaron en la guerra entre Francisco de Pizarro y Diego de Almagro.

—Pero si todos estuvimos involucrados en esas guerras —interrumpió el conquistador—. La cláusula significaba que la mayoría de las encomiendas del Perú pasaban de golpe a manos de la Corona.

El bodeguero preguntó a Ercilla de qué ciudad provenía para cambiar de tema. De Valladolid, respondió, pero no pudo seguir contando porque Rodrigo Vargas lo interrumpió...

—El virrey nos quitó hasta el derecho a súplica. Alguien tenía que defender nuestros intereses.

Eso no era lo que Ercilla había escuchado en España. El toledano resumió:

—El bastardo Gonzalo Pizarro se presentó ante el virrey como el libertador del Perú y lo hizo apresar con la venia de los oidores de la Audiencia y gran parte de los vecinos de Lima.

—Bien decapitado está —insistió Vargas—. Así volvió la tranquilidad al Perú. Durante los cuatro años en que Pizarro fue gobernador no hubo más rebeliones.

Esa no era la versión que le había contado La Gasca. Tampoco la de los historiadores de la corte.

Por su parte, el nuevo virrey Andrés Hurtado de Mendoza, marqués de Cañete, después de haber dejado claro que nadie en el Perú podía competirle en nobleza, se dedicó a implementar una serie de medidas para pacificar la tierra. Con ayuda de sus informantes apresó a los rebeldes que apoyaron a Hernández de Girón y confiscó todo el armamento que había en Lima. Los arcabuces, ballestas y picas fueron llevados a una sala de armas que organizó en su palacio de gobierno. Con ellas formó dos compañías: una de gentilhombres de lanzas con cien oficiales y otra de cincuenta arcabuceros. A los capitanes y soldados que reclamaban encomiendas y premios por sus servicios los invitó a una suculenta comida en su palacio y después los hizo arrestar a todos y conducirlos al Callao para que desde allí fueran desterrados a España.

Un mes después de su llegada, Hurtado de Mendoza informaba al duque de Alba en una carta que había hecho degollar, ahorcar o desterrar a más de ochocientos sujetos y, con ello, había logrado descongestionar significativamente el país. Pero todavía quedaban muchos vagos. A sus acompañantes, entre ellos a Ercilla, les explicaba que esperaba formar un ejército con los mejores hombres del Perú para mandarlos a apaciguar Chile. Y que cuando Pedro de Ursúa llegara de Panamá con la cabeza del rebelde Boyano le daría permiso para que iniciara una jornada en busca del Dorado, en la que esperaba que se anotaran el resto de los malnacidos que aún quedaban en el país, para que se los comiera la selva.

La idea de formar parte del ejército pacificador de Chile lo hizo sentir menos desorientado. Iba a ser el primero en inscribirse. Se dirigía al bodegón frente al río para comentarlo con el bodeguero toledano cuando le habló un español en la calle de los Trapitos. Tenía un claro acento vasco, unos cincuenta años, baja estatura y era tuerto y cojo. Parecía un espectro.

—Hidalgo, esperad. Imagino que lo serás y que habéis llegado con el marqués de Cañete. Por vuestra capa elegante, deduzco que sois uno de sus hombres.

—Sí y no —dijo Ercilla—. En realidad, me embarqué con un adelantado y caballero que murió en Panamá. Al virrey apenas lo conozco.

—Venid a tomar un aguardiente a la casa en la que me hospedo.

Ercilla accedió por curiosidad. Caminando a su casa, el anfitrión se presentó como Lope de Aguirre. Era de Oñate. Ercilla le dijo que su padre era de Bermeo y su madre de Nájera. Aguirre se sonrió porque conocía los dos pueblos. Quiso saber en cuál de los dos había nacido Ercilla.

—Nací en Madrid cuando mi padre se encontraba en esa ciudad acompañando al monarca.

—Vaya. Un consejero real.

Ercilla asintió.

—Murió cuando yo tenía un año.

El vasco empujó una puerta de madera y entraron. El interior era oscuro. Aguirre recogió una botella de debajo de una cama, se la mostró y le sonrió. Luego buscó un vaso y se lo pasó diciendo:

—Nada que temer. Soy un hombre de honor.

—No lo dudo.

Ercilla lo estudió con curiosidad. Tenía el mapa de América dibujado en su rostro. El ojo que le quedaba era azul. Bebió un sorbo. Le preguntó a qué se debía la cojera y él le contó que recibió dos arcabuzazos en el valle de Chuquinga cuando luchó contra el rebelde Francisco Hernández Girón.

Alonso terminó de beber su vaso, agradeció e hizo un amago de despedida.

—¿Me permitís una pregunta?

Asintió.

—¿Cuáles son vuestros planes?

—Pues, partir a Chile, lo antes posible.

—Chile es tierra de fracasados. La conozco. Estuve allí con Diego de Almagro.

Ercilla se acercó a la puerta.

—Esperad... ¿Estáis seguro de que queréis ir a Chile? Allá solo hay indígenas belicosos. ¿Por qué no venís con nosotros a conquistar el Dorado?

—Tengo otras órdenes —se disculpó—. Mucha suerte en esa aventura.

Caminó a la casa virreinal pensando que no había viajado a las Indias a buscar ilusorios reinos dorados. Pero... ¿a qué había viajado a las Indias?

En la casa del virrey, jugando a los naipes con los Hurtado de Mendoza y un tal Diego de Balcázar, comentó el encuentro con el vasco y preguntó a este último qué sabía del misterioso Dorado. Balcázar estaba seguro de que ese lugar existía. Estaba escondido en medio de la selva, por eso no lo habían encontrado hasta ahora. Dijo lo mismo que le habían contado Ursúa y Aguirre. El virrey barajó los naipes y los repartió sin hacer comentarios. Pero, cuando su visita se retiró, aseguró que todo era un invento de los indígenas para deshacerse de los españoles y que él no pensaba quitarles esa ilusión.

Una semana más tarde llegó Pedro Olmos de Aguilera desde el Reino de Chile portando malas noticias. Los dos hombres más cercanos a Valdivia, Francisco de Villagra y Francisco de Aguirre, competían por sucederlo en la gobernación. Los araucanos —así llamaba a los indios del sur de Chile— seguían sublevados. En la ciudad de La Imperial, donde Olmos vivía, dormían con las armas en las manos. Ercilla conversó con él. Era de Córdoba. Luchó bajo las órdenes de Pedro de Valdivia en la batalla de Jaquijahuana en 1548, en que La Gasca venció a Gonzalo Pizarro y después acompañó al conquistador a Chile. Quiso saber más sobre los araucanos y Olmos le aseguró que eran los naturales más rebeldes y belicosos de todas las Indias.

Las semanas que siguieron fueron muy movidas. El virrey convenció a los oidores de la Real Audiencia de Lima para que nombraran a su hijo García Hurtado de Mendoza como sucesor de Jerónimo de Alderete en la gobernación de Chile. Argumentó que así se evitaba una guerra fratricida entre españoles, como la que sucedió en el Perú. Se necesitaba una persona que estuviera por encima de las rencillas locales y se hiciera respetar por todos. La Real Audiencia dio su visto bueno en febrero de 1557. Lo nombró gobernador del territorio comprendido entre el desierto de Atacama y el

Polo Sur. De inmediato enviaron cartas al cabildo de Santiago para informar las novedades.

A continuación, García y su padre enviaron agentes a todo el Perú en busca de voluntarios para la guerra de Chile. A cambio ofrecían el honor y las encomiendas indígenas que no habían podido obtener en las tierras conquistadas por Pizarro. En menos de un mes se juntaron unos cuatrocientos soldados, llegados de los más apartados distritos. Algunos se veían viejos y cansados, parecían querer revivir su ardor juvenil en esa nueva aventura. En paralelo, se reparaban armas, se acopiaban provisiones, se refinaba la pólvora y se alistaban tres galeones grandes y uno pequeño. Ercilla se enteró de que muchos expedicionarios contrajeron deudas para comprar los aderezos necesarios para la guerra. Todos iban seguros de conseguir la victoria.

Se sumaron varios religiosos de diversas órdenes. El más destacado era el dominico Gil González de San Nicolás, a quien el virrey nombró asesor de su hijo para las cuestiones indígenas. Un oidor de la Audiencia de Lima, el licenciado sevillano Hernando de Santillán, fue nombrado consejero de García en cuestiones legales. Su encargo era ordenar las encomiendas de acuerdo con las nuevas ordenanzas reales.

Ercilla contrató a dos sirvientes indígenas llamados Juan Chilca y Juan Yanaruna para que fueran con él a Chile. Asistió con ellos al festín de despedida que organizó el virrey. Allí conoció a Fray Gil González. Tenía unos cuarenta años y era de Ávila. Fue discípulo de Francisco de Vitoria y amigo de Bartolomé de las Casas. Había llegado al Perú con Pedro de la Gasca. Ercilla le pidió que fuera su confesor. Eso lo hizo sentirse menos solo. Al otro día partieron juntos al Callao, donde los esperaban los galeones. Las banderas y estandartes, las bordas de los blasones de los uniformes, todo le recordaba a la España imperial. El navío menor lo había comprado García de su peculio y lo había cargado con mercancías por veinte mil ducados, pensando obtener muchas ganancias en Chile.

El poeta soldado se embarcó en el galeón que hacía de nao capitana. A él subieron también Gil González, un franciscano y doctor de la Universidad de París llamado Juan Gallegos, Pedro Olmos, el oidor Santillán, Esperanza Ruedas y el resto de las mujeres que iban a Chile. La viuda de Alderete se quejó de que le costaba mucho mantener a García alejado de sus sobrinas. Temía que en el barco fuera todavía más difícil. Pidió a Ercilla que la ayudara.

Era la mayor escuadra que se había armado en ese puerto y el mayor ejército que había marchado a Chile hasta entonces. Cuatrocientos hombres viajaron por mar y otros ciento cincuenta lo hicieron por tierra al mando del sevillano Luis de Toledo, arreando quinientos caballos. Toledo conocía bien Chile. Había formado parte de la expedición conquistadora de Pedro de Valdivia. Decía ser hijo de un clavero de la Orden de Alcántara, pero otros sevillanos aseguraban que no era cierto, que era un cristiano viejo y un hombre de bien y que con eso bastaba y sobraba.

El virrey llegó a despedirlos con un grupo de trompeteros el dos de febrero de 1557. Siguieron tocando hasta que la escuadra desapareció en el horizonte.

Conflictos en La Serena

Navegaron sin contratiempos con la tierra a la vista, evitando acercarse mucho a ella por las rocas y los bajíos. Después de cuatro semanas en altamar se detuvieron unos días en Arica para cargar agua fresca. En el trayecto a Copiapó, Ercilla se enfermó en el barco y temió que lo hubieran envenenado. Comió mucha miel mezclada con albahaca y carbonato de cobre, remedios que había comprado en Lima, recordando recomendaciones del médico de Maximiliano. El 23 de abril de 1557 arribó sano a la bahía de Coquimbo, después de dos meses y veintiún días de navegación. Luis de Toledo ya estaba allí con los quinientos caballos. Casi todos habían sobrevivido al paso por el desierto.

Al ver que los barcos se acercaban, Francisco de Aguirre, que todavía se hacía nombrar gobernador de Chile, subió a una balsa de lobo marino para ir a recibir, no solo al nuevo gobernador, sino también a su esposa y sus dos hijas. Ercilla lamentó la dureza de la situación. Aguirre había mandado a buscar a su familia para compartir con ella lo que había ganado con infinito esfuerzo. Las abrazó, agradeció a Dios por ese reencuentro y se ocupó de García. Lo invitó a alojarse en su casa en La Serena. García aceptó. Prefirió ser cuidadoso.

La Serena era una ciudad pequeña, con unas ochenta casas. No había espacio suficiente para alojar a todo el ejército. Los oficiales durmieron bajo techo y los soldados al aire libre, Ercilla entre ellos. Admiró las estrellas. Nunca las había visto tan nítidas. Trató de leer algo en ellas, algún mensaje entre las constelaciones. Pero no. Todo se veía incierto. Se consoló pensando que su astro era el sol, como le había dicho Haco.

Al día siguiente hubo un cabildo abierto en el ayuntamiento. Los oficiales de García se ubicaron a un lado y los vecinos de la ciudad en el opuesto. Aguirre hizo un resumen de la situación. Después de matar a Pedro de Valdivia, los indígenas liderados por Lautaro destruyeron la ciudad de Concepción. La Imperial y Valdivia se salvaron de ser arrasadas porque sus vecinos pudieron defenderlas. En el caso de La Imperial, hubo una clara intervención de la Virgen. Aguirre se persignó, miró a García y aseguró:

—Con vuestra ayuda vamos a recuperar todo lo perdido.

García no reaccionó. Lanzó una mirada cómplice a Lisperguer, a Toledo y a su maestre de campo Juan Remón. Aguirre parecía no haber leído la carta que mandó el virrey. Ercilla, como siempre, se dedicó a observar. Descubrió a vecinos sencillos y pacíficos, empeñados en fabricar su destino con dignidad. Estaban lejos de la rebelión. Después de Aguirre tomó la palabra García. Se limitó a leer la provisión del virrey en que lo nombraba gobernador del Reino de Chile, especificando los límites de su territorio. Los vecinos escuchaban y se miraban sin hacer comentarios. Ercilla leyó sus mentes. Todos pensaban lo mismo. Nunca habían estado tan de acuerdo...

—¿Qué ha hecho este mozalbete para merecer ese nombramiento aparte de ser hijo del virrey? No atravesó el desierto, ni cruzó la cordillera nevada. Llegó en un barco con un ejército bien armado y con un sueldo con el que hubiera soñado Pedro de Valdivia.

En su fuero interno, todos los hombres de Aguirre gritaban que aquel nombramiento era absurdo, grotesco, injusto e inaceptable. Esperaban que su líder se pronunciara, pero no lo hizo. Bajó la cabeza y se retiró, mientras ellos aplaudían al nuevo gobernador.

Después de la reunión, Ercilla se acercó a uno de los vecinos que le inspiró confianza. Estaba sentado en un madero frente a la iglesia, pensativo, como hablando consigo mismo. El sol brillaba y había una temperatura agradable.

El cielo estaba más despajado que las mentes. Le contó que se llamaba Pedro Cisternas y que venía de Alicante. Llegó a las Indias con veinte años en 1540. Vivió un tiempo en el Cuzco, allí conoció a Pedro de Valdivia. Viajó con él a Chile y participó en la fundación de Santiago. Valdivia le entregó un solar allá, pero prefería vivir en La Serena. Tenía una encomienda en el valle del Huasco. Le explicó que la conquista de esas tierras no había sido fácil. La Serena había sido destruida una vez por los indígenas. En ese ataque murieron unos cuarenta españoles. Él se salvó porque justo andaba en Huasco. Fue uno de los pocos sobrevivientes. Él mismo llevó la noticia a Santiago. Pedro de Valdivia envió a Francisco de Aguirre a reconstruir la ciudad con la ayuda de los mismos hombres que ahora daban la bienvenida a García Hurtado de Mendoza. Ercilla le contó que había crecido en la corte. Cisternas se sorprendió.

—¿Qué hace un cortesano en este ejército? ¿Por qué no estáis luchando en Flandes junto a Carlos Quinto?

—Ni yo mismo lo sé. ¿Habéis oído hablar del *ananké*?

El encomendero movió la cabeza negando. Probablemente no sabía leer.

—Es el destino. Me embarqué con Jerónimo de Alderete. Con su muerte mi *ananké* se transformó en un gran signo de interrogación.

Cisterna lo invitó a quedarse en su casa.

Al día siguiente, era domingo. García hizo colocar en la iglesia un sillón para él y otro más pequeño para el oidor Hernando de Santillán. Para Aguirre destinó una incómoda banca de madera. Buscaba la confrontación. Al darse cuenta de que querían humillarlo, Aguirre salió de la iglesia y Pedro Cisternas y otros vecinos encomenderos lo siguieron.

García no reaccionó en el momento —no quiso entorpecer la misa— pero por la tarde mandó a apresar a Aguirre y a encerrarlo en uno de los barcos anclados en la bahía. A continuación, envió a Juan Remón con veinte hombres bien armados de arcabuces a Santiago a hacer lo mismo con Francisco de Villagra. Eso asustó al oidor Santillán. Le pidió que lo considerara. Villagra había sido designado sucesor de Valdivia por los cabildos de las ciudades de La Imperial, Valdivia, Villarrica y Los Confines. Esa no era la forma. Podían sentirse menospreciados.

—Está decidido. Es por la paz entre los españoles de esta gobernación.

Envió, también, a Pedro Meza para que se quedara en Santiago y lo representara en su ausencia. Por último, nombró a Pedro Lisperguer capitán de uno de los galeones y le encargó llevar a las mujeres a Valparaíso y acompañarlas hasta Santiago. Allí, si era necesario, debía ayudar a Remón a apresar a Villagra y volver con él en el barco.

Ercilla acompañó a las mujeres hasta la playa. Le preocupaba, sobre todo, Esperanza Ruedas. García dio permiso a Francisco del Mercado, hermano de la viuda, para que viajara con ella. Permaneció en la playa hasta que el barco levó anclas y las velas lo empujaron hacia el sur. Después se acercó al lugar en que una familia indígena pescaba montada en una balsa de cuero de lobo marino. Los observó largo rato. Cuando volvieron a la playa, un joven le mostró una corvina inmensa y lo invitó a compartirla. Los hombres hicieron una fogata mientras las mujeres preparaban la comida. En eso llegaron los dos sirvientes de Ercilla. Comieron pescado y mariscos en una cena amistosa en que se habló castellano, quechua y kunza, que era la lengua de la familia anfitriona.

Esa noche durmió en la playa y, al amanecer, ayudó a Juan Remón a alistar sus caballos. Era de Alicante. Pasó a las Indias en 1538 con dieciocho años. Entre tanto, tenía treinta y siete. Apoyó al rebelde Gonzalo Pizarro, pero alcanzó a cambiar de bando antes de la batalla de Jaquijahuana. La Gasca lo nombró corregidor de La Paz, pero no le gustaban las alturas. Cuando se enteró de las levas que hacía el virrey para el ejército de Chile, se anotó de inmediato. Remón partió esa madrugada con otros diez hombres a Santiago. Todos bien armados.

Salió a conocer los cerros cercanos. Eran de diferentes colores, según el metal que predominaba en ellos. No pudo caminar mucho, porque la temperatura se hizo insoportable al medio día. Volvió al poblado en busca de sombra para que el metal de su armadura se enfriara, y se encontró con que Gonzalo Guiral, un comerciante perulero que había viajado en su barco estaba en la plaza quejándose y sangrando de una mano. García lo había mandado a clavar junto a la entrada del ayuntamiento con una estaca. Preguntó a Cisternas la razón de este castigo y él le informó que Guiral había entrado a la casa del gobernador sin pedir permiso. Era un espectáculo terrible. Estuvo allí humillado varios días. Cisternas, otros encomenderos y el mismo Ercilla le llevaban agua y comida.

Cuando Lisperguer regresó con Francisco de Villagra, García no le permitió bajar a tierra. Era evidente que no lo quería confrontar. Hubiera sido absurdo. Un advenedizo frente a un veterano que había atravesado el desierto y la cordillera y fundado ciudades a ambos lados de la mole andina. Aguirre fue sacado del barco en que estaba y trasladado a la nave del capitán Lisperguer, que de inmediato izó velas rumbo al Perú. Nadie dijo nada. La gente de La Serena esperaba que el nuevo gobernador partiera pronto hacia el sur. Pero García no tenía apuro. Hizo bajar las mercancías que llevó del Perú: pelotas, juegos de naipes y otros y puso a un sirviente suyo a venderlas en el ayuntamiento.

El siguiente conflicto estalló cuando el gobernador manifestó su deseo de viajar a Concepción sin pasar por Santiago. Fray Gil González advirtió que eso sería visto como un nuevo desaire por los vecinos encomenderos de la capital. Pedro Olmos recomendó pasar el invierno en Santiago y partir en la primavera al sur, como hacía Pedro de Valdivia, ya que el invierno era muy crudo en la tierra de los araucanos. De esa manera les daba tiempo para que sembraran papas y maíz. Valdivia llegaba todos los años en la primavera a cosechar. A Hernando de Santillán le pareció más conveniente ese plan, pero García se mostró terco. Su idea era ingresar triunfante a Santiago después de haber pacificado a los araucanos.

La pregunta volvió a plantearse cuando llegó un mensajero del cabildo de la capital con una invitación para García. Él insistió en su negativa. Otra vez le advirtieron que eso iba a herir susceptibilidades. Cansado de escuchar tantos consejos, García opinó frente al enviado del cabildo.

—¿Cuáles susceptibilidades? Todas las ciudades de las Indias son un albergue de bandidos sin virtudes ni moral. No hay ninguna razón para tener consideraciones con gente así.

Se rio esperando que alguno lo secundara. El mensajero se alejó, tomó su caballo y partió al galope.

Fijó la partida al sur por tierra y por mar el 21 de junio, día del solsticio de invierno. Los caballos, eso sí, estaban obligados a pasar por Santiago porque el camino construido por los incas pasaba por allí. Con ellos partieron, como siempre, Luis de Toledo, Juan Remón y el caballerizo Julián de Bastidas con sus petos, sus corazas, sus yelmos con plumas y sus estandartes. Llevaban órdenes de pedir al cabildo de Santiago todo el apoyo que pudieran brindarle en comida y hombres con experiencia en la guerra y seguir raudos a Concepción.

En el mar

Los barcos hicieron una pausa en la bahía de Valparaíso para subir agua fresca y bastimentos. Allí se les sumó Juan Gómez de Almagro. Había partido a La Serena para sumarse al ejército, pero llegó cuando García ya había zarpado, por lo que siguió al barco por la costa. Lo recibieron agradecidos porque aseguró ser un buen conocedor de la geografía chilena.

Estuvieron algunas horas en el puerto y continuaron el viaje. La temperatura fue bajando y los vientos aumentando conforme navegaban hacia el sur. El sol casi no se mostraba. Por las noches, las nubes negras apenas dejaban pasar la luz de la luna.

Una semana después de la partida sufrieron una tormenta. Durante la noche navegaron en la más absoluta oscuridad. El viento y una ola gigante que los embistió por el costado estuvieron a punto de romper el mástil de la nao capitana. Ercilla pensó que iban a volcarse. Recordó el momento en que Eneas y su armada cruzaron de Cartago a Italia a cumplir la misión que les habían encargado los dioses. Evocó el nombre de una de sus naves: *Quimera*. ¿En qué habrá pensado Virgilio al bautizar así a ese barco? Kimaira era un monstruo femenino de la mitología griega; un injerto entre león, cabra y serpiente.

En medio del espanto, esos pensamientos lo tranquilizaban. Era uno de los pocos que no gritaba, mientras otros se persignaban o aseguraban que había llegado su juicio final.

Por la mañana se percataron que habían perdido de vista a una de las naos. Pensaron que se había hundido. Hubo lamentos y rezos entre ráfagas de viento en la cubierta. El piloto aseguró que jamás había sufrido una tempestad así. Soltó el timón porque se le hizo imposible maniobrar el barco. Ercilla dirá en su poema:

Sin esperanza de remedio alguna /el gobierno dejaban a los hados /corriendo allá y acá desatinados.

Vieron que se acercaban a la costa rocosa y pensaron que iban a estrellarse contra las piedras, pero un golpe de viento rompió la mura mayor e hizo que el cable que la sostenía soltara el puño del trinquete. Eso fijó la vela y cambió la dirección del barco. El fraile franciscano Juan Gallegos gritó:

—¡Intervención divina! *Deus ex machina*. Demos gracias a Dios.

El viento los empujó hacia una isla. Echaron anclas frente a ella el 28 de junio de 1557, mientras llovía copiosamente. Bajaron a tierra embargados por la emoción del superviviente. Ercilla recordó haber leído que las tormentas convulsionaban los átomos y renovaban la vida.

Isla Quiriquina

La isla estaba poblada. Había muchas construcciones como bohíos que los intranquilizaron, porque por la lluvia no podían encender las mechas de los arcabuces. Pero portaban sus espadas. Los indígenas fueron saliendo poco a poco de sus viviendas y acercándose sin miedo con sus lanzas alzadas y unas hachas con hojas de piedra. Cubrían su cuerpo con capas de lana. Todos iban descalzos. Gil Gonzalez recordó a los suyos que, antes de atacarlos, debían leerles el Requerimiento: así lo estipulaban los protocolos reales. García le pidió que lo hiciera él mismo. El religioso desenrollaba el documento bajo la lluvia cuando un halo de luz iluminó el cielo. Los nativos arrancaron hacia una playa cercana, donde estaban sus pequeñas embarcaciones. Los dejaron huir.

A continuación, revisaron todas las moradas, sacaron a los indígenas que encontraron y los llevaron a un descampado a cierta distancia del mar, donde los esperaba el fraile. Mientras lo hacían, cesó de llover. Cuando pensaron que los habían juntado a todos; hombres, mujeres y niños, el religioso se subió sobre un peñasco y desenrolló el pergamino con tranquilidad, mirando a los nativos con benevolencia, para que no tuvieran miedo. Dos arcabuceros le cuidaban las espaldas. El documento invitaba a los gentiles a convertirse al cristianismo y a someterse a la obediencia de la Corona de España. Los hombres no se atrevían a moverse. Los niños lloraban abrazados a sus madres. García hizo bajar del barco una cruz y ayudó a enterrarla algunos pasos detrás del dominico. Terminada la lectura, Gil se persignó y rezó un padrenuestro en voz alta. Todos los españoles lo secundaron. Estaban en pleno éxtasis salvatorio de almas cuando un indígena lanzó desde alguna parte una flecha que chocó en el yelmo de uno de los arcabuceros. García dio la orden de disparar. En pocos minutos hubo varios heridos y dos indígenas muertos. Algunos huyeron hacia sus barcas y otros se lanzaron al mar. Los que quedaron en la isla cayeron prisioneros. Entre ellos, muchas mujeres y niños.

Gil gritaba desesperado:

—¡No vinimos a hacer la guerra! ¡Vinimos a evangelizar!

Esa noche los españoles se instalaron en las habitaciones de madera y paja de los indígenas. Muchos no la pasaron solos. Sin pudor, porque el emperador estaba bastante lejos, transformaron, a la fuerza, a las mujeres que no alcanzaron a huir en sus amantes.

Ercilla ocupó una choza pequeña con un fogón magnífico. Bastaba con echarle algunas piedras negras para que se mantuviera encendido toda la noche. Su cama era la piel de un animal al que los indígenas llamaban *chilihueque*. Había varios de ellos en la isla. Parecían llamas, pero tenían la piel de las ovejas. Sus compañeros los llamaban ovejas de la tierra. Aprovechó la soledad y la calma para escribir las asociaciones que le había despertado la tormenta.

> *Boreas furioso aquí tomó la mano /con presurosos soplos esforzados /y súbito en el mar tranquilo y llano /se alzaron grandes montes y collados.*

El nuevo día los saludó con sol. Lo dedicaron a buscar alimentos y encontraron de todo: maíz, papas, frijoles, calabazas y mariscos ahumados. Por la tarde bajaron vino de los barcos. Juan Chilca, uno de los asistentes de Ercilla, le informó sobre sus averiguaciones. La isla se llamaba Quiriquina. *Küru* significa viento en la lengua de los naturales. Los nativos se llamaban a sí mismos *mapuche* y no araucanos. A la prenda de lana con que cubrían su cuerpo le decían *poncho* y a sus bohíos los llamaban *rukas*.

Dos días después de su arribo a la isla llegó a visitarlos un indígena que dijo llamarse Millalauco con tres acompañantes.

Pidió hablar con el jefe de los españoles. En sus frentes llevaban amarradas cintas de diferentes colores que sujetaban sus cabelleras negras, largas y abundantes. García los recibió en su *ruka* y Ercilla no se quiso perder la conversación. Millalauco habló largamente en un castellano chapoteado, en un tono a ratos quejumbroso y a ratos amenazante. García y sus hombres lo escuchaban con paciencia, tratando de entender a dónde iba el discurso, cuál era el mensaje. Intuyeron que eran espías. Al final de su arenga, Millalauco aseguró que su jefe lo enviaba a ofrecer la paz. García les dijo que no era a ellos a quienes debían ofrecer la paz, sino al emperador Carlos Quinto, y para eso debía acudir su jefe en persona. Le pasó una insignia española para que se la llevara de su parte. Millarauco la recibió agradecido y volvió con su séquito a una pequeña barca. Al pasar junto a unos soldados que armaban una fogata, estos se mofaron de ellos en su cara. Los cuatro indígenas mostraron entereza al ignorarlos.

Ercilla se retiró a su *ruka* a escribir sus primeras impresiones de los araucanos.

La llegada del barco que habían creído hundido en la tormenta fue motivo de celebración. Unos se abrazaban, otros bajaron panderetas y vino para celebrar el reencuentro con compañeros que habían dado por muertos. Las chozas de los indios se hicieron pocas. Hubo que construir otras con la abundante madera de la isla. En una de ellas pusieron una cruz. Dos semanas después de su arribo había surgido un poblado de cristianos en la isla. Gallegos celebraba una misa cuando llegó otro barco con bastimentos desde Valparaíso. Salieron a recibirlo después de la ceremonia con panderetas y trompetas.

El comunicativo Ercilla invitó al reaparecido Juan Gómez de Almagro a instalarse en su rancho. Tenía unos cuarenta años y venía del pueblo de Almagro, igual que su tío, el descubridor de Chile. Llegó a las Indias con su padre en 1534 en el mismo barco en que viajó Jerónimo de Alderete. Estuvo en Nicaragua y Guatemala y desde allí pasó al Perú. Obtuvo una encomienda en un pueblo llamado Huamanga, pero sus indígenas se levantaban con frecuencia. Cuando él y su padre se enteraron de que Pizarro había autorizado a Pedro de Valdivia ir a la conquista de Chile, se le unieron de inmediato. Fueron dos de los diez hombres que partieron con el adelantado desde el Cuzco en 1540. En el camino se les fueron sumando otros conquistadores que regresaban de expediciones frustradas, entre ellos, Francisco de Aguirre. El viaje entre el Cuzco y el valle del Mapocho tomó un año y un mes.

—¿Y entonces? —preguntó Ercilla.

—Los indígenas nos miraron expectantes. Nunca habían visto caballos, ni arcabuces, ni mosquetes. Sus armas eran de palos y piedras. Pensaron que éramos dioses.

Ercilla se lo pudo imaginar. Gómez agregó que, cuando vieron que eran mortales, se les pasó el asombro y comenzaron a hacerles la guerra. Pero ya habían fundado Santiago y él se había convertido en el veedor de la ciudad. Como tal, tuvo que enfrentar muchos ataques. En los primeros años pasaron hambre porque los nativos no sembraron nada esperando que se marcharan. Comieron carcoma de árboles mezclada con chicharras tostadas.

En la isla no estaban tan lejos de eso. Después de una semana, los alimentos que encontraron se habían acabado. García mandó a un grupo de diez soldados a buscar trigo a La Imperial, Villarrica y Valdivia y en seguida llamó a una reunión. Calculó que los caballos podrían llegar en cualquier momento al lugar en que estuvo la ciudad de Concepción. Ese era el punto de encuentro que habían fijado.

Pidió voluntarios para construir un fuerte cerca de la ciudad destruida. Ercilla se ofreció junto con otros ciento treinta hombres. Atravesaron en el barco más pequeño de su flota.

Concepción era una ruina. Todas las casas estaban quemadas. Gómez de Almagro le contó que una mujer española trató de persuadir a los vecinos para que se quedaran a defender el poblado. La historia tenía mucho potencial dramático. Una mujer española resguardando su nuevo terruño, eso había que contarlo. Le preguntó el nombre de esa mujer, pero su amigo no lo sabía.

Eligieron una explanada en un cerro no tan elevado, ubicado a un tiro de arcabuz de la ciudad destruida, y se pusieron de inmediato manos a la obra.

Fuerte de Penco

Como les faltaban palas para hacer el foso, sacaron platos y bandejas de los cofres de García. La madera para el portón, la torre y las habitaciones la obtuvieron de los bosques. Como trabazón utilizaron pequeñas estacas de madera, porque no tenían clavos. García pensó más en la vajilla de plata que en los materiales de construcción.

Ercilla armaba la empalizada mano a mano con Pedro Mariño de Lobera, que llegó a ayudarlos desde La Imperial. Era pocos años mayor que él, originario de un pueblo de Galicia, estaba en Chile desde 1551. Conoció a Valdivia en al Perú cuando luchó junto a él en la batalla de Jaquijahuana. Concluyó que muchos de los conquistadores de Chile habían llegado con Valdivia después de esa batalla. Cada tanto dejaban un espacio abierto para poner cañones, los mejores aliados de los españoles. Un disparo bien apuntado podía matar a cinco indígenas de una vez. Lobera pensaba escribir algún día una crónica sobre los hechos de Pedro de Valdivia, porque había estado en varias batallas y participado en la fundación de todas las ciudades del sur.

—En cada ciudad que fundaba descubría un lavadero de oro. En el río Quilacoya, a pocas leguas de aquí, y en el río de las Damas, cerca de La Imperial, salían unas pepas enormes. Tengo algunas guardadas.

Ercilla sintió que iba entendiendo. Los indígenas pusieron fin a una corta fiebre del oro española.

—¿En Tucapel también había oro? —preguntó.

—También. A los indígenas el metal precioso no les interesaba.

La construcción del fuerte tomó una semana. De inmediato comenzó el traslado de la tropa que había quedado en la isla, entre ellos el gobernador. La operación fue dirigida por Felipe de Mendoza y tomó dos días.

Otra vez llegaron los espías. Portaban panes de maíz de regalo. García les dio a cambio piedras de colores. Uno de los indígenas preguntó, desafiante, a Lobera:

—¿Qué mujeres tienen los cristianos para llevar adelante su generación? En el fuerte no veo ninguna.

—No las hay —dijo Lobera—, pero están las vuestras, con quienes tendremos hijos, que serán vuestros amos.

Un *yanacona* o nativo amigo que se sumó a la tropa en la isla Quiriquina avisó que venía un gran contingente de indígenas en camino. Podían caer sobre el fuerte en cualquier momento. Se tomaron las precauciones. García se quejó de que todavía no llegaran los caballos. Ercilla aprovechó sus guardias nocturnas para sonsacar información a sus compañeros. Gómez de Almagro formó parte de la compañía que dio muerte a Lautaro en Mataquito. Eso dio mucho alivio a los cristianos. Después de destruir Concepción, el jefe de los araucanos quería llegar a Santiago.

Ercilla le pidió que lo describiera físicamente.

—¿Me mencionaréis en vuestro informe? —preguntó Gómez.

—Tenéis mi palabra de honor.

Otra noche le tocó hacer guardia con Diego de Erazo. Él le contó cómo era la vida de los indígenas bajo el gobierno de Pedro de Valdivia. Aseguró que se hubieran sometido de buena gana y pagado sus tributos si no hubiera sido por los agravios y malos tratos de los encomenderos, comenzando por el mismo gobernador. Los llevaban amarrados a los lavaderos de oro. Niños y ancianos incluidos. Ercilla se acordó de su conversación con Bartolomé de las Casas. Sacó pluma y papel de su morral para escribir sus reflexiones.

Un ataque

Los alaridos eran intimidantes para quienes vivían por primera vez un ataque indígena. Llegaron formados en tres escuadrones. Entre ellos había varios vestidos de españoles con espadas amarradas al cinto. Algunos traían tablones para salvar el foso. García dio la orden de no disparar hasta que estuvieran cerca para ser más efectivos. No tenían tanta pólvora. Recién cuando comenzaron a cruzar el foso los españoles gritaron:

—¡Santiago y a ellos!

Todos los cañones dispararon al mismo tiempo. Muchos nativos no alcanzaron a llegar al foso porque las bolas de hierro hicieron volar sus cuerpos por el aire, cayendo desmembrados sobre sus compañeros en la retaguardia. La puerta del fuerte se llenó de indígenas tratando de derribarla. No era posible. Estaba cerrada con cien trancas. Desde allí lanzaban picas a los arcabuceros en la torre. Entre ellos luchaba un guerrero a quien Ercilla llamará Gracolano en su poema. Esquivó las balas y logró trepar la empalizada y entrar en el fuerte. Allí se encontró con las espadas españolas, entre ellas, la del soldado Ercilla. Aún herido logró quitar la pica a Martín de Elvira. Trató de llegar al portón, pero una bala en la cabeza lo derribó. Otro nativo que trepó después de él tomó la pica y logró escapar escalando la empalizada con agilidad. Bajó orgulloso con su trofeo en alto. La alegría duró solo un par de minutos porque una bala de cañón lo partió en dos. Otro guerrero tomó la pica de Elvira y corrió con ella hacia el bosque. Su dueño salió del fuerte por una puerta angosta a recuperarla. Lo interceptó por un costado de la empalizada, antes de que llegara al foso. Respondió a un mazazo con la daga que portaba en el cinto y corrió al fuerte con su pica recuperada, perseguido por una lluvia de flechas que chocaban en su coraza y su yelmo. Sus compañeros lo recibieron con vítores y palmas. Entre tanto, había muchos indígenas escalando el muro. Uno de ellos, a quien Ercilla llamará Tucapel, llegó hasta la torre y repartió mazazos a diestra y siniestra. Otros que lo secundaron cayeron muertos. Tucapel vio que no podía hacer más. Volvió con los suyos y escapó al bosque. Eran muchos los guerreros muertos. Había sangre por todas partes. Al ver que no podrían apoderarse de la nueva fortaleza enemiga, su ímpetu decayó y comenzaron la retirada.

Fueron cinco horas de lucha encarnizada. Los heridos quedaron en calidad de prisioneros; vale decir, de yanaconas o indios amigos. Un tal Campofrío hizo algo que dejó estupefacto a Ercilla. Se sacó una flecha que había recibido en el muslo y, con un anzuelo de pescar, estiró la carne penetrada y la cortó con su espada a sangre fría para evitar que se esparciera el veneno.

Aquella fue la primera batalla de su vida. La primera vez que desenvainaba su espada para herir a un enemigo. Ante sus compañeros aparentaba entereza, pero estaba lejos de sentirla. Vino a su mente un pasaje de la *Historia natural* de Plinio el Viejo o el Joven, uno de los dos, no recordaba bien, en el que afirmaba que merecen llamarse dichosos aquellos que hacen cosas dignas de escribirse o que escriben cosas dignas de leerse, y bienaventurados los que alcanzan lo uno y lo otro. Ansiaba una cama, un vaso de vino, un asado de cabrito o de perdices, unas empanadas, una porción de olla podrida, postres de manjar blanco. De pronto un pensamiento llegó solo...

—¿Qué estoy haciendo aquí yo, que podría estar ahora cortejando a una bella dama en la corte? ¿Por qué me metí en estos abrojos?

Se corrigió de inmediato... fue su decisión. Estaba allí para llevar la cristiandad a esas tierras. Los ojos se le cerraban de cansancio. Se tendió para dormir un poco y así, en duermevela, escuchó los susurros de una mujer. Llegaban desde el bosque. Quiso ir a ver, a pesar del peligro. La curiosidad pudo más. Se acercó con la espada en la mano al lugar de que provenían. Cuando estuvo cerca se dio cuenta de que no eran susurros, sino llanto. Le recordó a Tisbe buscando a su amado Píramo. Volvió a su camastro y dejó que su imaginación volara. La llamó Tegualda. Más adelante la convertiría en una de las heroínas de su poema.

Al día siguiente recorrió el campo para estudiar las armas de los indígenas: hachas con hojas de piedra, mazas, dardos, flechas, lazos de cuero y mimbre. Hernando de Santillán calculó que en el ataque participaron unos ocho mil indígenas. García lo contradijo: aseguró que eran unos veinte mil. Ercilla opinó que no llegaban a quinientos, pero se guardó sus comentarios. Por haber sido en el día de san Luis, fray Gallegos propuso bautizar el fuerte con el nombre de ese santo. Para él era indudable que los había protegido.

El ataque dejó veintiocho españoles heridos. Los que habían sido alcanzados por flechas envenenadas sufrían dolores terribles. Sus alaridos se escuchaban en todo el fuerte. De ellos se ocupó el boticario Hernán Pérez. Les ponía sebo fundido que sacaba de los estómagos de los cadáveres de los indígenas más corpulentos. A pesar de eso, varios fallecieron de una muerte lenta que daba tiempo para recibir la confesión *in articulo mortis*, aquella que redimía de cualquier atrocidad cometida durante sus vidas. Campofrío fue uno de los que sobrevivió.

En la misa del domingo fray Gil González de San Nicolás llamó a cambiar de estrategia. Hasta ahora no habían mandado ningún mensaje de paz a los gentiles. No los habían escuchado. Les reprochó que prefirieran la guerra. Les recordó que los indígenas eran súbditos de España igual, que ellos, y les recomendó ser un modelo de bondad y dignidad. Sus palabras sonaban a imposible. Ercilla lo buscó después de la misa y le pidió que lo confesara.

Los días siguientes los dedicaron a reparar el fuerte, a recolectar frutos del mar y a pescar.

García seguía preocupado y molesto porque los caballos aún no llegaban. Ni las provisiones que les debía enviar el cabildo de Santiago. Estaba seguro de que Luis de Toledo se había quedado en la capital, entretenido con las damas santiaguinas. Andaba de tan mal humor que nadie se atrevía a contradecirlo. Ni siquiera Gil González. Encargó a un tal Alarcón y a un tal Ladrillero encaminarse hacia el norte para ver si venían en camino. Y envió uno de los barcos al Perú con una carta para su padre, en la que le relataba con lujo de detalles la victoria en la batalla de San Luis de Penco el 25 de agosto de 1557, que él había liderado.

Llegan los caballos

A mediados de septiembre los vieron bajar de un monte con sus banderas, pendones y estandartes. Se veían magníficos, dignos de un ejército de Carlos Quinto. Pero no los conducía Luis de Toledo, sino Juan Remón. Junto a él venían dos capitanes de Pedro de Valdivia, hombres que se habían destacado en la conquista: el gallego Rodrigo de Quiroga y el castellano Juan Jufré. García salió a recibirlos con un grupo de trompeteros. Por fin pudieron salir del encierro. Ercilla se sacó su armadura por primera vez desde que llegó a la bahía de Penco. La atmósfera en la tropa se relajó un poco, aunque sabían que eran vigilados. Los yanaconas aseguraban que los bosques de los alrededores tenían ojos y oídos.

Dejaron a los animales en un potrero que habían preparado junto al fuerte. Ercilla montó algunos y eligió una yegua marrón con una mancha blanca en la cabeza. Le dio una palmada en el lomo y el animal respondió con un amable relincho. Treinta cerdos que llevó Jufré fueron dejados en un corral que prepararon diez esclavos negros. Ercilla puso a sus dos sirvientes a trabajar con ellos y a ocuparse de los animales.

Para hospedar a los recién llegados improvisaron tiendas en la parte llana y estrecha que rodeaba el fuerte. El campamento comenzó a tomar aspecto de ciudad.

Solo García seguía de mal humor. La tardanza de Remón con los caballos le parecía injustificable. El maestre de campo juró que en el terreno plano habían cabalgado a matacaballo, haciendo pocas pausas. Lo más demoroso fue el vado de los ríos. Hernando de Santillán lo defendió. Recordó que desde la Ciudad de los Reyes hasta Concepción había unas setecientas leguas. García lo hizo callar. Lo que más le molestaba era que Luis de Toledo se hubiera quedado en Santiago. Remón explicó que había recibido trescientos pesos de la Real Hacienda y tenía que comprar bastimentos.

—¡Mentira! Se quedó para galantear a las santiaguinas.

El comentario sacó sonrisas espontáneas.

Estuvo varios días enojado y sin hablar con Remón. Solo compartía con los capitanes Quiroga y Jufré.

Luis de Toledo arribó una semana más tarde con bastimentos y más soldados. Lo acompañaba Juan Núñez de Vargas, el tesorero real, a quien García hizo apresar en el momento y envió al Perú, porque se negó a entregarle todo el dinero que había en las arcas reales de Santiago. Fray Gil González intercedió por él y García lo amenazó con ajusticiarlo si seguía importunando su gobierno. Entonces el fraile pidió permiso para partir a Santiago para ocuparse allí de las cosas de los indígenas y García se lo denegó.

El religioso se vengó en la misa del domingo. La inició diciendo que predicar el evangelio con las armas era un contrasentido. La doctrina de Jesús era la doctrina del amor. Recordó, mirando fijo a García, que como fraile dominico tenía autoridad para opinar sobre los métodos de conquista.

—La guerra que pretendéis hacer a los naturales es ilícita ante los ojos de Dios y de la Corona. El emperador manda y ordena que antes de hacer la guerra debe intentarse la paz. Quienes sigan adelante en esta guerra cometerán pecado mortal y se irán al infierno.

El miedo de los soldados se expresó en suspiros y miradas. Gallegos protestó.

—El mundo pertenece al Creador y el hijo de Dios es Jesucristo. Su representante en la Tierra es el Papa. Uno de ellos, Alejandro Sexto, partió el mundo en dos mitades y otorgó esta parte a Castilla. O sea que los españoles tenemos todos los títulos necesarios para conquistar esta tierra y convertir a los gentiles con el método de la guerra justa.

—Pero no los estamos convirtiendo —insistió Gil.

—Primero tenemos que sujetarlos —gritó Gallegos—. Si no tuviéramos estos valientes soldados, yo mismo esgrimiría las armas para someterlos.

Gil recordó a Gallegos que el papa Pablo Tercero planteó en la bula *Sublimis Deus* que la negación de los gentiles a abrazar la doctrina cristiana no era excusa para adueñarse de sus haciendas.

Gallegos lo iba a interrumpir nuevamente, pero Gil lo hizo callar.

Terminada la misa, un soldado tartamudo de apellido Peña preguntó al dominico si era cierto que quienes mataban indígenas irían al infierno.

Gil asintió. Peña se persignó y le pidió que lo confesara.

Ercilla lo buscó por la tarde, cuando el nerviosismo se había disipado un poco. Le dijo que admiraba su tesón y le contó que conoció a Bartolomé de las Casas en Valladolid. Gil sonrió al escuchar ese nombre. También lo conocía personalmente.

Fue su modelo e inspiración cuando se ordenó en la congregación de los dominicos. Después, sentado en la esquina que le tocaba del galpón de los soldados, a la luz de una vela, escribió el discurso de un cacique llamando a sus guerreros a defender su territorio. Como apenas conocía sus nombres, inventó el de Tunconabala, que sonaba bastante italiano. ¿Por qué no? La estrofa salió sola...

Excusado es, amigos que yo os diga /el peligroso punto en que nos vemos /por esta gente pérfida enemiga /que ya, cierto, a las puertas la tenemos; /pues el temor que a todos nos fatiga, /nos apremia y constriñe a que entreguemos /la libertad y casas al tirano /dándole entrada libre y paso llano.

García ocupó todo octubre en organizar su ejército en tres compañías de caballería y una de infantería. El coronel Luis de Toledo, el maestre de campo Juan Remón y el capitán Rodrigo de Quiroga quedaron a cargo de la caballería y al capitán Felipe de Mendoza, su hermano natural, le asignó la infantería. Para sí mismo reservó una compañía de doscientos arcabuceros a caballo. Ercilla se ordenó junto al veterano Rodrigo de Quiroga porque le dio confianza. García ofreció un puesto de mando a Juan Jufré, pero él lo denegó. Solo había viajado a Concepción para llevar los cerdos, que provenían en parte de su hacienda. Tenía que ocuparse de su astillero en el río Maule y de una fábrica de paños en Petorca. Además, su esposa lo llamaba. Estaba recién casado con Constanza de Aguirre, la hija de Francisco de Aguirre. Ponerse a las órdenes del hombre que había desterrado a su suegro, eso su esposa jamás se lo perdonaría.

Arauco

El primero de noviembre partió desde Concepción un ejército español nunca antes visto en esas tierras. El más grande que había pasado por allí. Hacían un ruido que espantaba a los pájaros. Mucho chinchineo de metal, mucho relincho de caballos. El futuro cronista Alonso Góngora Marmolejo, un capitán que llegó desde la ciudad de Valdivia a apoyarlos, dirá que eran seiscientos españoles, mil caballos y cuatro mil yanaconas, acertando en el número de españoles, pero duplicando el de los caballos y exagerando varias veces el de los así llamados indios amigos. Algunos llegaron con ellos del Perú. Muchos se les sumaron en la isla Quiriquina. Otros cayeron en el asalto al fuerte de Penco. Aquellos se distinguían porque iban amarrados portando los cofres del gobernador.

La organización del vado del río Bío-Bío estuvo a cargo del capitán genovés Juan Bautista de Pastene. Quiroga recomendó enviar españoles a otro vado para confundir a los indígenas. Así se hizo. Fabricaron diez balsas para personas y una especial en la que cabían seis caballos. No hubo contratiempos. Yendo y viniendo varias veces al día, lograron cruzar los animales en una semana. El embarque de los cañones y el equipaje fue igualmente expedito. A nadie hubiera importado si alguno de los tantos cofres del gobernador hubiera caído al agua. Pero eso no ocurrió. Hubo un solo incidente, que casi costó la vida a un soldado napolitano cercano al capitán Pastene. Fatigado de tanto ir y venir por el río hizo una pausa sobre la hierba y se quedó dormido. García lo descubrió y se encolerizó. Lo condenó a la horca ahí mismo por flojo. Como no había un árbol cercano donde colgarlo, sacó su espada y ordenó a un alguacil que lo degollase. Pastene llegó corriendo. Miró serio al gobernador y le dijo que era su hombre de confianza y que lo necesitaba. Como García también necesitaba a Pastene, desistió del castigo.

Ercilla atravesó el río al mediodía de la segunda jornada de vado. Dedicó la tarde a tomar algunas notas. Góngora Marmolejo le buscó conversación. Quiso saber qué estaba escribiendo y Ercilla le respondió que anotaba sus vivencias porque, al escribirlas, reflexionaba mejor que al vivirlas. Lo invitó a sentarse junto a él. Era diez años mayor que Ercilla. Originario del pueblo de Carmona en Andalucía, donde su padre era regidor. Llegó a Chile en 1549 con Pedro de Valdivia. Alonso le preguntó sobre su vida en el Perú, pero él evitó hablar de ese tiempo. Intuyó que su interlocutor había luchado en el bando equivocado. A algunos compañeros de Gonzalo Pizarro le habían perdonado la vida a cambio del destierro. Góngora hablaba con humildad. Le contó que vivía en Valdivia, ciudad que él había ayudado a fundar. Era algo así como su regidor. Tenía una casa junto al río Calle-Calle, donde vivía con una mujer a la que amaba. Era india. Tenían un hijo de dos años llamado Luis. Ercilla agradeció la confianza. Se sintió cómodo en esa intimidad. Así le gustaba la comunicación, sin aspavientos ni sobresaltos.

—¿Cómo era Pedro de Valdivia?

Góngora reflexionó un segundo antes de responderle.

—Era un hombre de buen entendimiento, aunque de palabras no bien limadas, porque no era versado en latines...

Hizo una pausa para recordar.

—Era amigo de andar bien vestido y lustroso y de la buena comida, por eso engordó en sus últimos años.

—¿Cómo era la relación con sus compañeros?

—Buena. Era generoso. Hacía mercedes graciosamente. Después de que fue señor, recibía gran contento en dar lo que tenía. Eso sí, aborrecía a los nobles. Llegó amancebado con una mujer española que ahora es esposa de don Rodrigo de Quiroga.

Ambos se dieron vuelta a mirarlo. Conversaba con Alonso de Reinoso no lejos de ellos.

—Y las circunstancias de su muerte, ¿qué me decís de ellas?

—Después de que los alzados atacaron el fuerte de Tucapel, Valdivia llamó a sus capitanes de La Imperial para que se reunieran allí con él a darles un escarmiento. Muchos le advertimos que no fuera —señaló, moviendo la cabeza—. Las cosas las ordenó así el juez divino.

—¿El juez divino?

—Fue un castigo por su vida pecaminosa.

—Pensé que fue una emboscada de Lautaro.

Góngora asintió.

—Fue una muerte horrorosa. Le cortaron los brazos y se los comieron en su presencia estando Valdivia aún vivo.

—Esos detalles no los sabía —confesó Ercilla—. ¿Cómo os enterasteis?

—Por un yanacona que se disfrazó de guerrero araucano. Él llevó la noticia a Concepción y desde allí se propagó por todo el reino.

El 7 de noviembre cruzaron los últimos españoles al estado de Arauco, así llamaban al territorio ubicado al sur del río Bío-Bío. Antes de seguir, García llamó a una junta general para dar la bienvenida oficial a los cincuenta hombres de refuerzo que llegaron desde La Imperial, Valdivia y Villarrica. Ercilla dirá en su poema que venían...

Con gran chusma y bagaje bastecida /de municiones armas y comida.

Con lo de chusma se refería a los yanaconas.

Se pusieron en marcha. En la primera línea iba Quiroga con su compañía de caballos. Junto a él marchaban los portaestandartes y un poco más atrás los clérigos montados en caballos blancos. Los seguía García con sus arcabuceros. Detrás de ellos iba Remón, luego Toledo, seguido por su infantería de arcabuceros y piqueros. En la retaguardia marchaban los yanaconas y los esclavos portando los cofres. Al pasar junto a un cerro, García y tres hombres lo escalaron. Los tranquilizó no ver enemigos. Quiroga le explicó que no verlos no significaba nada. Elucubró que estarían reunidos, planeando el próximo ataque. Ercilla tomó mentalmente nota de este comentario. Recordó los sabrosos relatos que hacía Homero en *La Ilíada* de las juntas de los enemigos. Quiroga le agradaba. Tenía unos cuarenta y cinco años. No estaba allí para alcanzar fama y honor, porque ya los tenía. Era un hombre respetado en el Reino de Chile. Su esposa, Inés Suárez, era una de las mujeres más influyentes del reino, a pesar de haber llegado con Pedro de Valdivia en calidad de amante. No había conversado con él, pero pensaba hacerlo en algún momento, cuando se diera la ocasión.

Entraron en un terreno fangoso, lleno de pequeñas lagunas. A ratos los caballos se atascaban en el lodo. Alonso de Reinoso se adelantó con diez hombres para estudiar cómo seguía el camino cuando, de pronto, se vio rodeado de enemigos. Uno de los suyos logró regresar y dar aviso al resto de la tropa. Juan Remón partió con treinta jinetes a socorrerlos. Cuando vio que los enemigos eran varios cientos, pidió más gente. Partió Rodrigo de Quiroga con su compañía, entre ellos, Ercilla. Encontraron los caminos cortados por ramas de árboles con flechas untadas de sangre ensartadas. A algunos soldados jóvenes les castañeaban los dientes. Rodrigo de Quiroga y otros cinco veteranos se bajaron a mover las ramas. Un poco más adelante ardía la batalla. Había varios españoles heridos revolcándose en el lodo. Reinoso luchaba cuerpo a cuerpo con un guerrero enemigo. Quiroga lo salvó con su espada. Un cacique, a quien Ercilla dará el nombre de Rengo, atacó al soldado poeta con su maza y lo botó de un garrotazo. Su sirviente Juan Chilca lo socorrió con una daga. Rengo quedó herido en el lodo.

La retirada de los vencidos comenzó a la hora del crepúsculo. Reinoso los persiguió por un bosque espada en alto y volvió diciendo que había hecho gran carnicería con ellos. Entre los españoles no hubo bajas, pero sí muchos heridos. Volvieron junto a García completamente enlodados, portando cincuenta prisioneros. Quiroga informó que en Lagunillas murieron unos ocho mil enemigos. Ercilla calibró que serían unos trescientos. Los prisioneros fueron escarmentados de tal manera que, al volver donde los suyos, los intimidaran. Reinoso dio el ejemplo. Cortó una mano a un guerrero. Campofrío cortó una nariz. Bastidas se dedicó a los pies. No los frenaron ni los alaridos de los indígenas, ni los ríos de sangre, ni las protestas del dominico Gil González.

Terminada la carnicería, siguieron la marcha hacia el sur.

Un espía yanacona contó a Ercilla que los indígenas se enviaban mensajes secretos por medio de las ramas de los árboles y que él sabía cómo descifrarlos. Los llamó *azkintuwes*. Aseguró que los hombres de Caupolicán se habían replegado a una fortaleza, o pucará, no lejos de donde se encontraban y que podían caer en cualquier momento sobre ellos. Ercilla transmitió la noticia al capitán Quiroga. Decidieron esperar a que llegara la noche para salir a sorprenderlos. Partieron Bastidas, Velasco, Avendaño, Campofrío e Irarrázaval, guiados por el yanacona que entendía los *azkintuwes* y volvieron con muchos prisioneros, pero no encontraron a Caupolicán. Ercilla se preparó para presenciar otra ola de violencia. Uno de los prisioneros llamó especialmente su atención porque se dejó cortar las dos manos sin quejarse. Decidió llamarlo Galvarino. El sonido italiano del nombre le gustó. Había pasado su vida leyendo a poetas italianos. Como no podría relatar tantas puniciones, Galvarino representaría a todos los mutilados araucanos.

Esta vez, Gil guardó sus quejas y comentarios para la misa del domingo. En ella leyó capítulos del Apocalipsis:

—El mundo no ha de tener mayor duración que la necesaria para completar el número de elegidos. En cuanto esto haya ocurrido, el cielo y la tierra pasarán. Surgirán un nuevo cielo y una nueva tierra en los que habitará la justicia.

Por la noche, durante la guardia, Ercilla escuchó la conversación de dos soldados sobre su vida en las Indias.

—Vengo de Garganta de la Olla, un pueblo en Extremadura —contó uno—. Allá cavaba la tierra bajo el sol penetrante y pasaba miserias, sometido al cura del pueblo, al duque y al alcalde. Mis hijos iban a heredar la azada con la que yo cavaba el terruño. Un vecino, que era más pobre que yo, se vino a las Indias y participó en la conquista del Perú. Yo vi con mis propios ojos las monedas de oro que le enviaba a su mujer. Solté la azada y partí a Sevilla. Allí me apunté para hacerme rico y aquí me tiene. El otro soldado quiso saber qué había pasado con el vecino aquel y él le contó que lo había visto en Panamá. Iba de regreso a España a comprar un título de hidalguía.

—A él le tocó la carne, a mí el hueso de la chuletilla.

El ejército se puso en marcha al salir el sol. Torcieron hacia la costa para no volver a pasar por las lagunillas. Al mediodía llegaron a una loma, desde la cual se veía el mar. Allí encontraron los restos de los españoles que habían caído en la batalla de Andalicán. Era un cementerio al aire libre. Solo quedaban huesos, calzado y algunos utensilios españoles. Góngora Marmolejo se persignó. Él estuvo presente en esa batalla. Tuvo lugar después de la muerte de Valdivia, cuando Francisco de Villagra salió de Concepción a escarmentar a los rebeldes. Murieron más de ochenta compañeros suyos allí y en la cuesta de Chivilingo. Aseguró que nunca había estado más cerca de la muerte.

Pasaron por el lugar en silencio, sin hacer pausas, hasta llegar a un valle costero que los indígenas llamaban Chivilingo. En él encontraron suficiente pasto para los caballos y unos maizales. García envió a diez hombres a inspeccionar los alrededores. Como por la tarde aún no regresaban, Ercilla y otros compañeros partieron a inspeccionar. Unas *rukas* que vio a lo lejos despertaron su curiosidad. Se acercó con sigilo. Hasta entonces solo había visto indígenas guerreros, nunca familias ni niños jugando. Un hombre mayor hablaba con varias mujeres que molían maíz en una piedra horadada. Unos niños se apuntaban con arcos y flechas de juguete. A su regreso al campamento, dijo que no había visto ni encontrado nada. Luego se retiró a escribir sus impresiones.

Vi los indígenas y casas fabricadas /de paredes humildes y te-
chumbres /los árboles y plantas cultivadas /las frutas, las semillas
y legumbres /noté dellos las cosas señaladas /los ritos, ceremonias
y costumbres, /el trato y ejercicio que tenían /y la ley y obedien-
cia en que vivían.

El 12 de noviembre de 1557 García llamó a un consejo
de guerra. A esas alturas, Ercilla ya no lo podía ver. No soportaba sus paseos teatrales por el campo luciendo su uniforme
siempre limpio y sus zapatos lustrados, que se cambiaba a
diario. Debatieron sobre las próximas estaciones de la jornada. Quiroga opinó que lo más importante era reconstruir
los fuertes destruidos por los indígenas para que vieran que
habían regresado para quedarse. Gil González se puso de pie
y tomó la palabra. Insistió, con la autoridad que le daban su
sotana embarrada y la cruz de plata que colgaba de su cuello,
que antes de usar las armas debían buscarse medios pacíficos
para entenderse con los gentiles. Reinoso propuso mandar
un mensaje de paz a Caupolicán, una promesa de perdo-
narle la vida si él y los suyos deponían las armas y volvían
a pagar sus tributos. García estuvo de acuerdo y pidió que
enviaran al yanacona que entendía los mensajes secretos con
el ofrecimiento, acompañado de otros dos indígenas.

Después del consejo, el fraile se sentó en un peñasco.
De inmediato se armó una fila de pecadores. Ercilla le buscó
conversación a Alonso de Reinoso. Le interesó conocer la
biografía de un hombre tan duro y con tanto talento para la
guerra. Se había transformado en uno de los hombres más
cercanos a García. Tenía unos cuarenta años. Su padre fue
mayordomo de Juana la Loca. O sea que había crecido en
la corte. Ercilla le contó que él también y Reinoso le dijo
que ya lo había notado. Pasó a las Indias en 1536, cuando

tenía veinte años. Vivió un tiempo en Honduras y luego en México. Allí conoció a Hernán Cortés. Se embarcó al Perú cuando se enteró de las hazañas de Pizarro, que era primo del conquistador de México. Eso Ercilla no lo sabía. Allí conoció a Francisco de Villagra y partió a Chile con él en 1551. Fue su maestre de campo.

Los mensajeros yanaconas no regresaron. García envió a otros dos yanaconas como espías a ver qué pasaba. Ellos tampoco volvieron. Dos jinetes españoles se internaron en un bosque y apresaron a dos indígenas que se encontraban allí recolectando hongos. Los torturaron para que informaran dónde se había replegado su jefe. Ellos fingieron querer llevarlos a su escondite. Los guiaron por un camino lleno de trampas, donde cayeron en un hoyo y fueron destrozados en cuestión de minutos. Otros, que salieron a escarmentarlos, volvieron asegurando que el bosque era un aliado de los rebeldes. Se los tragaba y los escondía. Quiroga aconsejó seguir hacia Tucapel.

Pasaron por el lugar donde se había librado la batalla de Marigüeñu. Una de las tres que perdió Francisco de Villagra cuando salió a vengar la muerte de Pedro de Valdivia. Recuperaron un cañón de bronce cubierto de óxido que estaba junto a una *ruka* abandonada. Más adelante, el camino estaba bloqueado por troncos y ramas con flechas ensangrentadas clavadas en ellas. No les cupo duda de que se estaban acercando a Caupolicán.

Esa noche, a la luz de una vela, Juan Gómez de Almagro contestó todas las preguntas que le hizo Ercilla sobre la batalla de Marigüeñu. En ella, Lautaro probó una nueva estrategia de relevos. Los indígenas no se presentaban todos juntos a luchar, sino en pelotones de unos cien individuos.

Así, mientras los ciento ochenta españoles que comandaba Villagra se iban cansando, ellos estaban siempre fuertes. Otra novedad fueron unos lazos corredizos con los que atrapaban los caballos y derribaban a los jinetes. Los llamaban *voquis*. Con uno de ellos derribaron a Villagra de su cabalgadura. Hubiera muerto si Gómez y otros españoles no lo hubieran rescatado.

Por fin llegó una respuesta del líder enemigo. Caupolicán les mandó a decir con un mensajero o *werkén* que no estaba interesado en formar amistad con españoles. El joven chapoteó en castellano que su jefe había dado muerte a Pedro de Valdivia y se lo había comido, y que lo mismo haría con cada uno de ellos. Gil y otros españoles se persignaron. Imaginar al adelantado Pedro de Valdivia descuartizado y cortado en pedazos les quitó el habla por varios segundos. Quiroga le respondió que lo sabían y que por eso estaban allí, para vengar a su gobernador. Reinoso agregó:

—Caupolicán no tendrá una muerte común. Su despedida de la vida será horrible. Vete a decírselo.

Cuando el *werkén* se marchó, García le contó a Quiroga y a otros que lo escuchaban, entre ellos Ercilla, que él era descendiente del Cid Campeador, del marqués de Santillana y pariente, no tan lejano, de Garcilaso de la Vega. Caupolicán era un bebé de pecho para un hombre de su linaje.

Millarapue

El 27 de noviembre continuaron avanzando. El camino era tan boscoso como pantanoso. A los caballos les costaba hacerse camino. Por la noche dormían poco. El ataque podía presentarse en cualquier momento. Ercilla soñaba con enemigos invisibles, mimetizados con el bosque. La naturaleza hablaba en un lenguaje que ninguno de ellos entendía.

Conversó con Hernando de Paredes, que había llegado a Chile dos años antes que él. Era hombre de Villagra. Confiaba en que el emperador Carlos Quinto repararía la injusticia que se hizo con su líder y lo ratificaría como legítimo sucesor de Valdivia en la gobernación de Chile. Entre tanto, defendía a España, no a García. Esperaba que Villagra lo nombrara encomendero en una isla a la que pudiera retirarse. Aseguró que varias leguas hacia el sur había muchas ínsulas en las que podría vivir tranquilo y feliz, porque allá los nativos eran pacíficos. Se lo había contado el capitán Pastene. El genovés pasó por muchas de esas islas cuando navegó en busca del estrecho de Magallanes. Ercilla lo escuchó interesado.

Armaron su campamento en un lugar recomendado por Alonso de Reinoso al que los yanaconas llamaban Millarapue. Era un valle rodeado de cerros y atravesado por un arroyo de agua fresca y cristalina. Era domingo. Después de que plantaron sus pabellones en la tierra, Juan Gallardo ofició una misa.

Ercilla no asistió. No se sentía bien. Pidió a Gil que lo confesara. El fraile le citó la parte de la Biblia en que dice que el mundo depende de un par de buenas personas que impiden que nos despedacemos los unos a los otros. Después se retiró a escribir sus impresiones, pero no alcanzó a anotar mucho porque se le acercó Gregorio de Castañeda, otro que miraba con recelo a García. Le aseguró que todos los hombres de Villagra veían su gobernación como algo pasajero. Confiaba en que el rey no lo iba a confirmar en el cargo. Alonso le hizo ver, con un gesto discreto, que estaba de acuerdo. Le agradó enterarse de que muchos miembros del ejército eran villagristas. Intuyó que los aliados reales del descendiente del Cid eran pocos. ¿Lo sabría García? Presintió que su salida de Chile no sería gloriosa. Después de todo, las Indias representaban la oportunidad de hacerse de nuevo y gente como él llegaba a perpetuar los linajes españoles tradicionales, muchos de ellos, surgidos en la guerra de la Reconquista.

Otro día conversó con el vizcaíno Martín Ruiz de Gamboa, que llegó a Chile en 1552. Viajó desde el Perú con su hermano y un primo. Estaba casado con una mestiza, hija de Rodrigo de Quiroga, y una india de la comarca de Santiago. Explicó a Ercilla los derechos de los indígenas según las Leyes Nuevas de 1543, tan odiadas por los conquistadores.

Nuevas noticias de Caupolicán. Un guerrero armado con una espada española pidió hablar con el gobernador. Intuyeron que era un espía. García lo invitó a dar su mensaje a viva voz.

—Mi *apo* Caupolicán está preparado.

—Decidle que nosotros también lo estamos.

El mensajero se despidió con un *hasta la vista* y García ordenó a un yanacona que lo siguiera. Así constató que su campamento estaba cerca y que a varios de sus guerreros les faltaba una mano, la nariz, una oreja...

Redoblaron la guardia. Ninguno se atrevió a abandonarse al sueño profundo. Cualquier ruido les causaba sobresaltos. Dejaron sus arcabuces cerca del fuego para impedir que el rocío humedeciese la mecha.

No los sintieron acercarse, porque los nativos sabían imitar el ruido de los animales y pájaros nocturnos. Cuando el sol los despertó, estaban rodeados. Era el día de san Andrés. García ordenó toque de Dianas en homenaje a su padre. Los indígenas pensaron que los habían sorprendido y tocaron sus propias cornetas. Los vieron venir ordenados en tres escuadrones. Tan ordenados, que Ercilla tomó nota. Para él ese orden era *indicio /del valor desta gente y ejercicio*.

Los cronistas dirán que el número de guerreros fluctuaba entre diez mil y quince mil. La primera línea portaba unos escudos hechos de maderos gruesos para protegerse de la artillería. Caupolicán llevaba al cinto la espada de Pedro de Valdivia y vestía su peto. Montaba un caballo blanco de los que le habían quitado a los cincuenta acompañantes del gobernador.

Quiroga y sus jinetes se ordenaron junto a la artillería y frente al escuadrón que comandaba Caupolicán. Ercilla lo vio por primera vez y constató que era tuerto. Como todos sus guerreros, iba descalzo. Su cuerpo era fuerte, membrudo y musculoso. García gritó:

—Santiago, ¡a ellos!

Los cañones abrieron fuego esperando que los enemigos se dispersaran. Algunas balas dieron en los maderos, otras hicieron volar cabezas. No obstante, no perdieron el orden. La retaguardia disparaba sus flechas y picas contra los arcabuceros y la primera línea repartía mazazos a los caballos para derribar a los jinetes y obligarlos a luchar cuerpo a cuerpo.

La compañía de Lorenzo Bernal del Mercado quedó atrapada en medio de uno de los escuadrones enemigos. Les llovían flechas que se rompían en sus petos y mazazos que hacían difícil controlar los caballos. Varios soldados fueron derribados y heridos. Iban a retroceder cuando un grupo de españoles llegó en su ayuda. Entre ellos, Alonso de Ercilla.

En otra parte del campo, la artillería seguía disparando. Los mosquetes cambiaban de posición según las aglomeraciones de los enemigos, causando estragos. Caupolicán se movía por el campo alentando a sus hombres protegido por sus *konas* o guerreros. Cuando vio que eran muchos los caídos, y que no tenían ninguna posibilidad de vencer, se replegó hacia el bosque y se perdió en una quebrada entre dos lomas. Juan Remón y Ercilla lo siguieron. Se le sumaron otros, que él recordará en su poema: Arias, Pardo, Maldonado, Manrique, De Simón y Coronado. Pero no encontraron a Caupolicán. Solo dieron con sus *konas*. No le perdonaron la vida a ninguno.

Quiroga y Ulloa empujaron a los enemigos a una quebrada. Unos trescientos cayeron allí. La batalla dejó el campo sembrado de indígenas muertos y malheridos. Los caballos pasaban sobre ellos rematándolos. Entre los españoles no hubo bajas, pero perdieron muchos yanaconas. Ercilla escribirá que fue la batalla más sangrienta de toda la campaña.

Entre los cientos de prisioneros había varias mujeres que pelearon en la batalla con el mismo ímpetu que sus padres y maridos. A ellas no les cortaron las orejas ni las mutilaron. Se las llevaron al bosque entre diez, veinte, cincuenta españoles para aprovecharse de ellas.

Al día siguiente, vuelta la calma, García eligió entre los prisioneros a doce principales, reconocidos por sus insignias y vestimentas, para ser colgados de los árboles a la orilla del camino. Les pasaron un cordel a cada uno y les pidieron que eligieran el árbol en el que querían ser ahorcados. Los indígenas aceptaron la condena con dignidad. Treparon a sus árboles centenarios y se pusieron la soga al cuello. Ercilla escribirá:

y los robustos robles de esta prueba /llevaron aquel año fruta nueva.

El poeta quiso salvar a uno de ellos dando como pretexto que se había pasado al bando de los españoles. Pero el hombre sacó las manos de debajo de su poncho y mostró que, en vez de manos, tenía cuchillos amarrados a sus muñones. Sobre él anotó:

forzado me aparté y él fue llevado /a ser con los caciques justiciado.

Se alejó, porque ese lado de la guerra no estaba a la altura de un gentilhombre de su majestad, pero los gritos lo persiguieron. Tomó la pluma para vaciar su corazón...

Si del asalto y ocasión me alejo, /dentro della y del fuerte estoy metido... /así dudoso el ánimo y perplejo /destos justos contrarios combatido...

Otra vez hubo mutilaciones por cientos. Gil González ya no protestaba. Esperaba la ocasión de poder marcharse a Santiago. Cuando los gritos de los vencidos se acallaron, se le acercó Bernal del Mercado. Ercilla le hizo preguntas, porque le interesaban todas las historias y todas las vidas. Le contó que llegó al Perú con el virrey Blasco Núñez Vela 1544, de modo que fue testigo de la rebelión de Gonzalo Pizarro desde sus inicios. Combatió contra él junto a Valdivia, pero no se fue con él de inmediato a Chile. Vivió un tiempo en Potosí. Viajó a Chile recién en 1551 con Francisco de Villagra. Esperaba el regreso de su capitán. Ercilla lo escuchó un rato y luego se disculpó y buscó un lugar aún más apartado para seguir escribiendo.

En el fondo eres un erasmista pacífico y un hombre sensible, Ercilla. ¿Quién dijo que un conquistador no puede ser una persona así? Obedeces, aunque muchas veces no estés nada convencido de la legitimidad del método de conquista, porque la fidelidad a tu Corona está por encima de todo. Más que a tu Corona, a tu príncipe Felipe, al que dedicarás tus más notables versos.

Cuando escribes te dejan tranquilo. Es otra razón para tomar la pluma. Sientes que todas las contradicciones de las Indias pasan por tu corazón, y en el papel te descargas. Allí le devuelves su dignidad a las víctimas...

Quien que la tierra y pueblos saqueaban /privando a los caciques de las vidas; /quien a las nobles dueñas deshonraban /y forzaban las hijas recogidas /haciendo otros insultos y maldades /sin reservar lugar, sexo ni edades.

Por mi parte, Ercilla, escribo para entenderte. Me pierdo entre los documentos de la época intentando comprender tu cabeza siglos adelantada, ponerme en los zapatos de un alma sensible en guerras tan cruentas.

Siempre viene a tu mente la memoria de tu padre. Quizás dónde hubiera llegado él si la muerte no hubiera cortado su camino. Tal vez Carlos Quinto lo hubiera enviado al Perú en lugar de La Gasca o de Andrés Hurtado de Mendoza. Te asusta no entender. Algo que tenemos en común, Alonso. Como si Dios a veces se llevara a los buenos y dejara la escoria para escarmentar a los humanos, para que tomen conciencia de quiénes son. Cuando te acuerdas de Alderete, vuelve la sensación de desamparo, pero... tu alma estoica siempre encuentra fuerzas para seguir. Ya que no puedes cambiar tu destino, lo aceptas con todas sus incongruencias. Recuerdas lo que escribió Antonio de Guevara en *Menosprecio de corte y alabanza de aldea...*

De viña tan helada, de árbol tan seco, de fruta tan gusanienta, de agua tan turbia, de pan tan mohoso, de oro tan falso y de siglo tan sospechoso no hemos de esperar nada, sino desesperar...

No es tu conciencia la que cuenta, sino la gloria del Imperio español. Pensar en la sensibilidad ajena inhibe los impulsos destructivos. El escrúpulo es la muerte de la acción y tú eres un soldado, formas parte del ejército real. Aunque te sientes más poeta que soldado. Esa es tu verdadera naturaleza. Como poeta tienes derecho a dudar, a conversar contigo mismo y sacar tus propias conclusiones. A ratos vienen a tu mente pensamientos elevados. Algunos ya en forma de verso... una imagen, una síntesis. Tu espíritu se desahoga en ellas. Desprecias la suspicacia, la hostilidad, el odio enconado de tus compañeros hacia los indígenas. Mientras más simples las mentes, más grande el desprecio a los rebeldes. En la corte los llamaban *gentiles*, con una suerte de eufemismo, pero en las Indias nadie usa esa palabra. Salvo Gil, algunas veces.

En el resto del trayecto al fuerte de Tucapel, caminando por la naturaleza exuberante, sublime y peligrosa, una naturaleza aliada de los indígenas, esperas no encontrar ningún rancherío, ningún gentil, ninguna mujer. No quieres ver más saqueos ni violaciones. Pero sí encuentran poblados...

Crecían los intereses y malicia /a costa del sudor y daño ajeno /y la hambrienta y mísera codicia /con libertad iba sin freno... /Ya entre los nuestros a gran furia andaba /el permitido robo y grita usada, /que rancho, casa o choza no quedaba /que no fuese desecha y saqueada.

Concluyes que la falta de principios morales de tus compañeros es el gran impedimento de la paz.

La mucha sangre derramada ha sido /(si mi juicio y parecer no yerra) /la que de todo en todo ha destruido /el esperado fruto de la tierra; /pues con modo inhumano han excedido /de las leyes y términos la guerra, /haciendo en las entradas y conquistas / crueldades nunca vistas...

El adversario indefenso no tiene cómo responder a los cañones y arcabuces. La muerte toma partido por ellos. Algunos compañeros muestran verdadero goce con el sufrimiento ajeno. Como si ver seres humanos en el paroxismo del dolor los tranquilizara. Reinoso es uno de los más crueles. Por otro lado, la capacidad de algunos indígenas de aceptar los tormentos te dice algo sobre la dignidad humana. Recuerdas que Cicerón aconsejaba en sus *Tusculanas* a los gladiadores no mostrar su dolor en la arena, ocultar toda sensación. Debían morir como filósofos. Sus heridas y su muerte debían divertir a los espectadores. Cualquier manifestación de dolor hubiera despertado la piedad y con ello el rechazo a los juegos romanos.

Tus acompañantes dicen que los indígenas ajusticiados mueren para que otros se salven. La mayoría comparte ese parecer. Era el argumento de Ginés de Sepúlveda extraído de Aristóteles. Eso de que existen, por naturaleza, razas inferiores y razas superiores y que los hombres inferiores son *servi a natura* o siervos por naturaleza de los superiores. El argumento solo es aplicable si se niega a los indígenas la capacidad de razonar. Las Casas escribió tratados para demostrar lo contrario. Igual que el dominico, no ves indígenas, sino seres humanos. Ves miradas humanas, miedos humanos, reacciones humanas, gente disciplinada que defiende legítimamente su territorio. Pueblos con industria y artificio.

Unos compañeros gritan eufóricos que han descubierto alimento debajo de cenizas... papas, calabazas y maíz. Los indígenas los dejaron allí escondidos antes de retirarse a la montaña. La comida alcanza para todos. Hacen una pausa para saciar el hambre.

A García lo evitas. Nunca se topan. Pero sientes su mirada inquisidora cuando te ve escribiendo. Tu perseverancia con la pluma ha despertado su curiosidad. Sabe que eres cercano al príncipe Felipe. Mucho más cercano que él. Tu ahínco lo pone nervioso...

No consiste en vencer solo la gloria /ni está allí la grandeza y excelencia, /sino en saber usar de la victoria, /instruyéndola más con la conciencia: /el vencedor es digno de memoria /que en la ira se hace resistencia, /y es mayor la victoria del clemente /pues los ánimos vence justamente.

Lo tranquiliza la seguridad de que los correos eran hombres de su confianza. Ellos se encargarán en su momento de hacer desaparecer tus cartas o informes incómodos. Ya has juntado bastante material. Cuidas las hojas. Las guardas entre tapas de cuero y las llevas junto con tus libros y otras pocas pertenencias bien amarradas a la alforja de tu yegua. Nadie sabe que la llamas Dido, como la primera reina de Cártago.

Después de saciar el hambre, siguen la marcha. No hay contratiempos. Ninguna emboscada. Por la noche tomas nuevamente la pluma a la luz de una vela de sebo...

> *El correr del cuchillo riguroso /mientras dura la furia es disculpable; /mas pasado después a sangre fría /es venganza, crueldad y tiranía... /La clemencia a los mismos enemigos /aplaca el odio y ánimo indignado, /engendra devoción, produce amigos /y trae el amor del pueblo aficionado.*

Guardas tus papeles bajo la ropa recia que te sirve de almohada. La marcha prosigue al día siguiente por las inmediaciones de una cordillera que los yanaconas llaman *Nahuelbuta*. Góngora Marmolejo conoce bien el camino porque lo ha recorrido varias veces. Narrará en su crónica:

> *Después que don García desbarató los indígenas en Millarapue y castigado los prisioneros partió con su campamento a Tucapel, unas veces por buen camino y otras por malo, tal cual las guías que le llevaban le decían. Después de tres días de marcha llegaron al antiguo fuerte. Eso fue el 4 de diciembre de 1557.*

Llegas a Tucapel con la convicción de que sacarás de esa jornada una lección universal y que todos tus apuntes, versos y reflexiones darán pie a un poema que narrará la guerra de Arauco.

Tucapel

Rodrigo de Quiroga se bajó de su caballo, se arrodilló y rezó en silencio. Juan Gómez de Almagro se hincó a su lado. Ercilla sintió un nudo en la garganta. Los acompañó con su silencio y, después, echó una mirada al fuerte. Estaba completamente destruido. Las casas reducidas a cenizas, pero se distinguía el sitio donde estuvieron. Se sentó en lo que quedó de una banca de madera en la plaza de Armas para imaginar la situación. Pedro de Valdivia le despertaba animadversión. Se había hecho una mala imagen del conquistador.

Ese mismo día comenzó la reconstrucción del fuerte, dirigida por el capitán burgalés Juan de Riva-Martín. Unos llevaban piedras de los alrededores y otros talaban árboles. El foso seguía intacto. El tiempo no lo había tapado. En tres días ya parecía un pequeño bastión. En las esquinas instalaron columnas hechas de troncos gruesos para fijar sobre ellos las piezas de artillería.

Después de los trabajos, Ercilla interrogó a Riva-Martín. Estuvo en México y en el Perú, donde combatió junto a Valdivia contra Gonzalo Pizarro. Llegó a Chile en 1549. Todos los conquistadores de Chile habían pasado más o menos por lo mismo. Eran estrictamente contemporáneos. Se vio de pronto con los ojos de sus compañeros y se sintió como un ave rara.

Unos se quedaron en el fuerte y otros formaron compañías para salir a buscar alimentos. Ercilla se sumó a estos últimos. Pasaron por un bosque de árboles muy altos con hojas duras y puntudas. Recordó versos de Garcilaso.

Con mi llorar las piedras enternecen
su natural dureza y la quebrantan
los árboles parece que se inclinan
las aves que me escuchan cuando cantan...

Llegaron a un claro en que se notaba que hubo un poblado indígena del que solo quedaban cenizas. Sus habitantes quemaron sus *rukas* y sembrados antes de huir a la cordillera para no dejárselos a los españoles. Se alejó por un momento de su grupo para escudriñar la falda de un cerro y se acercó a unos peñascos de gran tamaño cubiertos de musgo. Dejaban un espacio estrecho entre ellos. Se metió por esa especie de puerta hacia lo desconocido y se encontró con una cueva. Podía ser el albergue de un mago o un sabio que conocía los misterios del mundo. Otro lugar para echar a volar su imaginación.

Tuvo que romper su ensoñación y volver a Tucapel, porque escuchó descargas de artillería. Le informaron que la escuadra de Rodrigo de Quiroga fue atacada por unos tres mil indígenas comandados por Caupolicán. La batalla fue corta, sin pérdida de españoles. Murieron algunos yanaconas y dos esclavos africanos. Por parte de los enemigos, decían, murieron unos trescientos. ¿Lo peor? Otra vez había logrado escapar su líder.

Al día siguiente llegó Francisco de Ulloa con un grupo de mujeres y niños que encontró en la costa de Lebu. Estaban mariscando para aprovechar la marea baja. Gallegos recogió a los niños. Pidió permiso para fundar una misión. García accedió y declaró libres a las mujeres, con la condición de que dieran mensajes de paz a sus maridos. Pero ellas no se querían marchar. No querían desprenderse de sus hijos.

Lloraban, suplicaban. Los frailes se llevaron a los niños para que no vieran el espectáculo. Los soldados que las guiaron fuera del fuerte las violaron a todas.

Dos días después, un yanacona les avisó que había una borrachera en la quebrada de Coyoaquil. Eran los hombres de Caupolicán preparándose para un ataque. Felipe de Mendoza y Alonso de Reinoso salieron de inmediato con el espía como guía. No encontraron al líder rebelde y a sus hombres porque alcanzaron a escapar, pero encontraron muchos alimentos que llevaron al fuerte.

García llamó a una reunión para comunicar sus planes. Era hora de reconstruir Concepción. Encomendó al madrileño Jerónimo de Villegas que se hiciera cargo. Eligió a ciento cincuenta hombres de su ejército para que lo acompañaran a repoblar la ciudad en el valle de Penco. Entre ellos estaban Luis de Toledo y su caballerizo, Julián de Bastidas. A todos les otorgó solares en la ciudad y derecho a encomiendas. Gallegos, el franciscano contradictor de fray Gil González, fue otro de los favorecidos. Se llevó a los niños de su recién fundada misión. Cuando García dio por terminada la reunión, Alonso de Alvarado pidió que se quedaran un minuto y se quejó a viva voz ante el gobernador porque solo había otorgado repartimientos a los hombres que llegaron con él desde el Perú.

—Es que aquí en Chile no hay cuatro hombres a quienes se les reconozca padre —respondió García con sobreactuada displicencia.

—No esperamos reconocimiento por ser hidalgos, sino por los sacrificios que hemos hecho para conquistar estas tierras para el emperador Carlos Quinto —replicó furioso Alvarado.

Muchos se sintieron interpretados por Alvarado, pero no alzaron la voz, porque todavía quedaban tierras por repartir.

García se retiró al rancho en que pernoctaba y puso a dos arcabuceros a cuidar la puerta.

Rodrigo de Quiroga y fray Gil González de San Nicolás se unieron a la comitiva de Villegas. Ellos seguirían a la capital. Ercilla lo lamentó, pero se consoló imaginando la reacción de los encomenderos de Santiago ante los enérgicos sermones del defensor de los indios en Chile.

Cañete

Los indígenas habían recibido buenas escaramuzas. Habían entendido que, con matar a un líder cristiano, no se acababa la invasión española. Porque, para ellos, eso era: una invasión. La llegada de García con su numeroso ejército, sus caballos y sus armas, los tenía preocupados, desorientados, ideando nuevas estrategias. La guerra podía ser muy larga y su final, incierto.

García, por su parte, pensaba que intimidando a los rebeldes no había logrado gran cosa. Buscaba triunfos que pudieran ser escritos con letras doradas en su relación de méritos y servicios. Quería pasar a la historia. Lo primero sería fundar una ciudad que recordara el linaje de su familia. La llamaría Cañete. Los reyes católicos otorgaron el marquesado de Cañete a Juan Hurtado de Mendoza y Toledo, su abuelo. Su padre era el segundo marqués de Cañete y él pretendía ser el tercero. Decidió nombrar corregidor de la nueva ciudad a su medio hermano Felipe de Mendoza, para que todo quedara en familia. Solo faltaba encontrar el lugar. Pidió a los hermanos Ruiz de Gamboa que lo acompañaran en su búsqueda, porque conocían mejor el terreno y tenían más experiencia en la conquista. Lo hallaron en un llano cerca del río Tucapel, con un cerro cerca en el cual podrían refugiarse en el caso, muy probable, de un ataque. El 6 de enero, día de los Reyes, se realizó el acto de fundación de la ciudad de Cañete de la Frontera.

Ercilla aprovechó aquella ocasión para conversar con Pedro Lisperguer. Ellos ya se habían visto en Londres y atravesaron juntos el charco, pero hasta ahora no habían tenido oportunidad de cruzar palabra. Lo veía demasiado cercano al gobernador. Lisperguer era natural de Worms. Entró a la corte como paje de Carlos Quinto después de la victoria de Mühlberg. Era dos años mayor que Ercilla. Le preguntó si las viudas de Alderete y Valdivia habían llegado bien a Santiago y él asintió. Dijo que el cabildo se ocupó de ellas.

—No debe haber sido fácil apresar a Villagra —comentó Alonso.

—Yo no lo apresé. Lo subieron al barco amarrado como un bulto, y yo lo solté. Es un hombre razonable. Tanto Villagra como Aguirre aceptaron su destierro, pero una vez en Lima escribieron sendas cartas a Carlos Quinto quejándose.

Ercilla comentó que no había muchos alemanes en las Indias, porque Carlos Quinto temía que llevaran las ideas de Lutero. Le preguntó cómo logró convencerlo. Lisperguer le respondió que insistiendo. Pensaba quedarse en Chile y poner un molino y una fábrica de carretas, porque en el país faltaba de todo.

—¿Y vos? —preguntó Lisperguer.

El poeta soldado no supo cómo responder.

—No veo certezas por ninguna parte —respondió, un poco avergonzado, y continuó en alemán— *ich lasse mich von Fortuna überraschen*[*].

---

[*]   Dejaré que Fortuna me sorprenda.

En Cañete, García también hizo repartimientos de indígenas. Esta vez los favorecidos no pasaron de veinte. Entre ellos estaban Felipe de Mendoza y Alonso de Reinoso. Los nuevos vecinos quedaron contentos. Por fin podían asentarse. Claro que se preguntaban: ¿derecho a qué tributo?, ¿cuáles indígenas nos están repartiendo? Lo que recibieron fue el derecho a cobrar tributos una vez que estuviera pacificada la tierra. A ninguno le cabía duda de que eso ocurriría pronto.

Al día siguiente, García recibió una carta anónima de un soldado que lo acusaba de ser injusto con los hombres que participaban de la conquista desde los tiempos de Pedro de Valdivia. Sin hacer más averiguaciones, atribuyó la carta a Juan de Alvarado y lo condenó a muerte. Alvarado se defendió. Señaló que él decía las cosas de frente. No mandaba cartas anónimas. Además, no tenía pluma ni papel. Sus compañeros negociaron para que solo lo expulsara del reino. García ordenó que se lo llevaran de inmediato a Concepción y que desde allí saliera hacia el Perú, sin pasar por Santiago. Luego llamó a una reunión en que fue muy duro con los soldados. Aseguró, a los que habían llegado del Perú con él, que no los iba a decepcionar. Los iba a premiar en la medida de lo posible. En cuanto a los otros, les hizo ver que habían sido engañados por Valdivia y Villagra, porque ninguno de los dos pensó darles nada, por no ser hidalgos.

Esta vez no se quedaron callados. Protestaron a gritos. García se alejó protegido por sus arcabuceros. Antes de entrar a su rancho, gritó a la multitud descontenta:

—¡Chile no es tierra para hijos de putas!

Los dejó callados. Con eso de hijos de putas quiso decir que eran hijos naturales o bastardos. No hidalgos. Su hermano Felipe de Mendoza también se dio por aludido. Por la noche, Ercilla le buscó conversación. Le contó que Carlos

Quinto también tenía un hijo natural. Se llamaba Juan de Austria y vivía en un lugar llamado Villagracia de Campo. Felipe se sonrió y le agradeció que se ocupara de sus sentimientos heridos.

Al día siguiente, García envió treinta hombres a La Imperial al mando de Martín Ruiz de Gamboa, a buscar cerdos y aves de corral. Ercilla los acompañó.

Batalla de Purén

La Imperial no quedaba lejos de Cañete. Eran dos días de cabalgata a paso moderado. La parte más peligrosa del camino era una quebrada muy angosta entre dos cerros por la cual corría un arroyo. Los rebeldes los dejaron pasar.

Llegaron el 10 de enero de 1558. La ciudad había sido fundada por Pedro de Valdivia en la confluencia del río Cautín con el estero de las Damas. Este último tenía arenas auríferas de las cuales, en su momento, el conquistador sacó mucho oro. Una parte de él fue llevado a Londres por Alderete en los famosos cofres.

Se reencontró con Pedro Olmos de Aguilera. Vivía en una casa frente a la plaza de Armas con su esposa María Zurita y sus siete hijos. Era lo más parecido a un hogar español tradicional que había visto en Chile. En la sala había una imagen grande de la virgen tallada en madera. Le contaron, con mucha convicción, que la ciudad se había mantenido en pie por un milagro de ella. Después del saqueo de Concepción, Lautaro quiso irse contra La Imperial, pero la virgen lo detuvo. Ercilla comentó que su madre era devota de Nuestra Señora de Valvanera.

Por primera vez en mucho tiempo durmió en un colchón.

Olmos le presentó a un vecino que había llegado a Chile por primera vez en 1536, en la expedición de Diego de Almagro. Fue uno de los pocos almagristas que regresó a Chile con Pedro de Valdivia. Se llamaba Francisco de Ponce y era de Sevilla. Olmos lo llamaba *capitán Ponce*. Ercilla le hizo muchas preguntas. Así, se enteró de que la ciudad debía su nombre a unas águilas con las que los indígenas adornaban los palos que sostenían los techos de sus viviendas. Como los palos terminaban en forma de cruz, evocaban las águilas bicéfalas del escudo de Carlos Quinto. A Pedro de Valdivia le pareció premonitorio.

La Imperial tenía doce cuadras edificadas. Una de las casas más vistosas había sido construida por Jerónimo de Alderete. La ocupaban un arcabucero toledano y su mujer indígena. La pareja tenía cinco hijos. Le sorprendió la cantidad de niños mestizos que había en la ciudad. Pensó que así sería en todo el reino. Se le pasó por la mente quedarse allí y echar raíces. Aunque la vida no era fácil. Los habitantes vivían en constante amenaza. Pero Viena también vivía amenazada por los turcos.

Todos los habitantes de La Imperial donaron alimentos y animales para los nuevos habitantes de Cañete. Les pasaron frijoles, papas, manzanas, pan, frutos secos, semillas, pescado ahumado, botas de sidra y unos cincuenta cerdos.

El regreso fue más lento. Ruiz de Gamboa iba primero. Detrás suyo, Ercilla. Luego venían los yanaconas y los cerdos, a su cuidado, y, más atrás, veintiocho compañeros. Pernoctaron cerca de la quebrada peligrosa y reanudaron la marcha temprano al día siguiente. Al poco andar se reunió con ellos Alonso de Reinoso junto a unos ochenta soldados a modo de refuerzo. La quebrada era tan estrecha que solo podían pasar dos hombres juntos. Ercilla la describirá así:

> *Y vienen a ceñirle en tanto estrecho /que apenas pueden ir dos lado a lado /haciendo aún más angosta aquella vía /un arroyo que lleva en compañía.*

Cuando habían penetrado de lleno en la hondonada se hizo patente la encerrona. Primero sintieron el ruido de combate o *chivateo* y luego la lluvia de piedras y flechas. Los nativos se desprendían de los cerros con sus hachas y mazos para obligarlos a luchar cuerpo a cuerpo. Otros trataron de apoderarse de los cerdos. Un soldado español, que quiso evitarlo, recibió un mazazo en el rostro que le desprendió un ojo. Le quedó colgando. El hombre se lo arrancó de un tirón y se lo lanzó a un enemigo. Siguió luchando y logró recuperar algunos animales mientras Ercilla, Gamboa y otros diez soldados escalaban el cerro hasta la cima para neutralizar a los indígenas que lanzaban piedras a la quebrada. La ofensiva fue eficaz. Los atacantes iniciaron la retirada, llevándose más de la mitad de los puercos.

Varios españoles llegaron heridos a Cañete. Fueron recibidos con aplausos.

Ocaso de Caupolicán

García continuó hacia el sur en una jornada en busca del estrecho de Magallanes y dejó a Alonso de Reinoso a cargo de la defensa de la ciudad de Cañete con una guarnición de cuarenta hombres. Los españoles no olvidaban que esas eran las tierras en las que había sido capturado y muerto Pedro de

Valdivia. Dormían con las armaduras puestas. Los guardias nocturnos mantenían los mosquetes preparados. Nadie conocía los planes del misterioso Caupolicán. Nadie sabía dónde se escondía. Reinoso y un yanacona al que llamaban Andresillo ingeniaron una emboscada para capturarlo.

Andresillo salió al bosque esperando encontrarse con alguno de sus guerreros. Fingió cortar leña y logró llamar la atención de dos jóvenes. Cuando se acercaron a atacarlo, les habló en su idioma. Les dijo que vivía en Cañete y odiaba a los españoles. Aseguró que había una forma de destruir el fuerte. Pidió hablar con Caupolicán para explicárselo personalmente y ellos lo llevaron a su reducto. Lo escucharon como si fuera un nuevo Lautaro. Aseguró que el fuerte de Cañete estaba casi desguarnecido porque el *apo* o gobernador había partido hacia el sur con la mayoría de sus hombres y solo había quedado una pequeña guarnición para defenderlo. Si Caupolicán quisiera destruir Cañete no le costaría nada. La mejor hora para un eventual ataque sería el medio día, cuando los españoles dormían la siesta. Lo instó a enviar espías para corroborarlo.

Así lo hizo. Al día siguiente, Caupolicán envió tres hombres a escudriñar. Los españoles esperaban esa visita y participaron en la maquinación a la perfección. Cuando llegaron, el fuerte parecía envuelto en un gran sueño. No vieron a ningún soldado u oficial vigilando. Los caballos pacían sin sus monturas a la sombra de los árboles. En tanto los vieron salir corriendo a avisar a su jefe, comenzaron a prepararse. Se pusieron sus armaduras, alistaron los mosquetes. Los tiradores se ubicaron en las troneras con las mechas de los arcabuces encendidas y esperaron en el mayor de los silencios.

No pasó mucho rato hasta que comenzaron a llegar los indígenas arrastrándose por el suelo para no despertarlos. Las puertas del fuerte permanecían abiertas. Entraron sin emitir el ruido con el que normalmente anunciaban sus ataques. Cuando el zaguán se llenó de enemigos, empezaron a tronar los mosquetes. La sorpresa y la seguridad de haber caído en una emboscada los anonadó, lo que hizo aún más fácil la carnicería. Ercilla subió al techo del fuerte y desde allí vio cómo las balas de hierro causaban estragos. Lo contará en su poema.

> *por la fuerza de la pólvora violenta... /nunca se vio morir tantos a una... /miembros sin cuerpo... /lloviendo lejos trozos y pedazos... /las voces, los lamentos, los gemidos... /hinchan el aire...*

A continuación, entraron Velasco y su compañía de jinetes al zaguán pisoteando a los heridos y pasando por las espadas a los que trataban de huir. Murieron más de cien indígenas y otros cien cayeron prisioneros. Caupolicán fue uno de los pocos que logró escapar. Alonso de Reinoso lo persiguió, pero no logró alcanzarlo. El bosque cómplice se los volvió a tragar. Ataron a trece nativos de los principales y los llevaron a la boca del cañón más grande. Sus cuerpos salieron volando por el aire.

Reinoso y sus hombres cercanos pasaron las semanas siguientes buscando al líder de sus enemigos y, de paso, asaltando *rukas* y violando mujeres. Hubo interrogatorios y tormentos por doquier, pero nadie delató al jefe araucano. Fue una mujer yanacona la que dio con el escondite de Caupolicán, en un lugar llamado Pilmaiquén. Pedro de Avendaño partió a medianoche con una compañía de diez hombres más la espía que conocía el refugio.

Llegaron de madrugada a una ranchería fortificada junto a un arroyo. Caupolicán descansaba rodeado de sus guerreros y sus mujeres. Un centinela dio la señal, cuando los cristianos ya estaban encima. Caupolicán trató de montar su caballo, pero Avendaño lo empujó y cayó al suelo. Negó ser quien decían que era. Aseguró que era un hombre común, un padre de familia. Sus compañeros lo respaldaron. Los cristianos no sabían qué creer. Lo llevaron al fuerte y allí interrogaron a los yanaconas. Ninguno se atrevió a delatarlo, hasta que él mismo lo hizo.

—¿Queréis la cruz del apo? —preguntó con ayuda de un yanacona que servía de traductor o lenguaraz.

—¿Vos la tenéis?

Caupolicán asintió. Esa información bastó a Reinoso: pidió al alguacil Cristóbal de Arévalo que lo empalase.

Donde otro no ha llegado

Mientras esto ocurría en Cañete, Ercilla viajaba al sur a juntarse con García y una compañía que buscaba tomar posesión del estrecho de Magallanes en nombre de la Corona. Esa aventura era mucho más acorde con su carácter inclinado a *inquirir y saber lo no sabido*. Pensaba reunirse con ellos en La Imperial. Esta vez tomó el camino de la costa, que era más largo, pero más seguro. Lo acompañaron sus yanaconas Juan Chilca y Juan Yanaruna, ambos ya aclimatados a Chile. Peleaban por el bando español como el que más.

Cuando llegó a la ciudad de las dos águilas, García ya había partido a Villarrica. La atmósfera era muy diferente a la de su primera visita. Los vecinos estaban enojados con el gobernador, porque había despojado a los veteranos de sus encomiendas para premiar a sus hombres. El antiguo teniente gobernador Ortiz Pacheco había sido destituido de su cargo. Su lugar lo ocupaba ahora Pedro de Obregón, uno de los emplumados. Así llamaban a los hombres de García en La Imperial, aludiendo a las plumas de avestruz con que adornaban sus yelmos.

Esta vez se hospedó en una casa frente a la plaza con un blasón de madera sobre la puerta. Era la única casa con blasón de la ciudad. Había pertenecido a Pedro de Valdivia. En ella se había alojado García con una mujer indígena que tomó como amante. Ercilla quiso conocerla. Preguntó a medio mundo hasta que dio con ella. Su nombre cristiano era María Luisa Luna. Hablaba bien el castellano. Había llegado cautiva a La Imperial en los tiempos de Pedro de Valdivia. Entre tanto, se sentía bien allí. Era hermosa, suave, inteligente, discreta. Se desempeñaba como sirvienta de una dama española llamada Isabel Galindo, esposa del sastre Gonzalo Hernández Bermejo.

Sus dos yanaconas permanecieron en La Imperial cuando Ercilla se sumó a una compañía de cincuenta hombres, y la misma cantidad de indios de servicio, que partía a engrosar el grupo de los aventureros que iban en busca del estrecho. Todos, incluso Ercilla, pensaban que el lugar en que se encontraban los dos mares no estaba lejos, que podrían llegar por tierra. Esperaban juntarse con García en Villarrica, la ciudad frente al volcán fundada por Jerónimo de Alderete. Ya en Londres oyó hablar de ella. En un lugar que los yanaconas llamaban Toltén encontraron unas *rukas*. Los soldados entraron a ellas. Hubo gritos de mujeres, amenazas, un marido acuchillado. Fue una pausa corta. Luego siguieron. Un poco más al sur se hizo visible el volcán. De su boca salía a ratos humo y a ratos fuego. Los yanaconas sentían mucho respeto por él. Decían que albergaba las almas de sus antepasados. Los ancestros estaban enojados. Ercilla lo llamó *fragua de Vulcano*.

La situación de Villarrica era idílica: junto a un lago y frente a un volcán que se reflejaba en sus aguas. Alderete había sido certero en la elección del emplazamiento de esa ciudad. Todas sus casas miraban hacia el volcán. En su cercanía había un río con arenas auríferas y al parecer también un cerro del cual se extraía oro. García ya había partido y esta vez no dejó una estela de frustraciones.

Juan de Cereceda, un hombre sencillo, tranquilo y algo melancólico, le ofreció su hospitalidad, ansioso de compartir sus tristezas. Echaba de menos a su mujer, Catalina Sánchez, que vivía en Jerez de Badajoz. Le había escrito varias cartas invitándola a Chile para envejecer juntos. La última la envió dos años antes y no había recibido respuesta. Tenía unas tierras plantadas con árboles frutales que le daban buenas ganancias, porque sabía de horticultura. En su vida anterior fue campesino. Según su parecer, con guerra y todo, en Villarrica no pasaba tantos trabajos como en España. Le dio a probar un pan que su sirvienta indígena hizo de piñones, fruto de un árbol abundante en esas tierras desde Nahuelbuta al sur. Cereceda entendía palabras del mapudungun, el idioma de la mayoría de los indígenas de Chile. Se comunicaba en esa lengua con su criada.

Un vecino de su anfitrión, Andrés de Escobar, tuvo más suerte en la vida, según él mismo manifestó. Vivía con una mestiza, con quien tenía cuatro hijos. Ercilla corroboró algo que ya sabía: la felicidad es, sobre todo, un estado del alma.

Antes de seguir hacia el sur, se confesó con el sacerdote Antonio Sarmiento Rendón, originario de Jerez de la Frontera. Otro hombre de Villagra. Era mercedario y bastante vital, a pesar de sus cincuenta años. Había fundado un convento en La Imperial, pero hacía dos años que se había trasladado a Villarrica porque se sentía más seguro bajo el volcán. Combinaba las prédicas con el ejercicio de las armas cuando las circunstancias lo exigían. Ercilla enumeró todos los indios que había pasado por la espada. Aseguró que ninguno había muerto. Juró que nunca había violado a ninguna mujer, a pesar de que alguna vez sintió la tentación de hacerlo.

Avanzaron hacia el sur bordeando el lago. Encontraron varios lugares donde antes hubo viviendas de indígenas y maizales quemados por sus dueños para no alimentar a sus enemigos. La selva tupida dejaba pasar pocos rayos de luz. Por la noche les tocó lluvia. No encontraron ningún lugar seco donde poder guarecerse y pernoctar. Continuaron sin descanso con la ropa mojada bajo sus armaduras, guiados por una suerte de energía que manaba del sentido del deber. Al tercer día, se encontraron con la compañía de García. Entre ellos estaba Luis de Toledo, que había regresado de Concepción a participar en esa jornada. Vio caras nuevas y ansiosas. El gobernador había citado a soldados de todas las ciudades para esa expedición. Eran unos doscientos voluntarios llegados, en parte, de la capital.

De las más ciudades convocadas /iban gente en número acudiendo /pláticas en conquistas y jornadas.

Los buscadores del estrecho partieron el 16 de febrero de 1558 por una ruta inventada. Ercilla dirá que fue el camino más impenetrable y difícil que recorrió en las Indias. Su única orientación era la ubicación del sol, pero el astro muchas veces no se veía. Había que escalar hasta las copas de los árboles. Al descender un pequeño cerro, vieron salir entre unas breñas a diez nativos semidesnudos que se encaminaron hacia ellos. No se veían peligrosos. Se detuvieron para esperarlos junto a una quebrada por la que caía una cascada de agua. Dejaron que los caballos bebieran. Los indígenas manifestaron, por medio de un lenguaraz, que andaban en son de paz. El más anciano vestía un poncho raído. Ercilla le dará el nombre de Tunconabala y pondrá en su boca discursos que expresaban su propia visión de la guerra. Su verdadero nombre se perdió en el bosque. Les ofreció frutas silvestres y carne seca envuelta en una especie de red hecha de algas marinas. Los yanaconas portaban todos sus pertrechos en esas *pilhuas*. El anciano les aconsejó no seguir por ese camino, que en adelante se hacía cada vez más escabroso. Ofreció guiarlos por otra ruta que los llevaría en seis días a una tierra llana sembrada de maíz. Aceptaron el trato y lo siguieron.

Caminaron tres días consumiendo sin cuidarse sus provisiones, pues les decían que encontrarían muchas mieses en pocos días. El poeta tomaba nota:

nos iban siempre asegurando /gran riqueza, ganado y poblaciones...

Al tramontar el cuarto día, cuando casi no les quedaban alimentos, los guías se escaparon. Se dieron cuenta de que los habían engañado. Los habían llevado al centro de un laberinto de árboles que los yanaconas llamaban lingues, pellines, huelles, mañíos, coigües... desde donde no sabían cómo salir. Se dieron ánimo mutuamente y continuaron hacia el sur, atravesando hondonadas y montes. Pasaron por sitios pantanosos donde las yerbas y las raíces de los árboles entretejidas formaban lazos que enredaban a los caballos. En esa parte anduvieron dos días a pie, sin más alimento que la esperanza. No hablaban, para ahorrar fuerzas.

Ercilla elucubraba para darse ánimo... El templo de la gloria no está en un valle ameno, ni en una vega deliciosa, sino en la cumbre de un monte al que se llega por ásperos senderos. Se preguntaba, ¿qué estará pasando en España en estos momentos? ¿En qué andará el príncipe Felipe? ¿Habrá engendrado en María Tudor el retoño que terminará con el protestantismo en Inglaterra? Observaba a sus compañeros. Todos esperaban mercedes de García. Él no aspiraba más que a sobrevivir. Sus calzas se habían reducido a jirones por las hierbas espinosas. Sus botines casi no tenían suela. Todos sus compañeros vestían restos, excepto García. Sabía que nunca iba a olvidar esa caminata y aquella sensación de abandono.

El terreno se hizo aún más pantanoso. Las piernas se hundían hasta las rodillas. No había un pedazo de tierra que no fuera un lodazal. Llegaron a un río que los yanaconas llamaban Maullín y lo atravesaron en balsas que hicieron de tablas cocidas con cueros. Cada balsa podía portar diez hombres o dos caballos. A un soldado que trató de atravesar a nado se lo llevó la corriente rápida del río. Imposible ayudarlo. Se ahogó ante la vista de todos. Al otro lado, no encontraron ningún bohío indígena, tampoco ganado ni maizales. El trayecto siguió igual. Los más ágiles trepaban los árboles para orientarse y orientarlos. Algunos se quedaban atrás lanzando gritos de socorro. No había alternativa. Tenían que seguir avanzando porque quedarse era morir.

Alonso temía a ratos que esa espesura pudiera transformarse en su sepultura, pero espantaba esos pensamientos de inmediato con los brazos, como quien ahuyenta a los mosquitos. En algún momento, el bosque se hizo menos denso. La mañana del 26 de febrero de 1558 descubrieron un espacio llano y más allá, el mar. Ercilla cayó de rodillas y dio gracias a Dios por haber sobrevivido.

La hierba estaba llena de frutos rojos dulces que parecían un regalo del cielo. Los bautizaron rápidamente como frutillas. Los yanaconas se avocaron a las frutas de unos arbustos a las que llamaban murtas. Los cristianos engullían frutas y hojas. Todo les parecía sabroso.

Tenían a la vista el seno de Reloncaví; la desembocadura del río en una lengua de mar. En la ribera había ancladas piraguas de diferentes tamaños. Vieron acercarse una que salió entre las muchas islas que había en la ensenada. García pidió a sus arcabuceros que estuvieran atentos. No se movieron hasta que sus tripulantes bajaron a tierra y se acercaron a ellos en actitud amistosa. Eran doce nativos descalzos y desarmados con sus cabezas adornadas con cintillos rojos y negros. Los españoles se agruparon en torno a ellos y les pidieron alimentos. Ellos bajaron de la barca papas y pescado ahumado y se los entregaron. Ercilla grabó en su mente el rostro amable del nativo que le alcanzó un trozo de pescado. En su poema le dará voz y discurso:

> *si queréis amistad, si queréis guerra /todo con ley igual os ofrecemos /escoged lo mejor, que a elección mía /la paz y la amistad escogería.*

Reparados de la fatiga, volvieron a marchar por la ribera formados en escuadrones, buscando un lugar para pernoctar. Habían comenzado a armar su campamento cuando llegaron más piraguas y más indígenas jóvenes en son de paz. Les llevaban maíz, fruta y pescado sin pedir nada a cambio. Para Ercilla fue como una epifanía. Escribió sus reflexiones en el único papelito que le quedaba:

La sincera bondad y la caricia /de la sencilla gente destas tierras /daban bien a entender que la codicia /aún no había penetrado en aquellas sierras /ni la maldad, el robo y la injusticia /(alimento ordinario de las guerras) /entrada en esta parte había hallado /ni la ley natural inficionado.

Aquella noche descansaron como nunca. Al día siguiente, llegaron dos caciques con tres *chilihueques* u ovejas de la tierra de regalo. Los asaron y comieron juntos, nativos y cristianos. Los nativos querían ver y tocar todo: la ropa, los caballos, las armas. Las barbas de los cristianos los hacían reír. Un soldado disparó su arcabuz para asustarlos causando mucha risa en la tropa. Ercilla sintió vergüenza ajena.

Al día siguiente, continuaron marchando por la costa. El golfo se ensanchaba a medida que avanzaban. Pensaban que el estrecho de Magallanes estaba cerca. Pasada una curva apareció un gran número de islas. García envió a Gutiérrez Altamirano a reconocer una de ellas. Diez hombres subieron a una *dalca,* así llamaban los nativos a sus embarcaciones. Ercilla subió a otra para explorar la ensenada por su cuenta. Pasó por las islas de Tenglo, Maillén y Guar. Eran los nombres que les daban los remeros. Regresó junto a los suyos antes de que se pusiera el sol. Gutiérrez Altamirano llegó más lejos que él buscando un paso hacia el Atlántico, pero no lo encontró.

Después de dormir, siguieron las caminatas. Hacia el sur apareció una isla grande que los nativos llamaban Puluqui. El brazo de mar que los separaba de ella era muy ancho. No era posible llegar a nado y no tenían una barca ni un piloto para ver si más allá se encontraba el estrecho. Las ligeras *dalcas* no servían para trasladar caballos. Especularon que el estrecho encontrado por Magallanes se había cerrado por movimientos de las islas. El poeta escribirá:

Por falta de piloto o encubierta /causa importante no sabida / esta secreta senda descubierta /quedó para nosotros escondida / ora sea yerro de la altura cierta /ora que alguna isla removida / del tempestuoso mar y viento airado /encallando en la boca lo ha cerrado.

No les quedó más alternativa que regresar. El invierno se acercaba. Pero volverse por el mismo camino podía significar la muerte por hambre o por las emboscadas de los nativos. Estaban completamente desorientados. Los salvó un muchacho semi desnudo que se ofreció a guiarlos por un camino llano. Antes de la partida, Ercilla y otros diez compañeros quisieron ir a conocer la isla grande que tenían enfrente. El mismo joven ofreció llevarlos en su barca. Remaron varias horas y bajaron en una punta que su acompañante llamó Pugueñún con los brazos adoloridos. Recorrieron la isla con su guía entre dunas y matorrales. Vieron viviendas indígenas y humo que salía de los fogones. Cuando sus compañeros decidieron regresar al campamento, Ercilla, deseoso de poner pie más adelante que ellos, avanzó media milla y grabó en la corteza de un árbol con la punta de un cuchillo una inscripción.

Aquí llegó donde otro no ha llegado /don Alonso de Ercilla, que el primero /en un pequeño barco desastrado /con solo diez pasó el desaguadero /el año de cincuenta y ocho entrado /sobre mil y quinientos por hebrero /a las dos de la tarde el postrer día / volviendo a la dejada compañía.

El primero de marzo iniciaron el regreso a La Imperial. García quería pasar allí el invierno.

Soberbia y vanagloria

En el camino llano no se encontraron con emboscadas ni con guerreros. Pasaron por bosques transitables con árboles añosos. El guía mostró a Ercilla uno que llamó *lahuán*. Era tan alto que su copa ni siquiera alcanzaba a verse. Le aseguró que era el árbol más antiguo de todo el territorio.

García había escuchado hablar de un lugar apropiado para fundar una ciudad en la ribera de un río que los españoles llamaban Bueno. Aún había varios capitanes y tenientes, cuyos servicios sentía necesario gratificar. Gente que lo seguía a ciegas. Buscaron el río y, cuando lo encontraron, lo vadearon y se instalaron en su ribera. Era el lugar adecuado. Le dio el nombre de Osorno en honor a su abuelo materno, García Fernández Manrique de Lara, a quien en 1445 el rey Juan II de Castilla dio el título de conde de Osorno. Puso ese mismo nombre al volcán que se veía en el horizonte.

Ocuparon gran parte de marzo de 1558 en la organización de la nueva ciudad. García confió a Juan de Figueroa el nuevo cabildo, repartió las varas de justicia, supervisó el lineamiento de las calles, adjudicó solares y entregó títulos de encomiendas. Los caciques y principales de toda la comarca quedaron sujetos a tributo a pagar a sesenta conquistadores beneficiados. Al igual que en las encomiendas de Cañete, estos eran títulos semi ilusorios, que solo podrían concretarse si los indígenas daban la paz. Cuando García siguió hacia el norte, su ejército tenía sesenta hombres menos.

En Valdivia fue bien recibido por los vecinos. Todos abrieron sus casas y les ofrecieron alimentos. Hacía tiempo que no llegaba una autoridad del reino a ese poblado. Los habitantes que habían recibido de Francisco de Villagra solares urbanos y repartimientos para que no abandonaran la ciudad no imaginaron las intenciones con las que llegaba el nuevo gobernador. Su primera acción fue declarar ilícitos esos repartimientos arguyendo que Villagra no tuvo nunca un nombramiento real, sino solo una derogación de poderes otorgada por el cabildo de Santiago. Él, en cambio, había sido nombrado por el virrey y había realizado una auténtica reconquista del territorio. Eso le daba el derecho a redistribuir las mercedes.

Ercilla sabía que García tampoco tenía una confirmación real de su cargo y dudaba que la obtuviera. Sabía, además, que había quitado sus títulos a los antiguos encomenderos de Concepción con el argumento de que habían abandonado la ciudad. Así justificó los nuevos repartimientos. Los habitantes de Valdivia la habían defendido a costa de grandes penalidades. Podría haber intercedido por ellos, pero siguió firme en su decisión de no entrometerse en asuntos en los que no era consultado. A un grupo de veteranos valdivianos que se quejaron, García les dijo simplemente:

—Iros a la mierda.

Todos los nuevos encomenderos habían llegado con García desde el Perú. Al futuro cronista Pedro Mariño de Lobera le reconoció su título porque lo había acompañado desde su estadía en la isla Quiriquina. Alguien dijo que García había cobrado coimas por la nueva repartición de encomiendas y solares. Ercilla se desquitó en el papel...

El felice suceso, la victoria, /la fama y posesiones que adquirían /los trujo a tal soberbia y vanagloria, /que en mil leguas diez hombres no cabían, /sin pasarles jamás por la memoria /que en siete pies de tierra al fin habían /de venir a caber sus hinchazones, /su gloria vana y vanas pretensiones.

Todos los favorecidos se quedaron en Valdivia cuando la compañía siguió rumbo a La Imperial. García estaba apurado por regresar a esa ciudad antes de que llegara el invierno. Previo a su partida encomendó al capitán Juan Ladrillero que preparara una expedición marítima para volver a explorar y tomar posesión, de una vez por todas, del estrecho de Magallanes.

La Imperial, otra vez

A mediados de abril de 1558 estaban de regreso en la ciudad de las águilas bicéfalas. Ercilla se alojó nuevamente en la casa de Pedro Olmos y García se reencontró con su amante nativa.

Entretanto, había llegado correo. La noticia más importante venía en una carta del virrey a su hijo, en la que le comunicaba la proclamación de Felipe Segundo como nuevo rey de España, Sicilia y las Indias. Esto había ocurrido el 16 de enero de 1556 en Bruselas, casi dos años atrás. El emperador se había recluido en el monasterio de Yuste a esperar la muerte. García ordenó celebrarlo como se debía. Los preparativos comenzaron de inmediato. En la misa del domingo, el fraile Gallegos dio las bendiciones de san Patricio al monarca justo: buen tiempo, mares en calma, cosechas abundantes y árboles cargados de frutas.

Ercilla recibió correo de su hermano Juan. En la carta le informaba que su madre estaba enferma y se encontraba en camino a Villafranca de Montes de Oca, donde él vivía desde que el nuevo rey lo había nombrado administrador del hospital de los peregrinos en ese pueblo. La carta tenía fecha del 13 de marzo de 1557. Estuvo varios días triste. Por primera vez sintió deseos de regresar a España. Tuvo la sensación de estar de más en el Reino de Chile. Otra vez lo asaltó una sensación de sinsentido.

Pedro Olmos le contó que García recibió una carta de Martina Ortiz de Gaete, la viuda de Pedro de Valdivia, pidiendo apoyo porque se encontraba pobre. De la encomienda que le habían otorgado habían huido todos los indígenas. No tenía con qué mantenerse. Agregaba que la viuda de Jerónimo de Alderete se encontraba en la misma situación. Que esta última debía a la Real Hacienda mil seiscientos pesos.

—¿Le respondió? —preguntó Ercilla.

Olmos movió la cabeza.

—La carta terminó en el tacho de la basura.

Varios conquistadores recibieron cartas de parientes que les contaban novedades de la Madre Patria. En Castilla habían sido descubiertas dos células luteranas. Hubo un auto de fe apoteósico que contó con la presencia del rey. La amante de Felipe, Isabel de Osorio, se retiró de la corte y recibió una cantidad de dinero millonaria a modo de compensación. María Tudor, la reina de Inglaterra, había fingido estar embarazada de Felipe para que su marido la visitara y resultó ser mentira. Felipe se enojó y prometió no volver nunca más.

Alonso contestó a su hermano pidiendo que cuidara mucho a su madre, si ella aún vivía, y redactó una larga carta al rey felicitándolo y actualizándolo sobre la situación en Chile. La amenizó con algunas octavas reales. Después de entregar ambos textos al correo, se sintió aliviado. Decidió no estar triste. Para presentarse bien vestido en las fiestas por la proclamación y jura del nuevo soberano, cambió al sastre Hernández Bermejo su ejemplar de la *Eneida* encuadernado en piel por unas calzas y una camisa. No fue fácil para él deshacerse de aquel libro comprado en Génova en el felicísimo viaje, con el entonces príncipe Felipe. Era uno de sus libros de cabecera. Le había costado mucho más que una camisa y unas simples calzas, pero eso era en Europa. En el Reino de Chile, dada la escasez, los valores tenían su propia dinámica. Ercilla trató de sacarle un mejor precio asegurando que era la única *Eneida* en todo Chile y Bermejo le respondió que él era el único sastre al sur del río Bío-Bío. Visitó al barbero. Compró a Pedro de Soto un caballo a trescientos pesos que prometió pagar en cuanto recibiera su primer reconocimiento por su participación en el ejército pacificador.

Jugando a los naipes en casa del sastre, conoció a Juan de Cárdenas, hombre extrovertido que había sido secretario de cartas de Pedro de Valdivia. Se mofó de la jornada de García al estrecho de Magallanes. Él había formado parte como escribano de la tripulación de Juan Bautista Pastene, que sí logró llegar al estrecho deseado. Le aseguró que se encontraban a meses de marcha de aquel lugar. Era imposible que García lo hubiese alcanzado en dos semanas. Opinó que al mozo gobernador le faltaba experiencia. Cárdenas también esperaba ansioso por el regreso de Francisco de Villagra. Era su amigo. Habían servido juntos en el ejército en Italia y luchado en la batalla de Pavía en 1525 con Valdivia y Aguirre. Su amistad databa de ese tiempo. Ercilla le pidió prestadas algunas monedas para apostar en la brisca y ganó. Fue una tarde de suerte. Su morral de cuero recibió el peso de veinte planchas de oro con la marca de la Corona acuñadas en La Imperial en los tiempos de la fiebre del oro.

Todos los vecinos acudieron a la plaza el día señalado. Hubo redoble de tambores, desfiles y bendiciones del cura Gallegos. García sacó a relucir el estandarte color damasco con las armas del rey. Ercilla se presentó al posterior torneo de cañas con su amigo Pedro Olmos y pronto se destacó como el mejor. Su lanza acertaba siempre. No en vano había tenido los mejores instructores en la corte.

Hubo un momento de desorden. De pronto, sin explicación, el sevillano Juan de Pineda lo empujó y casi lo derribó de su caballo. Ercilla se sintió atacado y desenvainó la espada. Pineda sacó también la suya. Alonso no entendía de dónde había salido ese enemigo. Apenas había tenido trato con él. García vio que era la ocasión para decirle a Ercilla, con acciones, lo que pensaba de él. Sacó un mazo que colgaba del arzón de su silla de montar y lo embistió. Alcanzó a darle un golpe en el hombro. Ercilla vio sus intenciones, se acordó de la suerte de su amigo Alderete, y corrió a refugiarse en la iglesia. Pineda lo siguió por temor a que García se fuera contra él. El gobernador estaba hecho un energúmeno. Dramatizó la situación para que todos vieran lo ocurrido como un enorme delito contra su autoridad y concordaran con él en que merecían la pena de muerte.

García ordenó a Olmos derribar la puerta de la iglesia y llevarlos a la casafuerte que servía de cárcel donde fueron amarrados con hierros en pies y manos. A continuación, pidió al coronel Luis Toledo que se encargara de que los presos fueran ahorcados y decapitados al día siguiente. Hizo alistar las picas en que serían exhibidas sus cabezas y se encerró en su casa con prohibición de que lo molestaran. Ercilla lo contará así en su poema:

> *Turbó la fiesta en caso no pensado, /y la celeridad del juez fue tanta, /que estuve en el tapete ya entregado /al agudo cuchillo la garganta: /el enorme delito exagerado, /la voz y fama pública lo canta, /que fue solo poner mano a la espada, /nunca sin gran razón desenvainada.*

García pensó que por fin iba a poder deshacerse de Ercilla, el amigo de Jerónimo de Alderete con quien nunca cruzó palabra. Pedro Olmos, el alferez Pedro de Portugal, Simón Pereira y Juan Gómez de Almagro intercedieron por el poeta. Alegaron que no era desacato a la autoridad, sino pasión repentina. Luego se sumó el cabildo. Dos regidores pidieron que se hiciera un juicio justo a los condenados para evitar las críticas de la Real Audiencia de Santiago. A García le preocupaban más los contactos de Ercilla en la corte. Los regidores no podían saber que iba a ser más complicado dar explicaciones allá. Para ellos, Ercilla era un soldado más. Un soldado de buenas maneras, discreto, que no hacía alarde de nada. No sabían que una de las cartas que se llevó el correo era de Ercilla, dirigida nada menos que al monarca. La carta nunca llegaría a su destino, él se había ocupado de eso, pero igual, esa cercanía lo complicaba.

Juan de Cárdenas también intercedió por los condenados. Se paró afuera de la casa del gobernador y dijo, a viva voz, que la necesidad de tener razón era signo de una mente vulgar. García no se atrevió a darse el lujo de castigarlo a él también. Algunos veteranos eran intocables.

No dio su brazo a torcer.

Cristóbal de Arévalo, el alguacil que había ejecutado a Caupolicán, llevó a la plaza el repostero en que serían cortadas las cabezas. Ercilla lo vio por las rendijas entre los palos de su presidio. Pasó esa noche pensando que sería la última. Mantuvo la vela encendida. García la iba a apagar al día siguiente. Cruzar la mar océano para esto —reflexionó—. Qué aciaga decisión de Fortuna. Recordó las palabras de Sócrates a sus acusadores: *Me podrán matar, pero no podrán dañarme.* El rey iba a pedir explicaciones a García, de eso no le cabía la menor duda, pero él estaría muerto y no habría escrito su poema... algo le decía que no podía ser. Haco Sumbergius le dijo que el sol lo protegía... *Brillaréis como él con luz propia para después con el calor de esa luz fertilizar el mundo.* Muerto no podría hacerlo.

Pedro Olmos intentó una última argucia para persuadir a García: le pidió a María Luisa Luna, la amante del gobernador, que intercediera en favor de los condenados. Le aseguró que esa sentencia apresurada podría traer graves consecuencias para García.

En cuanto salió el astro, comenzó a sonar el toque de difuntos en la iglesia. Arévalo abrió la puerta de la cárcel y se llevó a los dos condenados. La plaza de La Imperial se había llenado de curiosos. Pineda pidió misericordia. Ercilla se mostró estoico. Recordó a Epicteto cuando decía:

Si tratas de agradar, ya te has caído. Si necesitas a los demás, es que te pareces a ellos.

Sus cabezas ya estaban dispuestas sobre los maderos cuando llegó corriendo Pedro de Portugal con la orden de suspender la ejecución. Pineda se arrodilló y masculló un padrenuestro. Había prometido entrar a la Orden de los Ermitaños de San Agustín en Lima si Dios le salvaba la vida.

Ercilla se persignó y miró hacia el sol. Los compañeros que se habían juntado aplaudieron. Los devolvieron a la cárcel. Olmos llegó al mediodía a avisarle que la pena sería el destierro. Ercilla le pidió que le llevara su cofre, papel y pluma y Olmos accedió.

Vives el momento más duro de tu vida. Estás en la cárcel, con frío, solo y deshonrado. García, maquiavélico, artero, calculador y vanidoso, te ha ordenado permanecer allí. Es un gustito que se ha dado. En el papel puedes desquitarte:

Un limpio honor del ánimo ofendido /jamás puede olvidar aquella afrenta /trayendo al hombre siempre así encogido /que dello sin hablar da larga cuenta /y en el mayor contento, desabrido /se lo pone delante y representa /la dura y grave afrenta con un miedo /que todos le señalen con el dedo.

No te culpas por nada, porque estás seguro de que cualquier cortesano hubiera desenvainado su espada en esa situación. Luego de que García cayera sobre ti con una maza, apuntando a tu cabeza, estuviste en riesgo de quedar mal herido. Tu reacción fue rápida y también la de tu caballo. Dido te protegió. Epicteto en su *Enquiridión* te dice cómo debes tomarlo. Te lo sabes de memoria...

Acuérdate que eres un actor de las comedias que compuso Otro. Si de breve, breve; si de largo, largo. Si quiso que representases pobre, hazlo al propio, si cojo, si príncipe, si hombre privado.

Porque lo que a ti te toca es hacer bien tu personaje. El que te escogió para ello es Dios.

Simón Pereira te lleva en su casco granos de trigo tostado. Por muchos días, esa será tu única comida. Tus yanaconas Chilca y Yanaruna te llevan todos los días una jarra de agua. Les has informado que después de tu partida serán hombres libres. La oscuridad del rancho acentúa la luz de tu mente. Escribes una carta a tu madre, aunque no sabes si aún vive. Donde falta el rey, sobran agravios, le dices. Te quejas del duro hado al que te ha condenado el mozo capitán acelerado...

Mas no se ha de entender como el liviano /que se entrega al primero movimiento, /que por ser justiciero es inhumano /y por alcanzar crédito es sangriento. /Y como aquél que con injusta mano /sin términos, sin causa y fundamento /por solo liviandad y vanagloria / quiere dejar de su maldad memoria.

Por las rendijas entre los palos puedes ver lo que ocurre afuera, en el mundo de los libres. Allí la vida sigue. El trigo madura al sol. Los ríos fluyen igual que siempre. Los cerdos engordan en sus chiqueros. La libertad es un bien caro.

Este acontecimiento, este suceso /fue forzada ocasión de mi destierro /teniéndome después gran tiempo preso /por remendar con este el primer yerro.

Te visita Gabriel de Villagra, a quien apenas conoces, y te cuenta que también estuvo condenado a muerte en el Perú, y que Gonzalo Pizarro le perdonó la vida. Llegó a Chile con Valdivia en 1549. Acompañó a Alderete en la fundación de

Villarrica. Se encontraba en Concepción cuando hubo que despoblarla. Acompañó a las mujeres a Santiago y participó en la emboscada que terminó con la vida de Lautaro. Es uno de los encomenderos de La Imperial a quien García luego le reconoció su título. No obstante, al igual que tú, no tiene una buena opinión de él. Te dice con franqueza:

—Vino a Chile a despreciar a toda una generación de conquistadores.

Juan de Cárdenas, el secretario de Valdivia, te cuenta que la Real Audiencia de Santiago ha abierto un juicio de residencia para evaluar la actuación de Francisco de Villagra y que él se apronta a ir a declarar en su favor. Piensa informar sobre todas las arbitrariedades de García. Esa solidaridad te da fuerza. A ratos tienes percepciones inauditas, ideas deslumbrantes, pero se te acaba el papel. Mandas con Juan Chilca un recado a Olmos para que te consiga más.

García te acusó de faltarle el respeto a la autoridad. ¿A cuál autoridad? ¿Al gobernador postizo que envenenó al legítimo y verdadero en Panamá? Lo escribes y luego lo borras. No tiene sentido acusarlo, porque García lo negará hasta el final. Te acuerdas de las bondades de la corte.

¿Quién me metió entre abrojos y por cuestas? /pudiendo ir por jardines y florestas...?

¡Qué salto has dado en tu vida! Pero, como buen cortesano que ha leído a Castiglione, tú no buscas la comodidad, sino la virtud. Solo que...

El agravio más fresco cada día /me estimulaba siempre y me roía...

A García le falta el sentido del límite y del equilibrio. Consideras que es un mal representante del espíritu español. Ni siquiera conoce la compasión cristiana. Modestia, etimológicamente hablando, es la virtud del modo, de la moderación, del límite. Platón llamaba a esa virtud metrón o medida. El genio griego conocía la medida, el equilibrio y la serenidad. *Kalón kai agazón*: lo bello y lo bueno. También de eso tratará tu poema. Reflexionas sobre la diferencia entre modestia clásica y humildad cristiana. En la humildad cristiana no se hace alarde de los méritos, se deja que Dios se ocupe de recompensarlos. La acción meritoria cristiana no tiene el aliciente de la honra. La modestia clásica sí la tiene. Tú te presientes, a ratos, clásico y, a ratos, cristiano. Escribes:

Estar en manos de un arrogante y un necio, ¿acaso no es ese el destino de muchas personalidades superiores? ¿Cómo podría ser de otra manera, siendo la raza humana tan disímil? Por un poeta que ama a la humanidad, hay miles de necios que solo piensan en su beneficio personal.

Saber que podrás hacer uso de tu privilegio de poeta para denunciar esa injusticia te tranquiliza. Denunciarás las arbitrariedades de García y cantarás las glorias españolas en ultramar, que él ha querido opacar.

Camino al destierro

En septiembre de 1558, Ercilla por fin partió a Concepción, después de tres meses de encierro. Rumbo al destierro participó en la compañía que fue a destruir el fuerte de Quiapo, cerca de Cañete, donde nacía una nueva resistencia indígena.

Para la construcción de ese fuerte, los nativos adoptaron el estilo de defensa de los españoles, con fosas que lo rodeaban. No obstante, no resistió las balas de los cañones. Y lo que no pudieron las bolas de hierro, lo pudieron los arcabuces. La batalla significó otra derrota para los indígenas, con unos doscientos muertos entre los caídos en el fuerte y los tomados prisioneros y ajusticiados después. Fue tan grande este castigo, y puso en tanto temor a los naturales en toda la provincia que, por primera vez, ofrecieron la paz. García estaba eufórico. Pensaba que con ello quedaba sellada la conquista. Informó que iba a escribir una carta al Consejo de Indias para dar cuenta de la pacificación definitiva de los rebeldes de Chile y de la fundación de las ciudades de Cañete, Osorno y la repoblación de Concepción.

Después de la victoria de Quiapo, Ercilla se sumó a un grupo de cincuenta hombres que se dirigían al valle de Penco al mando del capitán Pedro de Avendaño. Antes, se despidió de todos sus compañeros. Felipe de Mendoza dijo, con un nudo en la garganta:

—Os echaré de menos, adorado amigo.

Rodolfo de Lisperguer le recordó que él era un gentilhombre y que no tenía nada que hacer en ese ejército. Le aconsejó que regresara lo antes posible a la Madre Patria.

Simón Pereira lo acompañó hasta Tucapel y le prometió que se volverían a ver en el Perú o en España.

Casi no habló en todo el camino. Conversó consigo mismo y observó el paisaje que iba dejando atrás. La naturaleza de Arauco era aliada de sus hijos, no de los cristianos. Hasta en la hermosa Villarrica, la fragua de Vulcano, velaba por las almas de los nativos. Ellos eran extranjeros allí. Entró a Concepción preguntándose: ¿cómo seguirá este viaje?, ¿habrá más tropezones?

Se sorprendió de los avances. La ciudad se veía pujante. Había muchos edificios en construcción y algunos terminados, entre ellos, el edificio del cabildo. Por las calles de tierra transitaban varias carretas de bueyes dirigidas por yanaconas. Transportaban de todo en ellas. Pensó: *¿Qué habrán sentido los indígenas al ver por primera vez ese medio de transporte, después de haber pasado una vida cargando ellos mismos sus bártulos?* Los incas llegaron hasta el río Maule a pie. Volvían cada año a ese fin del mundo a cobrar los tributos de sus súbditos, siempre caminando. Los hombres de rango, claro, no caminaban. Ellos se hacían transportar en esteras por sus subordinados. Cientos o miles de años llevando a cuestas a sus señores, sus alimentos y sus artefactos, hasta que los españoles llevaron la rueda y los animales de carga. Ginés de Sepúlveda usó ese argumento en la Controversia de Valladolid.

Se sentó en una piedra sintiéndose agradecido. Fortuna lo había metido en líos, pero luego lo había salvado y allí estaba. Le habló Hernando de Ibarra, un vecino que salió de una de las casas terminadas. Era guipuzcoano, un año menor que Ercilla, y estaba informado de su llegada. Fue amable con él, porque lo vio como un cómplice. Ibarra odiaba a García. Estaba preparando un viaje a Santiago para acusarlo ante la Real Audiencia por ciertas injusticias en su contra. Se dedicaba al comercio y tenía un navío llamado *La Concepción*. Era el único barco anclado en la bahía. Fue uno de los que abandonaron la ciudad en 1554, pero ya estaba de regreso. Consideraba que Villagra era el verdadero gobernador de Chile. Esa noche durmió en su casa y, al otro día, se presentó ante el regidor del cabildo de Concepción para ofrecerle su caballo en los mismos trescientos pesos que pagó a Pedro de Soto. Era lo único que tenía para sobrevivir. El regidor se lo compró. Se llamaba Vicencio de Monte y era un noble de Milán, sobrino del papa Julio Tercero. Ercilla le habló de su paso por aquella ciudad como acompañante del príncipe heredero. De Monte lo llevó a conocer al escribano Francisco de Ortigosa. Fue uno de los favorecidos con encomiendas por García. No se entendió con él porque hablaba maravillas del gobernador. El otro escribano, Pedro Pantoja, le causó mejor impresión. Su segunda noche en Concepción la pasó en su casa. Estaba escribiendo una carta al rey sobre el estado de la guerra y del gobierno de Chile. Ercilla le contó que él había escrito una suerte de diario de sus aventuras en Arauco y le leyó algunas octavas que impresionaron a su interlocutor. Lo llevó al rancho en que pernoctaba el cosmógrafo Gerónimo de Bibar, a pasos del cabildo.

Ercilla lo encontró serio y humilde y tuvo un buen presentimiento. Le hizo un resumen de las circunstancias que lo habían llevado a ese destierro y Bibar le ofreció quedarse en su rancho y esperar juntos el barco a Valparaíso. Él también tenía que abordarlo, porque lo habían llamado de Santiago para atestiguar en el juicio de residencia de Francisco de Villagra. Le hizo un espacio en la esquina de un cuarto en el que había un escritorio y una repisa con algunos libros y papeles, y le ofreció compartir el vino que se producía en Concepción, del que tenía varias botellas. Bibar era algunos años mayor que él. Venía de un pueblo cercano a Burgos. No conoció a sus padres porque siendo un bebé de meses lo abandonaron en un convento. Llegó a las Indias con dieciocho años. Ercilla terminó un vaso de vino y lo volvió a llenar. Tenía ganas de celebrar. Hacía tiempo que no se sentía tan acogido.

Como tantos otros, Bibar llegó a Chile en 1549 con Pedro de Valdivia. Después de su victoria en Jaquijahuana, le ofreció sus servicios como geógrafo. En el último tiempo se había dedicado a escribir una crónica sobre la conquista de Chile. Sacó el manuscrito de la repisa y se lo mostró diciendo:

—Está casi lista.

Era un mamotreto bastante grueso. Ercilla leyó el título y no le gustó: *Crónica y relación copiosa y verdadera de los Reinos de Chile.* El poeta soldado quería ser el primero en escribir sobre el tema. Lamentó que Bibar se le hubiese adelantado, pero no se lo demostró.

—Después de declarar en Santiago seguiré a Lima para mandarla desde allí a España.

Ercilla terminó su segundo vaso. Su anfitrión le contó que había sido escribano de Valdivia y le mostró la copia de una carta que le dictó el gobernador, dirigida a Carlos Quinto. Leyó el comienzo y miró sorprendido a su anfitrión. Recordó comentarios del duque de Alba sobre las extensas cartas que enviaba el conquistador de Chile. Después del tercer vaso de vino sintió que un círculo se cerraba. Esa noche soñó que estaba en la corte relatando sus aventuras a Felipe. Despertó de buen humor.

Quiso saber más sobre la personalidad de Valdivia.

—Escuché que el oro era lo que más le interesaba. Que doce marcos al día no eran suficiente para él, que la codicia fue, a la larga, su perdición.

—No creáis todo lo que cuentan los conquistadores. Valdivia no era más codicioso que cualquier otro.

Era el momento de contarle que él también había escrito sobre la conquista de Chile. Le leyó unas octavas dedicadas a la codicia.

¡Oh incurable mal! ¡oh gran fatiga, /con tanta diligencia alimentada! /¡Vicio común y pegajosa liga, /voluntad sin razón desenfrenada, /del provecho y bien público enemiga, /sedienta bestia, hidrópica, hinchada, /principio y fin de todos nuestros males! /¡oh insaciable codicia de mortales!

Bibar opinó que el tono era sincero e invitaba a reflexionar. Ercilla le pidió permiso para hojear su crónica y constató que el relato terminaba en diciembre de 1558, vale decir, en su presente. Preguntó de dónde había sacado la información sobre las campañas de García en Arauco y él le explicó que había conversado con los hombres que volvieron a repoblar Concepción. El texto no decía nada sobre la expedición en búsqueda del estrecho de Magallanes. Alonso le relató el itinerario y Bibar confirmó que aquella ensenada a la que llegaron no podía ser el anhelado estrecho.

Lamentó que la visión de los indígenas en la crónica de su anfitrión estuviera en la línea de Ginés de Sepúlveda y Gonzalo Fernández de Oviedo. Sobre su carácter escribía:

Los naturales de Nueva Extremadura son gente silvestre y falta de amor y caridad, traidores, cautelosos carniceros... gente tan bestial que no dan la vida a su adversario, ni le toman de rehenes, ni para que les sirvan...

En otra parte, opinaba sobre las mujeres de la Araucanía:

Son de buen parecer y bien dispuestas. Cuidan mucho su cabello. Son muy buenas hechiceras. Hablan continuamente con el demonio como las del valle del Mapocho. Sus bailes son parecidos.

Cuando le refirió la muerte de Caupolicán empalado, algo que Ercilla sabía por Felipe de Mendoza, Bibar opinó que se merecía esa muerte porque había sido un mal indio, muy enemigo de los españoles.

—Entonces fue un buen indio —acotó el poeta soldado.

En cuanto a la guerra justa, Bibar hizo suyos los argumentos de Aristóteles para vindicarla. Eso de que lo superior está llamado a imperar sobre lo inferior. Ercilla buscaba argumentos conciliadores que acercaran los dos planteamientos antagónicos de la famosa controversia, pero por el momento tenía más preguntas que respuestas. Coincidieron en que la conquista era una empresa inscrita en el plan divino de llevar la cristiandad a esas tierras.

La semana de espera fue plácida y pasó rápido. Por las tardes, cuando no había mucho viento, daban paseos por la playa rememorando citas latinas. Tres días después de celebrar juntos el natalicio de Cristo abordaron el barco. Tres días después, abordaron el barco. Ercilla partió de Chile con el mismo cofre con el que viajó desde España. En él llevaba sus libros, sus papeles, su armadura y la ropa vieja y sucia que le quedaba. Al ver alejarse la costa escribió con melancolía:

En un grueso barcón, bajel de trato, /que velas altas de partida estaba, /salí de aquella tierra y reino ingrato, /que tanto afán y sangre me costaba...

Otra vez el mar

En el barco apenas cruzaron palabras. Ercilla quería ordenar sus pensamientos, repasar sus notas, corregir y escribir en unas hojas de papel que le regaló Bibar. En Valparaíso se despidieron con un hasta pronto, porque pensaban reencontrarse en Lima.

Entre los pasajeros que subieron en ese puerto estaba el dominico Gil González de San Nicolás. Él también salía desterrado del país. Se abrazaron. El fraile le contó que lo habían recibido muy bien en Santiago. El teniente gobernador Pedro Meza, que reemplazaba a García en su ausencia, le entregó un terreno para que fundara un convento, el primero de la orden domínica en el Reino de Chile. Había mandado cartas a Lima y a España invitando a religiosos, pero Hernando de Santillán comenzó una campaña en su contra. Lo acusó de ser un seguidor de Bartolomé de las Casas. Eso bastó para que Meza le quitara el permiso para su convento. La alegría duró poco.

—Pero no se van a deshacer tan rápido de mí —aseguró, mientras veían alejarse la costa.

Ercilla preguntó qué había pasado con Hernando de Ibarra, el mercader que conoció en Concepción, y Gil le contó que Santillán lo mandó a ahorcar por difundir noticias falsas. Ercilla dio gracias a Dios por haber salido a tiempo de ese reino. En alta mar, el religioso le leyó en voz alta pasajes de un texto que escribía, titulado *Ordenanza para el tratamiento justo de los indígenas.* Su visión de ellos era muy diferente de la de Bibar. Sostenía que los naturales eran súbditos de Castilla y que, como tales, no podían ser obligados a nada, solo bautizados. Le aclaró los malentendidos que, a su juicio, había sobre los indígenas. Estos no eran infieles, porque infiel era aquel que, estando bautizado, renegaba de Dios y de la iglesia. Tampoco era efectivo que no conocieran el buen gobierno y la justicia. Ercilla le leyó a cambio una octava que escribió en plenos conflictos de conciencia.

Otra tarde, siempre en la cubierta, Gil le contó que pensaba escribir una carta a Las Casas contando los abusos de los españoles contra los indígenas en el Reino de Chile. Le aseguró que en Santiago los trataban peor que a los esclavos.

—Ningún indígena es señor de su mujer, hijos e hijas —aseguró—, porque a unos los ocupan para hacer sementeras y casas o para guardar el ganado, y a las mujeres las hacen hilar y tejer y las transforman en sus mancebas. No consienten que se casen porque dicen que se ocuparán en servir a sus maridos y no hilarán tanto. Muchos encomenderos se han hecho ricos con la venta de paños.

El viaje de regreso al Callao se hizo más corto que el de ida. Mientras el galeón se acercaba al puerto el último día de febrero de 1559, Alonso escribió en su cabina:

La ocasión que aquí los ha traído... /es el oro goloso... /y es un color, es una apariencia vana /querer mostrar que el principal intento /fue extender la religión cristiana... /pues los vemos que son más que otras gentes /adúlteros, ladrones, insolentes...

Lima

Buscó a Francisco de Irarrázaval, que había partido de Chile inmediatamente después del regreso de la jornada al estrecho, poco antes del altercado en La Imperial. Se alojó con él en una casa sencilla cerca del río Rímac. Irarrázaval viajó al Perú con permiso de García, porque tenía problemas con la visión. Se quejaba de que a poca distancia no podía distinguir si quien se acercaba era amigo o enemigo. El virrey lo había nombrado gentilhombre de lanzas mientras preparaba su viaje a España. Pensaba pedirle al monarca algún tipo de reconocimiento por su participación en las guerras de Chile: una encomienda, mercedes de tierras; luego casarse con una dama española y regresar a Chile para instalarse en Santiago. Eran planes muy concretos.

Ercilla, en cambio, no tenía idea de cómo iba a continuar su vida y no quería hacer planes. Ya los había hecho una vez y no le habían resultado. Se sumó a los muchos españoles que vivían en la Ciudad de los Reyes, sin aliados ni reconocimiento. Paseaba melancólico por las calles observando a sus contemporáneos. Ser un hombre casi sin recursos era algo nuevo e inesperado para él. Entre todas las cosas que imaginó cuando se embarcó en Sevilla, no estaba esa. Jamás pensó llegar a ser un hombre sin medios para solventar su existencia.

La jaula de fierro de la plaza de Armas contenía una cabeza más: la del rey cimarrón Boyano. La miró y se asustó. Siguió caminando con paso apurado, preguntándose: ¿a qué fuerzas misteriosas les debía su salvación en el último minuto? Detuvo la marcha en una esquina de la plaza porque la rabia lo atrapó. Se había escapado por un pelo de una tremenda injusticia. Por su lado pasaban españoles cojos, tuertos y mancos. Decidió ir al bodegón frente al río, si aún existía, a beber un vaso de aguardiente para tranquilizarse. Tres mujeres indígenas que iban por la cuadra de enfrente apuraron el paso cuando lo vieron.

—Si ellas pudieran echarnos, lo harían de inmediato —pensó.

Un español que mascaba coca sentado en la puerta de un rancho le sonrió y le deseó un buen día. Ercilla lo quedó mirando. Tendría unos treinta y cinco años. Era tuerto y le faltaba la mitad de una pierna.

—También para vos —dijo, tratando de sonreír.

Siguió su camino hacia el Rímac... La vida de la mayoría de los conquistadores es solitaria, breve y brutal, pensó. Ya no quedaba oro en los palacios de los incas. Tampoco ofrendas preciosas que robar en las guacas o tumbas de los principales. Los que llegaron tarde al repartimiento compartían su destino. Pasó por una casa que le gustó y se detuvo a observarla. De ella salieron dos mujeres españolas. Parecían ser madre e hija. Constató que en Lima se veían más mujeres españolas que en Concepción y La Imperial. ¿O eran mestizas? Pasó por fuera de la casa de los virreyes. Sabía que en algún momento iba a tener que presentarse ante Andrés Hurtado de Mendoza para resumir sus servicios y pedir la justa retribución. Pero todavía no. Tenía que prepararse mentalmente. El virrey no era su aliado. Él no tenía aliados en las Indias.

El bodeguero toledano, que nació el mismo día en que se alzaron los comuneros, lo reconoció de inmediato.

—Otra vez por aquí.

Ercilla le resumió lo del altercado en una fiesta y su condena a muerte trocada en destierro. El hombre le sirvió su vaso de aguardiente y le contó lo que se decía del virrey en Lima: que se gastaba buena parte del quinto real de la plata que se extraía en las minas de Potosí y Porco en su mantenimiento y sus lujos. Algunos oidores se quejaron al nuevo rey y este le escribió pidiéndole que viviera con más recatamiento, pero no sirvió de nada.

Un español borracho entró al local y se sentó cerca de Ercilla. Después de un minuto lanzó un verso al aire:

—*Almagro pide paz /los Pizarro, guerra, guerra; /todos ellos morirán /y otro mandará la tierra.*

Ercilla vació de un sorbo el resto de su vaso y comentó al bodeguero, refiriéndose al virrey:

—El hombre superior piensa en la virtud y el inferior, en la comodidad.

En ese momento entró una española o criolla con su sirvienta a comprar cinco botellas de aguardiente. Era joven y atractiva. Vestía de colores vistosos. De sus orejas colgaban vistosos pendientes de plata. Miró a Ercilla con aire de superioridad, como inspeccionándolo. Su sirvienta metió las botellas en una bolsa. Ella pagó y se fue. Ercilla la quedó mirando hasta que salió a la calle. El bodeguero le explicó que en el Perú había muchas encomenderas viudas de conquistadores que se negaban a volver a contraer matrimonio. Aunque el virrey hacía todo lo posible por casarlas a ellas y a sus hijas con sus hombres de confianza para premiarlos de esta manera. Ercilla bebió pensativo. Cambió a tono irónico para decir:

—Quizá pueda convencerla de que se case conmigo.

El bodeguero y el borracho soltaron una carcajada unísona que lo hizo sentir mal.

Llegó a la casa de los virreyes preparado a recibir una respuesta negativa. En la mano sostenía su hoja de servicio bien redactada. Esperaba que fuera una reunión más larga en la que hablarían de la guerra en Chile, pero no. El virrey recibió la hoja y le pidió que volviera dentro de una semana.

Así lo hizo. Hurtado de Mendoza no le ofreció nada, ni siquiera sentarse a su mesa. Ercilla le pidió que le adelantara algunos reales de su paga para poder cambiar su ropa vieja. Le dijo que no había dinero en las arcas de la ciudad, pero le prometió hacer llegar su hoja de servicio al rey.

—Eso no es necesario. Yo mismo se la enviaré a mi señor.

Felipe Segundo era su última esperanza. Pensando que tal vez la carta que envió desde La Imperial nunca salió de Chile, escribió un nuevo informe acucioso de todo lo que había hecho. Nombró cada batalla, la construcción del fuerte de Penco, el reconocimiento de los territorios australes. Le informó que se encontraba en Lima pasando gran necesidad y vergüenza por haber quedado muy gastado y empeñado en la jornada de Chile.

No tengo otro remedio, sino el que VM me diese, porque el virrey no me ha querido dar ninguno, escribió.

Pidió que se le otorgase un repartimiento de indígenas en el Perú. Uno cuyas rentas pasaran de seis mil pesos anuales, sin los cuales, aseguró, no podría sustentarse por la carestía del país.

Enviada la carta, visitó a Gil González en el convento de los dominicos. Él lo llevó a la casa de Francisco de Villagra, a media cuadra de la plaza de Armas, el hombre del que tanto había oído hablar. Era de Astorga, hijo natural de un comendador de la Orden de San Juan que no se casó con su madre. Eso se lo había contado antes Gil. Villagra no hablaba de esos temas. Era rubio, de mediana estatura. Tenía unos cincuenta y cinco años. Bien vestido. Ercilla fue sincero al decirle que se alegraba de conocerlo. Villagra le sirvió un aguardiente muy transparente y le hizo preguntas sobre sus antiguos compañeros de campañas: Rodrigo de Quiroga, Alonso de Reinoso y Hernando Paredes. Ercilla también lo interrogó. Hubo varios de esos encuentros. Así, el soldado poeta obtuvo detalles fidedignos de la batalla de Marigüeñu y, sobre todo, del asalto al fuerte de Mataquito, donde murió Lautaro. Tomaba notas de inmediato para no olvidar ningún detalle.

Cuando llegó a Lima la noticia de que Villagra había sido absuelto de toda culpa en el juicio de residencia que se le hizo en Chile, Alonso compartió su alegría. Eso fue a principios de diciembre de 1959. La noticia de su nombramiento como gobernador de Chile llegó casi al mismo tiempo. Villagra lo celebró en su casa y Ercilla fue uno de los invitados. Gil estaba feliz de regresar con él a Chile. Acababa de terminar dos textos: *Tratado acerca del trabajo personal de los indígenas* y *Ordenanza para el tratamiento justo de los indígenas*. Con Villagra como aliado veía más fácil implementar sus ideas evangelizadoras. Pensaba llevar más hermanos de su congregación para seguir adelante con el convento.

A través de Gil también conoció al dominico Gaspar de Carvajal. Era provincial del convento dominico de Lima, en el que se alojaba el protector de los indios de Chile. Ercilla quiso conocerlo desde que se enteró de que Carvajal participó en la jornada de Gonzalo Pizarro al *País de la Canela* y escribió una crónica. Le costaba modular, porque no tenía dientes, pero Ercilla fue armando una historia que, en parte, ya sabía: en 1542, cuando navegaban por un río ancho y caudaloso, el más caudaloso que Carvajal había visto en su vida, salieron a atacarlos unas mujeres desnudas y los apuntaron con sus arcos desde la orilla. Le recordaron a las guerreras que Heródoto llamó *amazonas* en su *Historia*. Como no sabía el nombre del río, lo llamó Río de las Amazonas. Fue uno de los pocos sobrevivientes de esa expedición. Sobre Gonzalo Pizarro aseguró que era tirano y diabólico.

Felipe Segundo acogió positivamente la petición de su antiguo paje. Envió a Andrés Hurtado de Mendoza una Real Cédula ordenándole que le diera a Ercilla uno de los repartimientos de indígenas que estuviesen vacos, conforme a la calidad de su persona y servicios. El documento llegó a Lima a mediados de 1561. A pesar de que no tenía ningunas ganas de entenderse con él, mandó a llamar a Alonso para explicarle que no había encomiendas vacas en el Perú, pero que podía ofrecerle el cargo de gentilhombre de lanzas con un sueldo de mil pesos al año. Los lanceros vivían en unos ranchos pareados cerca del río. Aceptó la oferta porque, por lo menos, le aseguraba una vivienda. Hasta entonces había vivido de allegado en la casa de Irarrázaval. Se sumó a la guardia virreinal sin dejar de preguntarse cada cierto tiempo: ¿qué hago aquí? El astro que, según Matías Haco, lo protegía aún no le enviaba ninguna señal.

Pocos meses después, el 30 de marzo de 1561, falleció el virrey. Ercilla asistió a su funeral junto con los otros gentilhombres. Era el sarcófago más lujoso que había visto en su vida: todo enchapado en plata de Potosí. Allí se encontró con su amigo Felipe de Mendoza. Lo vio bastante triste. No solo por la muerte de su padre. Había regresado al Perú porque Villagra le retiró todas las mercedes que le había hecho su medio hermano. Ercilla no supo qué decir. Lo invitó al bodegón del toledano a tomar un vaso de aguardiente.

El bodeguero conversaba con un español muy elegante que recién había llegado a la ciudad. Tenía unos treinta años y hablaba con soltura. Contaba que España había firmado la paz con Francia y que el rey se había casado en París con Isabel de Valois, a quien llamaban la reina de la paz. Aseguró que era muy bella. Él la había visto varias veces, porque formó parte del séquito del duque de Alba cuando este reemplazó al rey en su matrimonio, porque Felipe Segundo no pudo asistir personalmente a su boda.

Ercilla pidió dos vasos de aguardiente y ofreció uno a su amigo.

—No le creo nada —dijo Mendoza.

—¿Por qué no? Suena convincente. Alba siempre viaja con un séquito numeroso. Además, me consta que a don Felipe no le gusta viajar.

—¿Queréis escuchar el resto de la historia? —preguntó el hombre.

—Continuad —pidió el bodeguero—, aquí nunca llegan noticias de la corte.

—Pues bien. Después de la boda hubo que cumplir los protocolos. Estos mandan, como debéis saber, consumar el matrimonio en forma inmediata. Como su majestad no estaba presente, fue suplantado por el duque.

Alonso no pudo contener la risa. Alzó su vaso pidiendo un salud por la paz entre España y Francia. El hombre brindó con él, bebió un sorbo y siguió contando...

—Alba entró a la habitación de la novia. Claro que ella no estaba sola. La acompañaban sus padres y varios nobles franceses que no quisieron perderse aquel momento. Yo también estaba allí. Sin dilación, casi por sorpresa, el duque se metió a la cama de doña Isabel, vestido por supuesto, y dio curso al fingimiento de la consumación.

—No le creo nada —insistió Mendoza.

Dejaron de prestar atención.

Días después se enteró por Mendoza de que García había llegado a Lima. Le contó que huyó al puerto de Papudo, ubicado al norte de Santiago y desde allí se embarcó al Perú en un buque pequeño que arrendó a un encomendero rico de La Ligua. Dejó a Rodrigo de Quiroga como gobernador interino de Chile.

—O sea que otra vez no quiso confrontarse con Francisco de Villagra —comentó Ercilla.

Trató de embarcarse de inmediato a España, pero no lo dejaron, porque las ordenanzas reales lo obligaban a someterse antes a un juicio de residencia. Ercilla temió encontrarse con García en el intertanto, pero eso no ocurrió. El exgobernador se escondió. Nadie sabía dónde se había metido.

Solo apareció para su juicio de residencia. Algunos testigos viajaron de Chile para relatar personalmente al juez Juan de Herrera los agravios e injusticias que habían sufrido bajo el gobierno de Hurtado de Mendoza. El juicio duró varias semanas y el resultado fue negativo para el gobernador saliente. Entre las tantas malas acciones que se le imputaron estaban haberse dejado gobernar por una doncella indígena a quien permitió entrar de noche por una ventana y que, habiendo mandado a hacer justicia en don Alonso de Ercilla y don Juan de Pineda, la dejó de hacer por intersección de dicha doncella y que estuvo jugando con ella toda esa noche, estando dichos caballeros preparándose para bien morir. García se defendió diciendo que más valía gobernarse por una india que por una puta española. No esperó la sentencia. Partió a España a dar cuenta personal al rey de sus servicios.

El soldado poeta seguía en su puesto de gentilhombre de lanzas cuando llegó el virrey Diego López de Zúñiga, conde de Nieva. La nueva autoridad reavivó una discusión antigua sobre la perpetuidad o no perpetuidad de las encomiendas indígenas. Llevó consigo a juristas españoles que viajaron al Perú exclusivamente a dirimir sobre el tema. Muchos hombres de letras de la ciudad fueron llamados a dar su parecer, también Ercilla. Se manifestó en contra de la perpetuidad. Y no fue el único. Un letrado español, profesor de la recién creada Universidad de San Marcos, opinó que la empresa colonial española era infame desde el punto de vista moral.

—¿Qué estáis haciendo aquí entonces? —preguntó uno de los jueces madrileños.

—Nací en este siglo y me iré sin comprenderlo. Muchas veces me he preguntado de dónde vienen el bien y la ternura. Tengo sesenta años y estoy cansado y enfermo. Todavía no lo sé y pronto me voy a morir.

El debate fue otra de esas instancias de aprendizaje que gustaban al poeta. Cada uno hablaba desde sus experiencias e intereses. Un fraile dominico llamado Vicente Valverde contó que los indígenas, cuyos encomenderos los llevaban a trabajar a las minas de Potosí, pensaban que iban a morir en el interior del cerro y, por lo mismo, se despedían de sus seres queridos antes de partir. Valverde era un hombre instruido. Confesó que había llegado al Perú con Francisco de Pizarro y que había tenido conflictos de conciencia desde los inicios de la conquista. Intercedió a favor de Atahualpa antes de su ejecución y abogó para que los hijos de los caciques tuviesen educación religiosa. Al final de su larga arenga, solicitó a los jueces que no declararan perpetuas las encomiendas, porque eso iba llevar a más abusos y malos tratos. Fue convincente. Los jueces españoles concluyeron que las encomiendas no debían ser perpetuas.

Una semana después, llegó a Lima la noticia sobre una rebelión de los encomenderos de Potosí protestando por esa medida.

Ercilla se entendió bien con el conde de Nieva. No obstante, no estaba satisfecho con su vida. Las Indias no habían cumplido sus expectativas. Su sueldo se lo pagaban tarde, mal y nunca. Solo había recibido una ínfima parte de él. Estaba pobre y solo. No dejaba de preguntarse: ¿qué estoy haciendo aquí? Cuando recibió una carta de su madre tomó una decisión. En ella le contaba que estaba en el Hospital Real de Villafranca con su hijo Juan y que tal vez, cuando él recibiera esa misiva, ella ya no estaría en este mundo. Era el impulso que le faltaba. Explicó al virrey la situación y le pidió permiso para ausentarse del Perú por un tiempo. Él se lo concedió y le pagó en adelanto un año de su sueldo para que solventara su viaje a España. Mientras se preparaba para partir, llegó la noticia del fracaso de la expedición de Pedro de Ursúa en busca del Dorado. El navarro Lope de Aguirre se había rebelado y dado muerte a Ursúa y a su amante Inés de Atienza. Entre tanto, Aguirre ya no buscaba el Dorado, sino liberar el Perú de sus autoridades para dejar el gobierno en manos de los conquistadores, a quienes consideraba los legítimos dueños de esas tierras. De los cuatrocientos hombres que partieron con Ursúa a la selva amazónica en tiempos del virrey Hurtado de Mendoza, quedaban ciento cincuenta que se hacían llamar *marañones*. Los nativos llamaban Marañón al río al que Carvajal rebautizó con el nombre de Amazonas. Donde atracaban causaban estragos en la población. La noticia llegó desde la isla Margarita, donde habían saqueado y asesinado a su antojo.

Ercilla se sumó a la compañía que el virrey envió para detener y castigar a Lope de Aguirre. Le quedaba, por así decirlo, en el camino. Se embarcó rumbo a Panamá a fines de septiembre de 1561.

Panamá

En el barco siguió escuchando historias sobre la rebelión de los marañones. No se hablaba de otra cosa. Lope de Aguirre, que había contribuido a aplacar todas las rebeliones que surgieron en el Perú contra la Corona —desde la de Gonzalo Pizarro hasta la de Francisco Hernández Girón—, terminó transformándose en el líder de una nueva sublevación. Los hombres de la tripulación lamentaban la muerte de Inés de Atienza, la mujer más hermosa del Perú, según aseguraban. Tanto hablaron de ella, que despertó la imaginación del poeta. Interrogó al capitán, un vasco oriundo de Getaria, el pueblo en que nació Sebastián Elcano. Él le contó que era hija del conquistador Blas de Atienza y de una de las vírgenes del sol.

Una viuda española de unos cincuenta años que viajaba a Panamá a buscar a unos sobrinos le contó todo lo que sabía sobre las vírgenes del sol. En el Cuzco, corazón del Tahuantinsuyo, había un templo al que eran llevadas las mujeres más hermosas del imperio. El único que tenía acceso a ese lugar sagrado era el inca.

Después de haber visto la reacción de sus compañeros ante las mujeres araucanas, imaginó cómo habría sido para los conquistadores encontrarse con ese harem de hermosuras.

La viuda le informó que hubo conquistadores, como Blas de Atienza, que se casaron con alguna de ellas. Otros se las llevaron como amantes. Cuando Francisco de Pizarro transformó el templo en un convento de monjas, quedaban muy pocas vírgenes del sol.

Llegó a Panamá el primero de noviembre de 1561. Allí se encontró con la noticia de que el rebelde Lope de Aguirre había sido apresado en el pueblo de Tocuyo, muerto y descuartizado. Su cabeza era exhibida en la plaza de Armas de ese lugar... Antes de morir cercado por las tropas del rey, el insurrecto había dado muerte a su hija para impedir que se transformara en «colchón de bellacos».

En Panamá había muchos marañones de aquellos que se pasaron en el último momento al bando del rey. Ercilla conversó con uno de ellos en un bodegón. Se llamaba Sebastián Burgos y era de un pueblo de Castilla. Tenía unos cuarenta años. Bastó que le contara que había conocido a Ursúa en esa misma ciudad cuatro años antes para que el hombre soltara la lengua. Aseguró que Inés de Atienza había embrujado a Ursúa y que, por su culpa, su capitán los dejó a todos botados. Pasaba la mayor parte del tiempo con su amante en su camarote.

—¿Quién fue Inés de Atienza?

—Una mestiza, hija de Blas de Atienza.

—Eso lo sé.

El hombre bebió y suspiró...

—A decir verdad, muchos, entre los cuales me incluyo, estábamos un poco enamorados de ella. Es que era muy bella, la más bella del Perú.

—Sé que su padre fue unos de los hombres que venció a Pizarro en Cajamarca. O sea que, además de bella, era rica.

El hombre asintió.

—Su riqueza la heredó no solo de su padre, sino también de su primer marido, cuyo nombre no recuerdo. Tenía, tierras, encomiendas, esclavos, casas en Trujillo —dijo, moviendo la cabeza—. Lo vendió todo para sumarse a la jornada del Dorado con Ursúa.

—Vaya destino —comentó Ercilla.

—¡Una locura! El Dorado del que hablaban los indígenas fue un invento para deshacerse de nosotros y el virrey lo sabía. En eso, Aguirre tenía razón.

—Una tripulación descontenta es fácil de seducir al motín —comentó Ercilla, intentando sacarle detalles de lo ocurrido.

—Es cierto. Cuando Aguirre nos aclaró que el virrey nos había alentado a esa expedición para deshacerse de nosotros, la chispa prendió muy rápido. Yo lo apoyé, pero traté de mantenerme a distancia, porque sabía que era un loco. Cuando mataron a Ursúa y nombraron a Hernando de Guzmán como su sucesor sentí miedo.

—¿Qué pasó con Inés de Atienza después de la muerte de su amante?

—Pasó del cielo al infierno en un solo día. Las disputas por poseer su cuerpo provocaron tres asesinatos y varias revueltas. Lope de Aguirre la acusó de prostituta y de intentar provocar la ruina de la jornada y la condenó a muerte.

Le contó que, después de causar estragos en la isla Margarita, Aguirre pasó a Barquisimeto, donde quemó sus barcos, decidido a marchar por tierra al Perú a dar muerte al virrey Andrés Hurtado de Mendoza.

—No sabía que la Providencia se le había adelantado —comentó Ercilla.

Sebastián Burgos sonrió y dejó al descubierto los tres dientes que le quedaban.

—Antes de partir escribió la carta a Felipe Segundo en la que le declaró abiertamente la guerra. Otra locura. ¿La habéis leído?

Ercilla negó con la cabeza.

—La tienen los oidores de la Real Audiencia.

Ercilla partió de inmediato a la gobernación de Panamá a ver si era cierto. Poco después llegaría una orden de Felipe Segundo de destruir esa carta, pero allí estaba todavía, entre otros documentos. Ercilla dijo ser un oficial real que estaba pronto a regresar a España, donde se entrevistaría con el rey, con lo que consiguió permiso para leerla. La carta decía:

Lope de Aguirre, tu mínimo vasallo, cristiano viejo, hijo de medianos padres, hidalgos en tierras vascongadas... en mi mocedad pasé al Pirú por valer más con la lanza en la mano... En veinticuatro años te he hecho muchos servicios en el Pirú en conquista de indígenas y en poblar pueblos en tu servicio, sin importunar a tus oficiales por paga ni socorro... Bien creo, excelentísimo rey, que para mí y mis compañeros no has sido tal, sino cruel e ingrato a tan buenos servicios como has recibido de nosotros... Por no poder sufrir más las crueldades que usan tus oidores, virreyes y gobernadores, he salido con mis compañeros de tu obediencia y desnaturándonos de nuestra tierra, que es España, te haremos en estas partes la más cruda guerra que pudiéramos... para no sufrir más los grandes e injustos castigos que nos dan tus ministros, quienes nos han robado nuestra fama, vida y honra... tu virrey, marqués de Cañete, malo, lujurioso, ambicioso y tirano... ha gastado ochocientos mil pesos de tu caja real para sus vicios y maldades... Mira, rey español, no seas cruel ni ingrato con tus vasallos, pues estando tu padre y tú en los reinos de Castilla, sin ninguna zozobra, te han dado tus vasallos, a costa de su sangre y hacienda, tantos reinos y señoríos como en estas partes tienes... No puedes llevar con título de rey justo ningún interés destas partes donde no aventuraste nada sin que primero los que en esta tierra han trabajado y sudado sean gratificados... A Dios hago solemnemente voto, yo y mis doscientos arcabuceros marañones, de no te dejar ministro con vida... No te pedimos mercedes en Córdoba ni en Valladolid... duélete en alimentar a los pobres y cansados en frutos y réditos de esta tierra...

Sobre Ursúa informaba que fue

tan perverso, ambicioso y miserable que no lo pudimos sufrir y así, por ser imposible relatar sus maldades, no diré cosa más de que lo matamos....

La firmaba:

Hijo de fieles vasallos en tierra vascongada, y rebelde hasta la muerte por tu ingratitud. Lope de Aguirre, el Peregrino.

Los Hurtado de Mendoza despertaban esos sentimientos. Ercilla se consideraba igualmente un descontento. Se quedó en Panamá dos meses escribiendo y esperando que juntara gente suficiente para poder cruzar el istmo. Sobre Lope de Aguirre escribió:

Más que Nerón y Herodes inclemente /pasó tantos amigos por la espada /y a la hija querida juntamente...

Quiso conocer la casa que había construido el alcalde Francisco de Pizarro. En Panamá se acordaban de él, a pesar de que ya habían pasado cuarenta años desde su partida a la conquista de nuevos territorios. La vivienda era de mediano lujo. El dormitorio daba a una plaza y más allá se veía el mar.

Se sumó a un grupo que llegó de Chile enviado a España por Francisco de Villagra. Lo conformaban el tesorero Juan Núñez de Vargas y los oidores Melchor Bravo de Saravia y Hernando de Santillán. Núñez de Vargas también había sido condenado a muerte por García en su momento, por lo que se entendieron bien. Eran colegas de destino. Le contó que Villagra había sufrido una derrota tras otra. La ciudad de Cañete vivía asediada. En Chile había una epidemia de viruela que causó la muerte de miles de indígenas y no pocos españoles. Ercilla guardaba silencio mientras lo escuchaba y se dejaba llevar por las mulas con una sensación de alivio.

No tenía una buena opinión de Santillán, no obstante, también le hizo preguntas sobre la situación de los naturales de Chile. Averiguó que él mismo había dictado ordenanzas para regular el trabajo indígena y asegurarles algunos derechos conforme a las Leyes Nuevas. Por su parte, Bravo de Saravia le informó, pidiendo discreción, que Villagra estaba enfermo de sífilis.

Cartagena de Indias

En Nombre de Dios pudo embarcarse de inmediato en un galeón que iba a Cartagena de Indias y después a Sevilla. Pensaba seguir en el barco hasta España, pero en el viaje se sintió mal. Una fiebre alta lo hizo temer haber sido envenenado. Esta vez no llevaba ningún antídoto. Se bajó en Cartagena para no terminar lanzado al mar.

Halló alojamiento en un rancho ubicado detrás de una iglesia en construcción. Una mujer, que se hacía llamar India Catalina, se apiadó de él. Le dejó colgar su hamaca en el patio de su vivienda y llamó a un conocido suyo, un mestizo que sabía de medicina. Este le explicó que se trataba de una de las tantas fiebres del trópico. No todas eran mortales. Le hizo una sangría en luna llena, le dio a beber unas yerbas amargas y le aseguró que sobreviviría.

Cuando se sintió mejor entró a la iglesia cercana. Estaba casi lista. Solo le faltaba la torre. Unos esclavos negros trabajaban en ella. El fraile que lo confesó le habló del poeta Juan de Castellanos, un letrado que se había ordenado sacerdote en esa ciudad y que había comenzado a construir el templo en el que se encontraban. Veinte años más tarde llegaría a sus manos el libro *Elegías de varones ilustres de Indias* del mismo Castellanos inspirado en el poema que él estaba escribiendo. Ese cruce de destinos era algo superior a él. No estaba dentro de sus capacidades intuirlo en ese momento.

Cartagena de Indias le pareció paradisíaca. En cuanto recobró la plenitud de su energía se bañó en las aguas templadas del mar Caribe y se tendió en las arenas blancas de la playa. Desde allí vio entrar a un hombre elegante a un bodegón al final de la calle frente al mar. Le llamó la atención. Los bodegones eran lugares en que se intercambiaba información. La gente iba a ellos a beber y a desahogarse. Se dirigió al lugar y le buscó conversación. Era comerciante. Se llamaba Luis de Zárate. Sus ademanes eran calculadamente elegantes. Estaba esperando la llegada de un galeón con mercancías que venía de Sevilla para comprar algunas y llevarlas a la ciudad de Santa Fé de Bogotá, donde normalmente residía. Le contó de que la mayoría de los galeones que iban a Nombre de Dios pasaban por Cartagena. Era un buen lugar para hacer fortuna con el comercio. Por un momento se le pasó por la mente establecerse allí... Todo era posible. Pero primero, eso sí, debía ir a España a despedirse de su madre.

No tener conocidos en la ciudad que pudieran dar cuenta de su actuar en la corte lo hizo sentirse libre. Libre y recuperado. La muerte podía esperar. Caminaba por las calles del puerto con una liviandad que a él mismo lo sorprendía. Tenía sus ventajas ir por la vida de incógnito. No tener cerca amigos ni enemigos. Ser literalmente un don nadie. ¿Y si buscaba una mujer para que lo consolara? ¿Por qué no? Había muchas bellas en Cartagena de Indias. Ojalá alguna que se pareciera a Inés de Atienza, a la imagen que se había formado de ella: una mestiza de mente libre, una mujer como solo podía haberlas en el Nuevo Mundo. Les habló a varias, pero ya el primer intercambio de pareceres lo decepcionó. De una le gustó el nombre: Apolonia.

—¿Apolonia cuánto?

—Solo Apolonia.

No sabía quiénes eran sus progenitores.

Era bella. Vivía en un bohío apartado del pueblo, en una especie de península, una lengua de tierra adentrada en el mar. Era un barrio habitado principalmente por mestizos, mulatos y gente de color. Había pocos españoles. Apolonia lo curó de la sensación de desamparo. Por ella dilató su estadía por algunas semanas que se transformaron en meses. En los momentos más dulces pensó quedarse allí para siempre.

—Nosotros simpatizamos —le dijo una vez—. Simpatizar significa sufrir juntos. Nadie escoge su amor, ni el momento en que llega, ni el lugar, ni siquiera a la persona. Es la vida la que elije.

Apolonia contaba orgullosa a su familia que se había enamorado de un poeta español.

Los domingos llegaba al barrio don Salvador, un fraile octogenario, a confesar y leer misa en un rancho que servía de iglesia. Ercilla conversó varias veces con él y le leyó algunas octavas. Llevaba sesenta años en las Indias y había conocido a Bartolomé de las Casas y a Antonio de Montesinos, el inspirador de todos los defensores de los indígenas. Se sabía de memoria su sermón del domingo de adviento del año 1511 con que Montesinos remeció las conciencias de los encomenderos de Santo Domingo. Una vez se lo recitó por solicitud de Ercilla y lo hizo con vehemencia. Fray Salvador tenía todavía mucha energía, a pesar de su edad, y bastante talento histriónico.

Decid, ¿con qué derecho y con qué justicia tenéis a los indígenas en tan cruel y horrible servidumbre? ¿Acaso no se mueren, o por mejor decir, los matáis para sacar oro cada día? ¿No estáis obligados a amarlos como a vosotros mismos?

Comentó a Ercilla que ese fue el sermón con más repercusiones en la historia de las Indias porque desató una crisis de conciencia en la Corona de España. El fraile sostenía que el mundo tiene una explicación natural y una explicación moral. Esta última era la única que contaba porque, aseguraba, Dios no trabaja porque sí.

Poco a poco volvieron las interrogantes respecto a su futuro. Luego de un tiempo de felicidad, decidió volver a España. Allí vería si querría regresar o no a las Indias. No lo descartaba. Podía pedir al rey que le diera alguna encomienda en el Perú o un cargo en Panamá o, incluso, en Cartagena. Ya no quiso seguir aplazando su partida. Dejó a Apolonia unos versos escritos especialmente para ella, aunque no supiera leer, y le prometió cosas bien intencionadas que no estaba seguro de poder cumplir.

Se embarcó finalmente en mayo de 1563 y se sentó en la proa del barco para no ver alejarse la costa y a su amante llorando en la playa. En alta mar tuvo tiempo para reflexionar sobre sus ocho años en el Nuevo Mundo. Su visión de España había cambiado. Escuchó y entendió la versión de los vencidos. Cuando el barco entró en la corriente de los vientos contralisios, descubiertos por Colón, sintió optimismo. Decidió considerar su estadía en las Indias como un tiempo de aprendizaje. Su mente indagadora necesitaba esa experiencia. Sacó la pluma para escribir notas rimadas. Su mano avanzaba con la misma velocidad que el barco.

Le buscó conversación a un fraile jerónimo que pasaba mucho tiempo rezando y confesando pasajeros en la cubierta. Venía de la isla La Española. Relató Ercilla a un experimento que hicieron unos religiosos de su congregación jerónima en aquella isla por orden de Carlos Quinto para averiguar si los indígenas eran capaces de vivir civilizadamente bajo su propio gobierno. Ercilla creyó haber escuchado a Ginés de Sepúlveda algún comentario sobre esa experiencia. No estaba seguro.

—¿Y?

El fraile movió la cabeza.

—Concluyeron que no; ni los hombres ni las mujeres de la isla eran capaces de comportarse ni siquiera de la manera como lo haría el más rudo de los españoles.

—¡Pero si vivían de lo más bien sin nosotros!

—Si los dejáramos vivir libremente, volverían a sus antiguos hábitos de holgazanería, desnudez, brujería y borrachera.

—Pero serían libres —opinó el poeta.

—Mejor hombres siervos que bestias libres —decretó el monje con una seguridad que no dejó espacio para más discusiones.

TERCERA PARTE

España, otra vez

Se bajó en Sanlúcar de Barrameda para tomar desde allí un barco que lo llevara a Santander, el puerto más cercano a Villafranca de Montes de Oca, donde vivían su hermano Juan y su madre. Tenía la ilusión de que ella aún estuviera viva.

Mientras esperaba un navío, visitó la iglesia de Nuestra Señora de Barrameda para agradecer haber regresado a su patria sano y salvo. Pidió alojamiento en el convento de San Jerónimo, contiguo a la iglesia. Solo tuvo que esperar dos días allí.

El capitán del barco era un vasco conversador y buena gente que le hizo preguntas sobre las Indias y, especialmente, sobre Lope de Aguirre. Era de su mismo pueblo: Oñate. Hasta podrían haber sido parientes. De hecho, Ercilla le encontró cierto parecido físico. Pero el capitán era más sonriente. No tenía la personalidad tensa y agresiva del conquistador insumiso. Le ofreció quedarse en su casa en Santander, pero no fue necesario, porque el mismo día de su llegada salía un carruaje a Burgos desde el puerto.

El camino era bueno. Se trataba de un trayecto muy recorrido por los carruajes que iban a Madrid. Llegó ese mismo día por la noche a Burgos. Allí se alojó en el Monasterio de las Huelgas. El conductor del carruaje lo dejó en la puerta del convento porque las monjas cistercienses que lo habitaban daban alojamiento a peregrinos y pensó que él era uno de ellos. Le asignaron una estera cómoda y al día siguiente le dieron un buen desayuno. No era el único viajero que se alojaba allí. Paseando por el monasterio con una monja que se interesó por los asuntos de las Indias se enteró de que en él estaba enterrado el rey Fernando de Castilla, el hijo de Alfonso el Sabio. Visitó su tumba en el mausoleo. Fernando fue el noble que nació con un lunar en el pecho, del cual se desprendía un pelo grueso al que llamaron cerda. Sus hijos adoptaron el apellido De la Cerda, de modo que todos los De la Cerda eran descendientes suyos. Al mediodía siguió camino a Villafranca sumándose a un grupo de peregrinos.

El Hospital Real de Villafranca de Montes de Oca era el más grande de la provincia. Su función era atender y dar refugio a los peregrinos que iban a Santiago de Compostela a cumplir con sus obligaciones de buenos cristianos. Su hermano Juan era el administrador. Lo recibió como un padre a un hijo. Le comunicó que su madre había muerto en enero de 1559 y lo llevó a su tumba en la iglesia del pueblo. Ercilla sintió mala conciencia por no haber alcanzado a despedirse de ella. Lo invadieron los recuerdos.

Era la primera vez que los hermanos compartían su tiempo y sus vidas. Juan era diez años mayor que él. Se hizo religioso cuando su madre entró a la corte como guardadamas de las infantas María y Juana. Ercilla tuvo, a ratos, la tierna impresión de escuchar a su padre. Le decía cosas como que en el mundo no había un ser más mentiroso que el ser humano. Otros seres, como los gatos, de los que había varios en el hospital, se mostraban tal como eran. Las personas, en cambio, necesitan disfrazarse con vestimentas que a veces las hacían parecer ridículas, dijo. Ercilla comentó que los griegos se vestían de la manera más sencilla posible porque le temían a esa ridiculez.

Juan le pasó ropa blanca limpia y le prestó dinero para su viaje a Madrid y para que comprara un jubón y calzas nuevas, porque no se podía presentar en la corte con los atuendos raídos que llevaba puestos. Le aconsejó comprar prendas de telas de Holanda de corte lo más sencillo posible.

Madrid

En el carruaje iba pensando en las posibles intrigas de García. No descartaba que hubiera dado al rey informes negativos sobre él. Lo tranquilizó pensar que Felipe querría escuchar también su versión.

No conocía la ciudad, a pesar de haber nacido en ella, en la calle del Biombo, según le contó su madre alguna vez. Como era la única referencia que tenía, pidió a un cochero que tomó en la Puerta del Sol que lo llevara allí. El hombre lo miró asombrado, le ayudó a subir su cofre y puso en marcha los caballos. Cada tantas calles, se daba vuelta a mirarlo. Ercilla le informó lo que él seguramente adivinaba, que acababa de llegar del Nuevo Mundo. Al pasar por el Alcázar Real, el cochero le preguntó si era cierto que en las Indias existían unos reinos con calles de oro macizo y muros de plata. Un conocido suyo había partido diez años antes a un país llamado El Dorado, el Cuzco, o algo así. Le preguntó si había estado allí. Ercilla le aseguró que vio muy poco oro en las Indias.

Encontró una posada pequeña. Con las pocas monedas que le quedaban del adelanto que le dio el virrey del Perú, pagó a la dueña una semana de alquiler para darse tiempo. Ella también lo interrogó sobre las Indias. Era una viuda sin hijos. Estaba muy contenta de que el rey hubiera trasladado su corte a Madrid. Le explicó que eso se debió a que a Isabel de Valois le gustaba más esa ciudad que Toledo, donde los reyes se habían instalado al principio. Fue a conocer el Alcázar Real por fuera. El edificio se veía más grande que el Palacio Real de Valladolid y tenía una inspiración mudéjar. Estaba siendo remodelado.

Las calles de Madrid eran tan sucias como las de Lima. Y también allí, como en el Perú, había mucha gente sin ocupación. Recorrió la ciudad pensando en lo que escribiría al rey para que lo recibiera. Paseó un día por el Prado de San Jerónimo, otro por la Casa de Campo. Allá le regalaron frutas. En las tiendas en torno a la plaza Mayor buscó un jubón y unas calzas y siguió los consejos de su hermano. Los textiles eran mucho más baratos que en Lima. También el papel. Se sintió extranjero en medio del bullicio. Extranjero en la calle de Alcalá, sembrada de olivares. Allí los paseantes lucían capas y gorgueras de varios tamaños. Los jóvenes vestían unas calzas abultadas que juró nunca usar. En la Puerta de la Culebra la indumentaria personal era otra. Vio malhechores con gabanes de jerga dispuestos a atacar a quienes pasaran por allí. A él ni lo miraron. En uno de los bodegones de Santo Domingo consiguió que le dieran un plato de garbanzos con tocino. Le explicó al bodeguero que era pobre pero honrado, con la sangre limpia y sin haber ejercido nunca un oficio vil.

—Tomad y callad —respondió el hombre, porque no le creyó.

Solicitó a la viuda quedarse una semana más. Prometió pagarle en cuanto recibiera unas barras de plata que esperaba del Perú. Ella le dijo que ese cuento ya lo había escuchado, que tenía una libreta llena de cuentas por pagar y que no vivía de ilusiones.

Se acercó a un hospital cercano en busca de cobijo. Allí conoció a Juan Lobo, un clérigo andaluz. Las sorpresas de la vida: fue uno de los tres sacerdotes que viajaron a Chile con Pedro de Valdivia en 1540. Estaba en la ciudad cuando la atacaron los nativos y fue uno de sus defensores, junto con Inés Suárez. Preguntó por ella. Ercilla le informó que se había casado con Rodrigo de Quiroga. Lobo llevaba cinco años en Madrid y visitaba el hospital dos veces por semana.

Felipe lo mandó a buscar el mismo día en que leyó su carta. Se veía más sereno que antes. Ercilla intuyó que era feliz con su esposa francesa. Le contó que en el Reino de Chile fue soldado y explorador, y que tomaba *ora la espada, ora la pluma,* y había escrito muchas notas para no olvidarse de nada. Le adelantó que pensaba escribir una crónica en versos para que él se enterara de la verdadera historia de esa conquista por boca de alguien que estuvo allí y participó en ella. Felipe no le preguntó nada sobre el contratiempo con García. No lo mencionó. Lo invitó a quedarse en el Alcázar y a acompañarlo a Monzón y a Barcelona, a las reuniones que tendría allí con las Cortes. Partía dos días más tarde, no había tiempo que perder. Le asignó una mesada para que comprara lo que necesitaba.

Volvió a ser el gentilhombre de siempre con una facilidad inesperada. Lamentó no haber regresado antes a España.

En los días siguientes se enteró de que García era jefe de una compañía de la guardia real y se había casado con la hija del conde de Lemos. Esperó no cruzarse nunca con él.

El viaje a Barcelona fue directo, sin las pausas que se tomaron en 1548. Todo se había vuelto más expedito. En el camino había edificios especiales para el alojamiento del monarca. Al llegar notó que la ciudad había crecido. En los astilleros había una galera inmensa, construida especialmente para el rey. Se dedicó a recorrer las librerías. Su mesada le alcanzaba para comprar libros con empastes de cuero. Le interesó *El laberinto de la Fortuna* de Juan de Mena. Lo compró porque le llamó la atención el título, aunque no conocía a ese autor. Fue su lectura en ese viaje. Disfrutó ver corroboradas sus ideas sobre la impredecible diosa romana.

A mediados de marzo llegó a Barcelona una comitiva desde Viena que llevaba a España a los dos hijos mayores de María de Austria y Maximiliano Segundo. Ercilla participó en las ceremonias de bienvenida de los archiduques Rodolfo y Ernesto. Los acompañaba un séquito de tutores y preceptores alemanes coordinados por el embajador de Austria, Adam von Dietrichstein. Ercilla intuyó nuevas ideas y nuevos impulsos.

Regresaron todos juntos a Madrid a fines de marzo de 1564, después de que Felipe Segundo jurara las constituciones de Cataluña. Pasaron por el monasterio de Montserrat y por Valencia y se encontraron en Ocaña con la reina Isabel de Valois. El viaje siguió a Aranjuez. Allí se detuvieron un mes para que el monarca vigilara los inicios de la construcción de un palacio. En Alcalá de Henares se juntaron con el príncipe Carlos, el hijo del rey, que entre tanto era un joven de diecinueve años, y con Juan de Austria. Ercilla se alegró de conocer al bastardo de Carlos Quinto. Era dos años menor que Carlos y más lúcido y de mejor carácter que él. Gozaba del respeto de todos los cortesanos en Alcalá. Carlos, en cambio, mostraba problemas de conducta. Se comentaba que no controlaba sus impulsos. Los sirvientes, especialmente las mujeres, le tenían miedo. No obstante, la nueva generación, que incluía a la joven reina Isabel, se entendía bien. Jugaban con los parientes alemanes en los jardines del palacio. La reina Juana de Portugal, hermana de Felipe Segundo, era una suerte de madre protectora de todos.

A su regreso a Madrid, a principios de junio de 1564, Ercilla sopesaba pedir al rey permiso para volver a las Indias y una recomendación para instalarse con una encomienda en el Perú o con un cargo en Cartagena de Indias, pero lo descartó cuando llegó una carta de su hermana María Magdalena desde Viena. Seguía siendo dama de honor de la emperatriz María de Austria. Le contaba que se había casado por poder con Fadrique de Portugal y debía viajar a Madrid a reunirse con su marido. Le pedía que la acompañara en ese viaje. Volver a Viena lo llenó de ilusión... la ciudad en la que se había sentido tan bien doce años antes. Partió de inmediato con la venia del rey Felipe.

Viena

El reencuentro con María Magdalena le recordó, una vez más, que existía la ternura. No solo ella, también el emperador y su esposa lo acogieron mejor que la primera vez que estuvo allí. Varias veces se reunió con la familia real para contarles historias de ataques indígenas, de batallas contra miles de enemigos y de jornadas por bosques espesos que no les permitían el paso. Confesó que no había sido fácil para él, que estuvo en la cárcel y que en el Perú no recibió ninguna retribución por las penurias que había pasado en el ejército real. Leyó las octavas sobre la muerte de Lautaro que escribió en Lima, inspiradas en las historias que le contó Francisco de Villagra. La hija mayor de los emperadores, la princesa Ana, era su oyente más entusiasta.

Por los buenos recuerdos que tenía la emperatriz de la madre de Ercilla, su antigua guardadamas, y porque el soldado poeta despertó en ella buenos sentimientos, le ofreció escribir una carta a su hermano Felipe intercediendo en su favor y Ercilla aceptó encantado. El rey ya lo había apoyado una vez, pero eso fue durante el gobierno de Andrés Hurtado de Mendoza, el virrey obstinado. Tal vez con el conde Nieva tendría mejor suerte. La carta de María de Austria a su hermano decía:

Señor, estoy tan obligada a los hijos de doña Leonor de Zúñiga, que se me murió allá, que de muy buena gana me pongo a suplicar a VM haga merced a don Alonso de Ercilla, su hijo, de alguna cosa en las Indias, hasta cantidad de siete u ocho mil escudos, pues allí hay tantas y él ha servido tan bien en aquella tierra, que no es mucha cantidad para el trabajo que en ella pasó, será para mí muy gran merced para desquitarme un gran cargo de a cuestas porque creo que esta razón hubiera de dar gusto a su madre...

Su hermana encargó para él a uno de los sastres del palacio de Hofburg un jubón de corte sencillo estilo alemán que le quedó perfecto y le regaló unas botas y medias de seda. Poco a poco iba reencontrándose consigo mismo.

Le gustaba la atmósfera de Viena. La actitud hacia los protestantes seguía siendo tolerante. En la universidad había profesores de ambas confesiones. Maximiliano se entendía bien con todos. Seguía empecinado en mantener la paz con ellos a toda costa. Algo que en España era impensable. Visitó las imprentas de la ciudad y se sorprendió ante la cantidad de nuevas publicaciones de autores alemanes, italianos, flamencos, húngaros... compró dos libros de Boccaccio y uno de Erasmo, ambos autores prohibidos en España. Los vieneses decían que su verdadero enemigo era el turco. En cualquier descuido podrían entrar y saquear la ciudad, derribar la catedral y construir una mezquita en su lugar.

Su hermana le comentó los dolores de cabeza de la emperatriz por la desmedida tolerancia religiosa de su marido.

—He escuchado que tiene una Biblia de Lutero escondida bajo siete llaves en su escritorio.

Ercilla se sonrió.

—Para la reina esa Biblia es como si fuera una amante secreta.

Siguió riendo con ganas.

María Magdalena le aseguró que fue la emperatriz la que tuvo la idea de que sus hijos mayores, Rodolfo y Ernesto, se educaran en España. Con ello quería evitar que sus hijos simpatizaran con las ideas protestantes. Maximiliano accedió a la petición porque Felipe no tenía más herederos que don Carlos, a quien muchos consideraban incapaz de asumir el trono. Rodolfo podía transformarse algún día en el rey de España y Alemania.

Se le ocurrían cosas inteligentes paseando por las calles de Viena. Los trajes sofisticados de mujeres y hombres lo hacían reflexionar sobre la función del vestuario. Su hermano Juan tenía razón al desconfiar de los adornos desmedidos porque hacían olvidar la verdadera naturaleza de la persona que los lucía. En Viena y en Madrid la estrategia de los cortesanos al vestirse era confundir, intimidar, ostentar e imponerse por medio de cortes y adornos. Le recordó los conflictos que tuvo el virrey en Lima por su modo de vida ostentoso.

Causó buena impresión en la corte de Maximiliano. Antes de su regreso a Madrid, el rey encargó oficialmente a Alonso de Ercilla el cuidado de sus hijos mayores. Lo nombró gentilhombre de la Boca de los Príncipes de Hungría y le asignó gajes de doscientos cuarenta ducados anuales por esa función.

Ercilla y María Magdalena se pusieron en marcha en junio de 1564. Su hermana iba contenta. En Madrid la esperaba una nueva vida. Siempre quiso regresar a su patria y su matrimonio le dio la oportunidad de hacerlo. No viajaron directamente. Antes pasaron por Villafranca de Montes de Oca para visitar la tumba de su madre y reunirse con su hermano Juan.

Madrid

Entraron a la ciudad los primeros días de agosto de 1564. María Magdalena y su esposo Fadrique de Portugal arrendaron una casa amplia, con muchas habitaciones en la calle del Cordón, cerca del ayuntamiento. Ercilla se fue a vivir con ellos. Su cuñado descendía de una familia noble castellano-portuguesa que había hecho una mediana fortuna con la exportación de lana a los Países Bajos. De mediana estatura y piel oscura, parecía más moro que europeo. Se entendió bien con él.

Cuando María quedó embarazada comenzó ese período de alegría y temor que significaba el nacimiento de un nuevo ser. Escribió su testamento para favorecer a su querido y preferido hermano. Alonso la ayudó a tasar las joyas, sedas, porcelanas y otros enseres que aportó al matrimonio en forma de dote. Unos eran herencia de su madre, otros eran regalos que le hizo la emperatriz. Admiró el espíritu de su hermana y de todas las parturientas. Un parto, sobre todo el primero, era una experiencia límite que algunas no sobrevivían.

Ercilla vacilaba si llevar al rey la carta de recomendación de la emperatriz o no. No estaba seguro de querer regresar a las Indias. Tal vez más adelante, después de haber terminado su poema sobre la conquista de Arauco. Cuando se lo mencionó a su hermana, ella le pidió que lo pensara y que no viajara antes de que ella hubiera dado a luz. Su cuñado, por su parte, le aconsejaba dedicarse a los negocios.

Fadrique no tenía biblioteca. El único libro que había leído con interés llevaba como título: *Cómo quitar de España toda ociosidad e introducir el trabajo*. Era bastante crítico de la forma en que el monarca llevaba las finanzas. Aseguraba que Castilla se empobrecía paulatinamente. El dinero circulante se reducía cada año. Los pobres apenas podían solventar su existencia. Los nobles eran los únicos que podían financiar tres comidas diarias. Ercilla lo había visto con sus propios ojos. Por las calles de Madrid pululaban los lazarillos de Tormes tratando de conseguir su pan de cada día. Las razones de este empobrecimiento, según Fadrique, eran varias. Por una parte, estaban los altos intereses que la Corona pagaba por los empréstitos de los banqueros genoveses y alemanes y, por otra, el hecho de que Castilla vendiera los productos de sus tierras a bajo precio en el mercado europeo y comprara manufacturas a precios exorbitantes. Fadrique mismo vendía su lana a un ducado a los fabricantes de telas flamencos y compraba los textiles que estos llevaban a España, fabricados con la misma lana, a cien ducados. Otra razón del empobrecimiento era la ociosidad de los nobles. Calculaba que en España había un campesino trabajando por cada treinta ociosos.

El destino volvió a decidir por él. Ni su hermana ni su sobrino sobrevivieron el parto. María Magdalena falleció el cuatro de octubre de 1565, dejándolo como heredero universal de sus bienes; unos cincuenta mil maravedíes. Con eso quedó descartado su regreso a las Indias y se abrió la posibilidad de dedicar su tiempo al poema que tenía a medio escribir. Se hizo cargo de la casa en la que vivía, porque su cuñado no quiso seguir viviendo allí. Se fue a Lisboa a pasar el duelo. Ercilla se quedó solo en la calle del Cordón.

Vendió las joyas y prestó el dinero a intereses. Lo único valioso que se compró fue una cadena de oro, prenda indispensable para un gentilhombre, y más libros para su todavía exigua biblioteca. Ellos fueron sus compañeros las semanas y meses siguientes.

Cada vez más seguro de sí mismo, solicitó que le pagaran los cuatro años de sueldo que se le debían de las Cajas Reales de Lima por su plaza de gentilhombre de lanza. Felipe Segundo se lo concedió, previa consulta al Consejo de Indias. Ordenó que se le pagaran cuatro mil pesos, mil por año, a condición de que hiciese dejación de su puesto. Ercilla accedió de inmediato. Renunció oficialmente a regresar alguna vez a Lima y a las Indias y otorgó un poder a un pariente lejano suyo llamado Jerónimo de Zúñiga para que cobrara esa suma a las Cajas Reales de Lima.

Paseando por Madrid

A principios de 1566 paseaba entre los olivares de la calle de Alcalá con un nuevo semblante. El astro que lo protegía, según Haco, había comenzado a mostrar su eficacia. Aunque a un precio alto: se sentía solo. Asistía ansioso a los saraos y fiestas en la corte y bailaba con damas que le parecían tan hermosas como inaccesibles. Doncellas de la aristocracia que, como mucho, le concedían un baile. Allí los temas de conversación eran las travesuras del príncipe Carlos, la conquista de las islas Filipinas y los desórdenes en Flandes.

Las ideas protestantes se propagaban rápidamente entre los flamencos. Los rebeldes profanaban iglesias y conventos. La regenta Margarita de Parma, hija bastarda de Carlos Quinto, pedía con urgencia la llegada de su hermanastro Felipe a Bruselas. Cuando el duque de Alba comenzó con la preparación de un nuevo viaje del rey a esas tierras, Ercilla fue invitado a formar parte de la comitiva. Esta vez se planeaba una ruta por el Atlántico. Se discutía si Isabel de Valois debía acompañar a su marido. Que el príncipe Carlos quisiera ir con su padre y ser nombrado regente de esos estados causaba ataques de indecisión al rey. Juan de Austria, que ya tenía veintiún años, parecía más idóneo para tal cargo.

Ercilla siempre se daba un tiempo para conversar con los archiduques Rodolfo y Ernesto. No olvidaba el encargo del emperador Maximiliano. Les contaba historias de príncipes encantados y princesas secuestradas, o travesuras inspiradas en *El lazarillo de Tormes*. Rodolfo era un niño precoz. Con catorce años leía y admiraba a los poetas latinos Terencio y Horacio. Le comentaba sus nostalgias. Echaba de menos a su padre, pero entendía que esa estadía en la tierra de su madre era para su bien.

En una visita a la Casa de Campo coincidió con Calvete de Estrella. Estaba ligeramente más encorvado. Los dos se alegraron de ese encuentro. Se sentaron en una banca a la sombra de un olivo, porque presintieron que tenían mucho que contarse. Calvete vivía en Salamanca, en cuya universidad enseñaba griego y latín. Viajó a Madrid a entregar al rey unos manuscritos griegos para su biblioteca. Ercilla le contó que estuvo en el Reino de Chile, el Perú, Panamá y Cartagena. Calvete le informó que había escrito un poema épico titulado *La Vacaida* sobre los hechos del gobernador del Perú, Cristóbal Vaca de Castro. Preguntó qué se decía en el Perú sobre él. Ercilla le relató lo que había escuchado en Lima. Lo consideraban el restaurador del orden por haber apresado y dado muerte a Diego de Almagro, el Mozo, el hijo rebelde del conquistador. Calvete le contó que era un pariente de su esposa. El poeta soldado sabía que el susodicho había sido apresado a su regreso a Valladolid por enriquecimiento ilícito y que Felipe Segundo lo absolvió y le concedió una plaza en el Consejo de Castilla. Imaginó que Calvete había intercedido por él. Preguntó dónde podía leer *La Vacaida*. Calvete prometió hacerle llegar un ejemplar.

Dieron un paseo. Su antiguo preceptor siguió dando cuenta de lo aplicado que había sido en la última década. Gozaba de una pensión anual concedida por Carlos Quinto para dedicarse solamente a escribir. Nombró otros libros suyos publicados y adelantó que quería escribir uno sobre la rebelión de Gonzalo Pizarro y la vida de Pedro de la Gasca. Ercilla se sintió raro. Era demasiado. Le contó que él también pensaba escribir sobre los hechos de la conquista de Chile en los que había participado. Esto último lo hizo sentirse con autoridad. Calvete le informó que había solicitado el cargo de cronista oficial de Felipe Segundo, pero no lo había conseguido. El rey prefirió a Juan Páez de Castro. Le aclaró que ese cargo era remunerado con ochenta mil maravedíes al año.

—Válgame Dios —atinó a responder Ercilla.

Por último, Calvete comentó que Luis Zapata, otro antiguo paje, estaba escribiendo una crónica sobre los hechos de Carlos Quinto. Ercilla le dijo que a él personalmente no le interesaba ser un panegirista. Esto enturbió la atmósfera. Se separaron deseándose lo mejor.

La conversación lo dejó cansado, pensativo, nervioso...

Volviendo a la calle del Cordón pasó por la plaza Mayor, donde se preparaba la escenografía para un auto de fe. La ceremonia estaba anunciada para esa tarde. El edicto de convocatoria había sido leído temprano en la mañana al son de timbales y trompetas y con un escuadrón de familiares a caballo. También en su calle. Tuvo que cerrar su ventana para poder seguir leyendo. Se detuvo a mirar la escena con mayor detención. En medio de la plaza había un brasero inmenso y una caldera colosal. Tres hombres preparaban un cadalso rectangular. Otros fabricaban un altar de maderas y unas mujeres portaban las hachas que, en su momento, serían encendidas. Había un asiento reservado para el rey. Como en todos los autos de fe, se contaría con su presencia hasta el momento en que los funcionarios encendieran la hoguera. Ya habían comenzado a llegar los espectadores. Imaginó la teatralidad y siguió caminando. Las olas de calvinismo en Europa quitaban el sueño al monarca: los Hugonotes en Francia y los rebeldes protestantes independentistas en Flandes. La Inquisición tenía mucho trabajo. Temió que esa noche no lo dejaran dormir los redobles de tambores y las trompetas anunciando el paso de los penitentes. Decidió dormir en una pieza interior, sin ventanas a la calle. Ya había visto suficientes ajusticiamientos en su vida y casi había asistido al propio.

Fue un mal día. Había descubierto que otros cronistas y poetas eran más aplicados que él. Y estaba solo. Se sirvió un vaso de vino y se sentó en su despacho. Buscó argumentos para animarse... La vida te pone de mal humor antes de ofrecerte algo bueno y novedoso que te va a encantar para que puedas apreciarlo mejor, pensó.

Al día siguiente, paseando por la calle que daba a la puerta de Guadalajara, le llamó la atención una mujer que le pareció todo lo contrario del Juicio Final.

Un amor

Su cuerpo se movía con gracia y su vestido destacaba una figura saludable y graciosa. La imaginó desnuda. No le sobraba ni le faltaba carne. Era un ser humano adorable... del pueblo, pero adorable, pensó. Caminó hasta un puesto de venta de pañuelos y allí se sentó. Ercilla pasó por su lado y la miró con intensidad.

A su regreso a casa, la sensación de soledad fue más dura que nunca. Le faltaba una mujer que lo abrazara. Una mujer que lo sacudiera emocionalmente. Otra Apolonia. Después de la muerte de su hermana, la tristeza nunca andaba lejos. Sus libros eran su único consuelo. Entre tanto, había juntado unos cien. Le faltaban aún muchos clásicos latinos. Esas lagunas las compensaba, según él, con haber viajado por el Viejo y el Nuevo Mundo. Quien muchas tierras ve, ve cosas que la gente ni imagina. Un poeta debe alimentar su imaginación. Ella no fluye de la nada. Sacó de la repisa el libro *Elogio de la locura,* porque siempre le daba fuerza, y se quedó pegado en una frase.

Solo la tentación de la vanidosa fama, la fatuidad de la inmortalidad, hacen crear al poeta...

Un poco de fama no me vendría mal, pensó, con la ironía que se piensan las cosas imposibles.

Al día siguiente volvió a la puerta de Guadalajara y esta vez le habló a la mujer. Se llamaba Rafaela Esquinas. Adivinó que no sabía leer, pero era bella y parecía buena, más que eso no necesitaba en ese momento. Hablaron de los pañuelos que ella misma bordaba. El lino y el algodón eran de la mejor calidad. Le compró varios. Otro día la llevó a su casa y le regaló un vestido que había sido de su hermana. Rafaela se lo probó. Le quedó grande, pero sabía de costura, así que lo podía arreglar. Se lo agradeció. Hablaba con soltura. Era risueña. Ercilla le leyó un verso de Garcilaso:

Coged de vuestra alegre primavera el dulce fruto.
¡Disfruta! Todo lo mudará la edad ligera.

Cuando trató de abrazarla, ella lo alejó y le dijo que él merecía una mujer de la corte, no una del pueblo como ella.

—En la corte los corazones no siempre dicen la verdad.

—El mío sí. Mi corazón no sabe mentir.

Se fue y Ercilla no insistió.

Dejó pasar una semana y la volvió a visitar. Esta vez le contó sobre sus hazañas en las Indias. Eso le interesó. Su padre y dos hermanos suyos habían partido a las Indias en diferentes años. Su padre murió en Panamá y un hermano vivía en Cartagena de Indias dedicado al comercio. Del otro no sabía nada. Alonso le pidió que le llevara a su casa diez pañuelos bordados con los motivos que quisiera y ella prometió hacerlo.

Esta vez se dejó besar y en ese beso vio que su pretendiente tenía sentimientos hacia ella. No era un beso cualquiera.

—Dejarás de apreciarme muy pronto —le aseguró.

—No lo sé —dijo y la volvió a besar.

—Os lo aseguro.

—Pero antes os habré querido mucho.

La llegada de Rafaela a su vida despertó los mismos sentimientos descritos por Boscán en una carta a su amigo Diego Hurtado de Mendoza...

aquel reposo que nunca alcancé, por mi ventura, con mi filosofar triste y penoso, una sola mujer me lo asegura...

El amor espantó los pensamientos tristes. Quería pasar mucho tiempo con ella y juntos hacer cosas desmesuradas.

—Soy ante todo un hombre de fantasía y de capricho —le explicaba y ella accedía y disfrutaba igual que él.

A veces se dedicaba solo a contemplarla. Su corazón sintió una euforia secreta. Sabía que nunca se casaría con ella. Sabía que era injusto, que en las Indias ese matrimonio hubiera sido posible, pero en Madrid no. Era consciente de que los hombres verdaderamente libres estaban por encima de la mentalidad de su tiempo.

Cuando Rafaela le contaba historias se desordenaba, no sabía distinguir lo importante de lo secundario, se iba por los cerros de Úbeda y no llegaba nunca al centro del asunto, pero cuando hablaba de sus sentimientos era certera. De su boca salían palabras honradas dichas con toda sencillez. Sus abrazos eran sentidos y sinceros. Era una persona práctica que sabía lo que le hacía bien. Cuando le informó que estaba embarazada, Ercilla le regaló una cadena de oro que perteneció a su hermana. Transgredir las convenciones sociales con ella le dio una agradable sensación de superioridad. Aunque sabía que era una sensación pasajera.

La acompañó a la Romería de Santiago el Verde y se reía con ella buscando su complicidad. Rafaela se sentía importante bailando con un gentilhombre de buenos modales la pavana y la zarabanda.

Los hombres verdaderamente libres están por encima de la mentalidad y las convenciones de su tiempo, se repetía una y otra vez, porque en el fondo sabía que no era su caso. Las convenciones le indicaban que Rafaela no estaba a su altura. Casarse con ella hubiera significado un descenso social inadmisible. No podría aparecer nunca más por el Alcázar.

Volvió al palacio para asistir a la despedida que le hicieron al duque de Alba cuando partió a Flandes. Oficialmente, se dijo que iba a preparar la llegada del rey, vale decir, a hacer la justicia necesaria a los rebeldes protestantes y reservar a Felipe el simpático papel de misericordioso y perdonador. Eso decían, pero Ercilla dudaba que el rey quisiera ir a Bruselas.

En otra visita al Alcázar se encontró con Juan Gómez de Almagro, que había llegado a Madrid con un encargo del obispo de Santiago. Se veía elegante. Hablaba y se movía como un hombre acaudalado. Era evidente que las cosas habían cambiado para él. Lo puso al día sobre el Reino de Chile. La Real Audiencia había sido trasladada a Concepción, porque allí estaba el centro neurálgico de los conflictos y la guerra. Los oidores pretendían que la catedral de Chile también fuera trasladada a esa ciudad, pero el obispo se opuso y buscó el apoyo del rey. Otras novedades eran que Francisco de Villagra había muerto: unos decían que de sífilis y otros que de gota. Al final de sus días era trasladado a las batallas en camilla. Lo sucedió su primo, Pedro de Villagra. Pero él tampoco tuvo éxito en esa desgastadora conquista. Entre tanto, la vara de la gobernación estaba en manos de Rodrigo de Quiroga. Otra novedad era que Alonso de Reinoso se había ahogado en un naufragio cerca de Concepción cuando trasladaba a los oidores. En síntesis: los indígenas seguían oponiendo resistencia a la conquista y los españoles seguían peleándose entre ellos. Gómez ya no vivía en la zona de guerra. Se había instalado en unas tierras de paz en un lugar llamado Quillota que le donó Villagra. Vivía feliz con su esposa española y tenía un hijo. Otra razón de su viaje a España era llevarse con él a sus hermanos. Esa misma tarde partía al pueblo de Almagro. Le preguntó si ya había terminado su poema. Ercilla no quiso hablar de eso.

—Seré el primero en leerlo —aseguró.

Le hizo prometer que enviaría ejemplares al cabildo de Santiago. Fue el impulso que necesitaba. Volvió a su casa, se encerró en su escritorio y no salió hasta la noche. Al otro día volvió a encerrarse. A Rafaela le dijo que iba a tratar de ordenar sus recuerdos en un texto que había comenzado a escribir en Chile.

Retiras del baúl las hojas escritas en medio de la guerra y te sorprendes. Mucho lo habías olvidado. La descripción de Chile, la fértil provincia, la redactaste después de pasar el río Bío-Bío, mientras esperabas a tus compañeros. De ahí en adelante te dedicaste a observar a los nativos, los rebeldes, los enemigos de España. Lees sus descripciones en octavas. El reencuentro con esos versos amarillentos después de tanto tiempo te anima a seguir. No te desagradan.

Los grandes poetas conversan entre los siglos. Homero cantó en su *Ilíada* a los héroes de Troya, Virgilio los revivió a su manera en su *Eneida* y Dante resucitó a Virgilio en su *Divina Comedia*. Sabes que todo lo bueno va encadenado. Has decidido ser el último eslabón. Cantarás las hazañas de los héroes de Arauco en el lenguaje sutil y cotidiano de Virgilio. Tomarás de Ariosto las octavas reales. Desde que lo leíste te hiciste aficionado a ellas. Las consideras ideales para la poesía narrativa El italiano comenzó su *Orlando furioso* diciendo que cantaba el amor, la cortesía y la audacia de las mujeres y los caballeros...

La donne, i cavallier, làrme, gli amori.
Le cortesie, l'audaci imprese io canto.

Ese no será el tema de tu poema, sino la guerra. Y te lanzas...

No las damas, amor, no gentilezas /de caballeros canto enamorados... /mas el valor, los hechos, las proezas /de aquellos españoles esforzados /que a la cerviz de Arauco no domada /pusieron duro yugo por la espada.

Ariosto dedicó su *Orlando furioso* a su mecenas Ippolito D'Este. Tú se lo dedicarás a tu rey. Le prometes hacer tu estilo delicado... Tu estilo es tu carácter. Forma parte de ti, igual que tu tono de voz o la forma como le haces el amor a Rafaela. En todo lo que haces viertes tus cualidades físicas, éticas e intelectuales.

Comienzas describiendo el territorio de Chile y sus habitantes. Cómo les enseñaban el arte de la guerra a sus hijos desde pequeños...

el que sale en las armas señalado /conforme a su valor le dan el grado.

Las mujeres también van a la guerra. Viste a muchas en el campo de batalla o entrando después al terreno en busca de sus maridos, hijos, padres. Describes sus armas y sus estrategias bélicas, cómo construyen sus fuertes y preparan sus emboscadas; las fosas en las que caían los caballos. Los recuerdos vienen solos, enredados con las emociones que sentiste en el momento.

Relees párrafos de *La Farsalia* de Lucano que has subrayado. Es un autor impetuoso que deja ver a cada rato su punto de vista. Tú también tienes el tuyo. No se puede llamar poeta a quien no lo tenga. Algunas palabras riman solas, como si se hubiesen buscado desde siempre. Más que las palabras, son las emociones las que se aglutinan... y riman. Las atrapas antes de que se desvanezcan. Las imágenes se presentan casi listas, como si el trabajo lo hiciera tu mente prescindiendo de tu conciencia. Si los recuerdos son huidizos, la fantasía y la métrica hacen lo suyo. Se trata de convertir las vivencias en lenguaje, arrancárselas al olvido...

Si causa me incitó a que escribiese /con mi pobre talento y pobre pluma, /fue que tanto valor no pereciese, /ni el tiempo injustamente lo consuma.

Al hablar de la religión de los indígenas, que no conoces, atribuyes todo a la hechicería. Dices que creen en agüeros y en señales y tienen *por tan cierta su locura /como nos la Evangélica Escritura.* O sea que están equivocados, pero no son culpables de ello. ¿Es así como tiene que entenderse ese verso? Cuentas que los incas no pudieron conquistar aquellas tierras y que Diego de Almagro se volvió después de cruzar el desierto sin encontrar lo que buscaba. Fue Pedro de Valdivia el que... *la altiva gente al grave yugo trujo /y en opresión la libertad redujo.*

Cuando relatas la disputa entre los caciques por la jefatura de Arauco muestras tus conocimientos sobre el género humano, sus aspiraciones de poder y la facilidad con que estallan los conflictos. El anciano Colo-Colo alienta a los suyos a rebelarse... *lanzad de vos el yugo vergonzoso /mostrad vuestro valor y fuerza en esto.*

Tratas de recordar más nombres de caciques. Aparecen Tucapel, Cayocupil, Millarapue, Paicaví, Lemo-Lemo. Otros nombres los inventas. Algunos suenan indígenas, pero la mayoría tiene una inspiración italiana... Mareguano, Gualemo y Lebopía riman bien con los sustantivos castellanos. Otros cronistas escribirán sus textos después de leer tu *La Araucana* y se basarán en ella. Tú fuiste el primero. Gerónimo de Bibar, a quien conociste en Concepción, solo menciona a Caupolicán. Sobre él dices que es...

> *noble mozo de alto hecho /varón de autoridad grave y severo / amigo de guardar todo derecho.*

La poesía se atiene a lo verosímil, no a lo cierto, decía Aristóteles, y tú lo compartes. No te propones contar, sino cantar. El cronista y el historiador describen los hechos que realmente ocurrieron, el poeta, los hechos que pudieron acontecer. Tú buscas lo poetizable, porque la poesía dice más sobre los seres humanos que la historia. La descripción de la última batalla de Pedro de Valdivia te toma tiempo. Imaginas la carnicería... *las vivas entrañas escondidas /con carniceros golpes descubrían...*

¿Quién es ese Córdoba... *Mozo de grande esfuerzo y valentía, /tanta sangre araucana allí derrama /que hizo más de cien viudas aquel día?*

Relees la *Historia* de Tito Livio, sus descripciones de batallas en la antigua Roma, porque no importa el tiempo ni el lugar, en todas las batallas sale a relucir la misma naturaleza humana. Primero van ganando los españoles...

> *el enemigo hierro riguroso /todo en color de sangre lo convierte... /ninguno allí pretende otro reposo /que el último reposo de la muerte... /mas el incontrastable y duro hado /dio un extraño vuelco a lo ordenado.*

El agente de la alteración es Lautaro, que se pasa al bando de los indígenas y los incita a seguir luchando...

Dejad de vos al mundo eterna historia /vuestra sujeta patria libertando. /Volved, no rehuséis tan gran victoria.

Juan Gómez de Almagro y Francisco de Villagra te informaron que Lautaro era un bárbaro de temer, pero tú lo describes a la altura de tu poema...

industrioso, sabio, presto /de gran consejo, término y cordura, / manso de condición y hermoso gesto.

Así vas creando a tus héroes, Alonso, héroes que se transformarán en mitos nacionales.

Tú eres el poeta.

Los indígenas serán hijos de tu fantasía, hacia ellos tendrás la piedad poética que mostraron Homero y Virgilio con sus protagonistas. A los españoles los extraes de la realidad. Son tus compañeros. Ellos se buscarán en tu poema y lo usarán en sus probanzas de méritos y servicios. La noche te encuentra viendo morir a Valdivia. La batalla continúa en tus sueños amarrado a tu amante. El fuerte de Tucapel y sus bosques han regresado plenamente a tu memoria.

Por la mañana vuelves a sentarte en tu escritorio y relees en voz alta lo que has escrito. Borras algunos versos, los reemplazas... y sacas más hojas sueltas del cofre. Hay tanto material acumulado, tantas reflexiones entre batallas, tanta semilla que quiere ser poema. No importa que la muerte de Valdivia pertenezca al tiempo anterior a tu llegada. Tú estuviste en el lugar de los hechos y entrevistaste a los compañeros del conquistador. El levantamiento indígena lo atribuyes a su codicia, a su desenfrenado deseo de oro. Los hacía trabajar día y noche en los lavaderos porque la codicia es...

sedienta bestia, hidrópica, hinchada /principio y fin de todos nuestros males /¡oh insaciable codicia de mortales!

Tú eres el humanista.

En tu fuero interno siempre has tomado partido por aquellos que defienden a los indígenas y esta es la ocasión para expresarlo. La buena poesía no admite hipocresía. Valdivia encarna el espíritu de opresión e injusticia que denunció Bartolomé de las Casas. Ahora puedes decirlo, tal como te sale del alma. Después de matar a Valdivia, no por manos de Lautaro ni de Caupolicán, sino por el mazo de Leocato, lo dejas allí, escarmentado, y te avocas a las celebraciones de los indígenas. Hay juegos deportivos como en el libro quinto de *La Eneida*.

Tú eres el poeta.

Comienzas el próximo canto con una arenga sobre la justicia. ¿A quién te refieres cuando escribes?:

Mas no se ha de entender como el liviano /que se entrega al primero movimiento /que por ser justiciero es inhumano.

Sigues rememorando hechos y hazañas que te contaron los españoles sobrevivientes. Las historias que te narró Juan Gómez de Almagro están en las hojas manchadas y en tu memoria. Los hechos de los catorce soldados que partieron de La Imperial a socorrer a Valdivia, de los cuales la mitad murió, los cuentas con lujo de detalles con una métrica densa y sintética que no yerra el punto. Luego saltas en el tiempo y el espacio con maestría...

A Lautaro dejemos, pues en esto... /a tratar dél volveré presto /que llegar a Penco me conviene...

Sabes expresar las emociones de las mujeres españolas de Concepción cuando se enteran de la muerte de Pedro de Valdivia y sus cincuenta acompañantes... *nuevas viudas, huérfanas doncellas /era una dolorosa cosa vellas...* Francisco de Villagra sale a castigar a los alzados con seis cañones. Le sigues los pasos. Describes la geografía que conoces tan bien: los valles, pantanos, cerros y despeñaderos. Lautaro lo espera con diez mil hombres... *para un solo español cincuenta había /la ventaja era fuera de medida.* En el momento en que el enemigo presenta la batalla haces una pausa, porque tú eres el poeta manejador de los descansos.

Paréceme Señor que será justo /dar fin al largo canto en este paso...

Ese «Señor» es Felipe Segundo, tu interlocutor implícito. Aquí aparece por primera vez mencionado en tu poema. Por la noche, en tus sueños, sigues conversando con él. Te ves en Trento disfrutando una obra de teatro inspirada en el *Orlando* de Ariosto. Pero se entremete García. ¿Qué hace él allí? Te despiertas desconcertado. En la vigilia ya era una pesadilla. Por la mañana, sigues hilvanando los acontecimientos. Relatas la batalla entre Lautaro y Villagra. Otra vez corre la sangre. A los indígenas no les espanta...

ver morir al compañero... /volando por los aires hechos piezas /ni el ver quedar los cuerpos sin cabezas.

Es otra derrota para los españoles... *unos vienen al suelo mal heridos /de los lomos al vientre atravesados... /otros mueren con honra degollados...* Los sobrevivientes retroceden hasta el río Bío-Bío y allí toman un barco que los lleva a Concepción... *del infierno parece que salían: /no hablan ni responden... /y más callando el daño declaraban...*

A continuación, viene la despoblación de Concepción. Lo sabes por tantas historias que te contaron...

Levántase el rumor de retirarse... /cualquier sombra Lautaro les parece.../alzan la grita corren no sabiendo /más de ver a los otros ir corriendo...

Tienes días y días. En algunos avanzas bien y en otros la pluma se estanca, pero siempre vuelve a fluir. A Lautaro lo llamas a veces gran guerrero y a veces hijo de Pillán, esa deidad maligna de los indígenas a quienes llamas araucanos.

Tú eres el poeta.

Arde Concepción. Parece que lo estuvieras viendo. Tracio, el viento del norte, y Vulcano avivan el fuego. Estuviste allí cuando solo quedaban cenizas. La impresión se grabó fuerte en tu memoria. Ahora es poema.

El libro va tomando cuerpo a partir de impulsos. Relees el inicio del *Infierno* de Dante para sentir que tú también tienes algo que decir a tus contemporáneos y a eso que llaman posteridad.

Al inicio de cada canto deslizas un comentario filosófico, un aforismo. Tú eres el que interpreta y el que habla. La descripción de la reunión de Lautaro y Caupolicán, después de tantas victorias, está llena de detalles novelescos. Unos cubrían sus cabezas con celadas y otros con morriones, igual que los soldados españoles. Lo cuentas con plasticidad. Lo leo y lo veo.

No cabe duda: el ser humano tiene un cuerpo, un alma y un narrador.

En el canto noveno te refieres al milagro del que oíste hablar en La Imperial. La ciudad está totalmente desprotegida. El dios Eponamón se aparece en medio de una tormenta en forma de dragón e impulsa a Lautaro a lanzarse sobre ella, pero la lluvia se calma de pronto y de ella surge una mujer cubierta con un velo que lo persuade de no ir a La Imperial. Es la virgen. El milagro, precisas, ocurrió el 23 de abril de 1554.

Te sientes satisfecho. Tus lectores admirarán el valor de los españoles y entenderán el deseo de libertad de los indígenas. Estás seguro de que a tu rey, a España, a las Indias y al mundo les importará lo que cuentas.

Lautaro crece después de cada victoria. Los españoles malheridos tienen que resistir a la fortuna... *el que menos herido y flaco andaba /por seis partes la sangre derramaba.* Elije a los hombres más recios de Arauco y sale con ellos hacia el norte. Ya no los describes como gentiles, sino como...

amigos de inquitud, fascinerosos, /en el duro trabajo ejercitados /perversos, disolutos, sediciosos, /a cualquiera maldad determinados, /de presas y ganancias codiciosos, /homicidas, sangrientos, temerarios, /ladrones, bandoleros y corsarios.

En el canto doce ocurren muchas cosas. Un español llamado Marcial habla con Lautaro y le pide que negocien la paz. Lautaro exige, a cambio, treinta mujeres vírgenes...

blancas, rubias hermosas, bien dispuestas. Marcial responde: *En pago de tu loco atrevimiento /te darán los españoles por tributo /cruda muerte de ápero tormento /y Arauco cubrirán de eterno luto.*

Ahora entrarás tú en la escena. Le explicas a tu rey:

Hasta aquí lo que en suma he referido /yo no estuve Señor presente en ello... /pongo solamente aquello, /en que todos concuerdan y confieren...

Dejas a Lautaro en Mataquito y saltas a Lima, donde ha llegado el marqués de Cañete y, con él, tú mismo a esas tierras. Haces una pausa. En adelante las alegrías y dolores que sentiste en carne propia serán absorbidos por tu obra. Para eso necesitas nuevos bríos.

Al día siguiente sigues con el canto trece y esta vez aparece tu querido:

Jerónimo de Alderete, Adelantado, /a quien era el gobierno cometido... /cortole el áspero destino /el hilo de la vida en el camino.

Entonces, relatas, todos pidieron al marqués que nombrara a su hijo como nuevo gobernador de Chile y él accedió. Callas tus sentimientos al respecto. El desconcierto, la sensación desagradable de quedar bajo las órdenes de un mozo voluble y vanidoso.

Algunas octavas te parecen bien logradas, otras menos. A ratos sientes la satisfacción del acierto y a ratos te quedas pegado y te impacientas. No es fácil armonizar guerra, virtud y belleza. Imaginas que tus versos provocarán en tu rey emoción estética o, quizás, desasosiego.

La llegada de gente de todas partes del Perú para enrolarse en el ejército de García y partir a Chile a someter a los rebeldes suena magistral...

> *De aparatos, jaeces, guarniciones /los gallardos soldados se arreaban... /estandartes, enseñas y pendones /al viento en cada calle tremolaban... /Andaba así la gente embarazada /con el nuevo bullicio de la guerra.*

Vuelves sobre Villagra, que en el mismo tiempo está tratando de someter a Lautaro. Esos cambios de escena hacen más amena la lectura.

Tú eres el poeta.

Se acerca el fin del líder indiano. Como todo héroe necesita una heroína, pones a su lado esa noche durmiendo junto a él a la bella Guacolda enamorada. Lautaro ha soñado con su muerte en manos de un español y se lo cuenta a Guacolda. Ella ha soñado lo mismo. Hay abrazos de amor y miedo a la muerte. Lautaro le dice a su esposa:

> *Mi vida está sujeta a vuestras manos /y no a todo el poder de los humanos.*

Suena a Garcilaso.

Para que no te comparen con él, declaras que tu pluma es nueva en las cosas del amor y no se atreve a pasar adelante y allí terminas ese canto.

Los amores entre Lautaro y Guacolda otorgan ternura y suavidad a tu poema. Por tu madre, por tus hermanas y por Rafaela, tienes una buena opinión del género femenino. Cuando escribes sobre ellas muestras lo mejor de ti. A Garcilaso lo llamas el Íbero porque todos los demás poetas que te inspiran son italianos: Dante, Virgilio, Petrarca, Ariosto, Lucano. Relees su *Elegía I* y constatas que usaba el castellano como ningún otro para desnudar su alma. Revisas la escena de amor entre Lautaro y Guacolda, en la que aspiras a eso. Trabajas un poco más aquellos cantos amorosos y luego vuelves a tu tema central: la guerra.

Ahora viene la muerte de Lautaro. Villagra y sus hombres se acercan sigilosamente al fuerte Mataquito e irrumpen en él. Comienza otra batalla que se alarga hasta el siguiente canto. Esta vez los españoles hacen valer la superioridad de sus armas...

Los unos topaban duro acero /y los otros al desnudo y blando cuero.

Imaginas a tus lectores en España, en Chile y en el Perú. Tus versos han de calar hondo, llegar a los estratos más profundos, allí donde, según Lucrecio, somos uno solo.

Tú eres el conocedor del género humano.

Dejas las espadas para volver a las naves de García. En una de ellas vas navegando hacia Coquimbo. Del destierro de Francisco de Aguirre y Francisco de Villagra no cuentas nada, ni de la humillación que fue para los veteranos conquistadores ser tratados así por el hijo del virrey. No es tu tema.

Tú eres el poeta.

Desde allí sigue la navegación hacia el sur, hacia la tierra de los rebeldes. Narras la tormenta y vuelves a vivir las sensaciones...

La braveza del mar, el recio viento /el clamor, alboroto, las pro-
mesas /al cerrarse la noche en un momento... /las voces del piloto
y las priesas /hacen un son tan triste y armonía /que parece que
el mundo perecía.

Allí terminas la primera parte de tu *La Araucana*. Dejas
a los españoles, contigo entre ellos, luchando con las olas.

Estás satisfecho. Te sientes bien. Los versos te han rege-
nerado.

La fama

Su amigo Juan Gómez de Almagro llevó a un cirujano que había contratado para el Reino de Chile para que atendiera el parto del hijo de su amigo poeta. Todo salió bien. Ni el bebé ni Rafaela estuvieron en ningún momento en peligro. Lo bautizaron en la iglesia de San Justo, en la plaza de Puñoenrostro, con el nombre de Juan de Ercilla. Por parte de la madre fueron solo las dos hermanas de Rafaela porque la matriarca estaba enferma y los hombres de la familia en las Indias.

Gómez de Almagro leyó con interés el poema de su amigo y le entregó comentarios positivos. Verse citado varias veces lo hizo sentirse halagado. Opinó que Ercilla había sido el poeta y testigo sobreviviente que el destino había elegido para contar esas hazañas. Alonso le explicó que era solo la primera parte de *La Araucana*. Su plan era publicarlo en tres entregas.

En julio de 1568 acudió al Alcázar Real para celebrar el cumpleaños número dieciocho del príncipe Rodolfo de Hungría, su protegido. Le llamó la atención una mujer de mirada inteligente, con aros y gargantilla de perlas. Su elegancia iba mucho más allá del vestido que lucía, de un color verde claro. Era dama de honor de Isabel de Valois. No era la primera vez que la veía, pero esta vez se atrevió a pedirle un baile. Ahora él era un poeta, aunque todavía nadie lo supiera. Su obra inédita le otorgaba seguridad. Se llamaba María Bazán. Se le acercó y le contó que viajó con su padre en la misma galera de Barcelona a Génova veinte años antes.

—Vos érais entonces una niña.

—Mi padre murió hace dos años —le informó con serenidad.

Ercilla lamentó su pérdida y le tendió la mano para que aceptara bailar con él. La orquesta tocaba una danza alemana. No tuvo que esforzarse para seguir los giros y reverencias, porque había bailado ese ritmo muchas veces en Bruselas y Viena. Ambos sonreían. María le pedía, con el lenguaje corporal, que siguiera adelante con sus galanteos. Los dos tenían la misma sensación. Se habían encontrado. Ercilla vislumbró la posibilidad de emparejarse con una mujer de su rango social. Pero había dos ojos en las cercanías de la princesa Juana, la hermana del rey, que desaprobaban esa coincidencia de sentimientos. La madre de María observaba cada movimiento de su hija. Ercilla recordó lecturas de Baltasar de Castiglione.

Para declarar su amor se debe entrar en ello en tan buen tiento y tan cautelosamente que las palabras sean muy disimuladas y solo sirvan a tentar el vado. Deben decirse con un velo o con una naturalidad que dejen a la dama camino para poder disimularlas o salida para atribuirlas a otro sentimiento que no sea el amor.

Siguieron bailando. María no aceptaba la invitación de ningún otro cortesano. El archiduque Rodolfo notó lo que pasaba en el corazón de Ercilla. En una pausa, lo llamó a su lado y le prometió que, si conseguía su mano, sería su testigo de bodas. Brindaron por eso. Ercilla lo notó triste. Quiso saber cómo se sentía y él le confesó que echaba de menos a su familia. No hallaba la hora de regresar a Viena. Había acompañado a su tía Juana a un auto de fe en Toledo y había quedado muy mal impresionado por ese *spectaculum*.

No le gustaban los métodos de la Inquisición. Agregó que le había escrito a su padre para relatarle la mala experiencia. Otro motivo de tristeza era la ausencia del príncipe Carlos. El rey lo había recluido en el Alcázar. Estaba bajo vigilancia. Ercilla prometió pasar a verlo en los días siguientes para que dieran un paseo y así poder conversar con tranquilidad.

Pidió otro baile a María y luego salieron a la terraza para refrescarse. Ella le contó que estaba aprendiendo a pintar con la artista Sofronisba Anguissola, igual que la reina. Tenía clases una vez por semana. Eso la hizo más interesante a los ojos del poeta. Le preguntó cuál era su parentesco con Álvaro Bazán, el comandante general de la armada española.

—Es mi tío.

—Navega mejor que Neptuno —comentó Ercilla.

—Eso dicen.

Conversaron sobre el embarazo de Isabel de Valois y de la ansiedad que eso causaba en la corte. El rey esperaba que fuera un hombre, ya que el príncipe Carlos no podría sucederlo en el trono. Ercilla le pidió permiso para hacerle llegar unos versos y ella dijo que los leería con mucho gusto. Rozó su mano enguantada. La cercanía se vio interrumpida por la marquesa de Ugarte, dama de honor de la princesa Juana, cuando salió a la terraza a buscar a su hija. Lo miró con ojos gélidos. Era evidente que no lo consideraba a la altura de su hija.

Una semana más tarde Alonso le hizo llegar unas octavas que incluiría en la segunda parte de su poema:

Un amoroso fuego y blando hielo /se me fue por las venas regalando /y el brío rebelde y pecho endurecido /quedó al amor sujeto y sometido.

En los meses siguientes alternó las ocupaciones de padre con las de poeta. Dio nuevas lecturas al texto y lo corrigió hasta que tuvo la sensación de que se podía emancipar de él. El 23 de diciembre de 1568 presentó una solicitud de licencia para su impresión. Como Juan Gómez de Almagro todavía se encontraba en Madrid, en los últimos preparativos antes de su partida a Chile, le pidieron su opinión. Los censores querían saber si lo que contaba allí Ercilla era cierto. Gómez solo escribió cosas buenas...

> *En lo que toca a la verdad de la historia no hallo cosa que se pueda enmendar... vi a Alonso de Ercilla servir a SM en aquella guerra, donde públicamente escribió este libro... los españoles de aquella provincia recibirán esta obra de buena gana en que se sepa la voluntad, peligros y trabajos con que han servido a SM...*

Ercilla creyó que el permiso se iba a demorar, porque en esas semanas murió Isabel de Valois a causa de un parto prematuro. Todo el Alcázar estaba de luto. Y en Flandes, el duque de Alba había logrado la paz por medio del polémico Tribunal de los Tumultos que condenó en un año a más de mil personas. Los duques católicos de Egmont y de Hoorn fueron decapitados en la plaza pública de Bruselas, acusados de complicidad con el rebelde Guillermo de Orange. El archiduque Rodolfo fue uno de los que pidieron que se acabara ese *tribunal de la sangre*. Pero no, la Real Cédula con el permiso de publicación solo se demoró tres meses. Le llegó el 27 de marzo de 1569.

Contactó a Juan de Arfe y Villafañe para que lo retratara. Quería que *La Araucana* incluyera una imagen suya. El rey estableció el contacto, por lo que el artista no pudo negarse. Viajó a Madrid desde Ávila, donde se encontraba haciendo unos trabajos para la catedral. Ercilla pidió ser retratado con su armadura.

La impresión estuvo a cargo de la única imprenta que había en Madrid, dirigida por el francés Pierre Cossin. El poeta financió la edición con la herencia de su hermana. Poco antes de concluirse la tirada firmó una dedicatoria a Felipe Segundo en la que le recordaba que había comenzado a servirle desde su niñez, que tanto su padre como su madre habían estado al servicio de la Corona y que siendo mozo había querido pasar a Chile. Miguel de Cervantes le hubiera dicho que los libros se acreditan solos y que, si el texto es malo, da lo mismo que se lo dedique al prior de Guadalupe. En junio salió de la imprenta y de inmediato le hizo llegar un ejemplar a María Bazán.

Los círculos letrados de Madrid reaccionaron con asombro. Quisieron conocer al autor de la primera obra castellana inspirada en las posesiones de ultramar. Juan de Guzmán, Manuel Sánchez de Lima, Duarte Díaz y muchos otros visitaron al poeta en la calle del Cordel. Duarte Díaz alabó su capacidad para teñir de dignidad todo aquello que cantaba. Había que ser un gran poeta para convertir el levantamiento de unos gentiles indianos en poesía universal y hacerlo de tal manera que despertara la curiosidad del lector y lo mantuviera atrapado hasta el final. Ercilla habría eclipsado al toscano, vale decir, nada menos que a Petrarca. Juan de Guzmán, autor de *Convite de oradores,* llamó a Ercilla el «Homero hispano y príncipe de los poetas españoles». El lusitano Manuel Sánchez de Lima lo llamó excelentísimo caballero e ilustre poeta. Opinó que Ercilla combinaba la épica renacentista con la poesía grecolatina para cantar con octavas reales muy bien logradas las glorias españolas en ultramar. Juan Díaz Rengifo dijo que las octavas de Ercilla podían tomarse por ejemplar... *por él vivirán hasta el fin del mundo los conquistadores de Arauco.*

El poema se vendía a setenta y cinco maravedíes, lo que no era poco. No obstante, la primera edición se agotó en pocas semanas. Los ejemplares salían a Sevilla, Valladolid, Valencia, Salamanca, Bruselas... Desde Sevilla embarcaron ejemplares de *La Araucana* al Perú y al Reino de Chile.

María Bazán lo invitó a la casa de su madre en la calle del Conde. Alonso llegó elegante y digno, a la altura de su obra. Lo recibieron en un salón adornado con artículos de lujo de toda Europa. Imaginó que el antiguo guardajoyas del rey los habría recolectado en sus viajes. María lo felicitó por su poema.

—¡Qué bien escribe, don Alonso! Los amores entre Lautaro y Guacolda están en boca de todos.

La marquesa opinó que la Providencia no se lo ponía fácil a los esforzados españoles en las Indias. Ercilla asintió. El astro lo alumbraba más que nunca.

—Un canto a la epopeya castellana en tierras americanas —agregó María—. Sus frases son tan vivas, su versificación tan caliente, su narración tan rica en pormenores...

Ercilla se sentía dichoso. Estaba seguro de que María se iba a convertir en su esposa.

Pero no todo eran alabanzas. Algunos lo acusaban de haber plagiado versos de Garcilaso, otro dudó de la verosimilitud del poema. Criticaron que Ercilla atribuyera a los héroes indígenas sentimientos, usos y costumbres de la vida cortesana europea. Lautaro, Caupolicán y Colo-Colo parecían más italianos que indígenas americanos. Luis Zapata se burló de él. Esa preocupación escrupulosa de los guerreros indígenas por su honra, ¿no será una idealización? Esos no eran los nativos que describió Francisco López de Gómara. Zapata había publicado tres años antes la obra *Carlo famoso* sin ninguna repercusión. Ser superado por quien había compartido junto con él las clases de Calvete de Estrella no fue agradable.

Las críticas no lo intranquilizaron, más bien lo divirtieron. Su obra estaba en boca de todos, eso era lo importante. Su escritorio se llenó de cartas. En Bruselas lo igualaban a Ariosto y a Tasso. Una de las cartas que más lo conmovió fue la de Diego Hurtado de Mendoza. La suerte le había vuelto la espalda. Todavía lo perseguían acusaciones de malversación de fondos en sus tiempos de embajador en Italia. El rey lo desterró a Granada y abrió un proceso administrativo y otro criminal. Se consolaba escribiendo un libro sobre la guerra de Granada, en la que había participado como asesor de Juan de Austria. A pesar de los desaires del rey, pensaba donar toda su biblioteca al monasterio de El Escorial.

Alonso de Góngora Marmolejo le escribió desde el Reino de Chile felicitándolo por su *La Araucana*. Vivía en Valdivia. La guerra con los indígenas continuaba y a ella se había sumado la de la naturaleza: la ciudad había sido destruida por un terremoto. La estaban reconstruyendo. Muchos españoles solicitaban licencia al rey para abandonar Chile. Le contaba que después de leer su poema, y ante la seguridad de que la Providencia se lo llevaría pronto, había decidido escribir una crónica de la conquista para que su memoria no se muriera con él.

Ercilla no se esperaba esa fama. Su poesía era una flor que brotó sola. Todo había sido preparado por Fortuna o por el astro, como pronosticó Haco. Así se lo explicó a Vicente Espinel cuando llegó de Zaragoza a conocer al autor de *La Araucana*. Tenía veintiún años, vale decir, diecisiete años menos que Ercilla. Llegó con una guitarra de cinco cuerdas que él mismo había diseñado. Ercilla lo recibió encantado porque le pareció agradable e inclasificable. Tenía los ojos grandes y un bigote muy bien arreglado. Su traje sencillo le recordó las recomendaciones de su hermano Juan. Se preparó para disfrutar versos y cantos, porque Espinel dijo ser poeta y músico. Nacido en Asturias, había estudiado sus primeras letras y música en Ronda, cerca de Málaga. Cantaba, acompañándose de su guitarra de cinco cuerdas, unos poemas de diez versos con una métrica y rima agradables al oído. El pequeño Juan se reía al escucharlo. Como los versos también eran creación suya, los llamaba décimas espinelas. Estuvo una semana en su casa. A Alonso le hubiera gustado que se quedara más tiempo entreteniéndolo, pero Espinel tenía otros planes. Quería estudiar Letras en la Universidad de Salamanca. Pensaba financiar sus estudios dando clases de canto.

Dos hombres vestidos de negro en El Escorial

Rafaela le pidió que tuviera cuidado, porque se decía que bajo el palacio estaba la entrada del infierno. Su arquitecto era Juan de Herrera quien, además de arquitecto real, era el confidente del rey. Felipe vestía de negro, costumbre que había adoptado luego de la muerte de Isabel de Valois. Ercilla eligió el mismo color de ropa para la entrevista. En el libro de *Picatrix* se leía que el negro atraía las influencias benéficas de Saturno, el planeta de la melancolía y la inteligencia.

Lo recibió en la Sala de Batallas, adornada con frescos de escenas del enfrentamiento de San Quintín, que tuvo lugar el mismo día en que los indígenas atacaron el fuerte de Penco. Otro tema para explotar en la continuación de su poema. Felipe le agradeció que le hubiera dedicado *La Araucana* y lo felicitó por su éxito. Muchos en la corte la habían leído. No se hablaba de otra cosa. Ercilla le confesó que él mismo estaba sorprendido de esa fama. Comentó que le habían llegado cartas del Perú y del Reino de Chile.

El edificio tenía una clara inspiración del Renacimiento italiano. Recorriéndolo recordó el entusiasmo que sintió Felipe en Italia y en Bruselas. Con ese palacio estaba cumpliendo su sueño de dar a España edificios que pudieran competir con los que vio en su felicísimo viaje. Alonso le preguntó sobre la colección de reliquias que había comenzado a armar. En Madrid se hablaba mucho de eso. Se decía que las había mandado a buscar por toda Europa y Tierra Santa para incrustarlas en los muros de El Escorial y así protegerse de las malas influencias.

—Mi intención es salvarlas de las manos inmundas de los protestantes.

Lo llevó a una sala contigua y le mostró una pequeña cápsula de vidrio que contenía un hueso.

—Es de Paulo de Tarso —aseguró—. Me lo trajo Diego Hurtado de Mendoza de Roma

Ercilla lo observó con veneración. Sintió escalofríos.

Siguieron caminando. Tenía la impresión de recorrer un mausoleo. Llegaron a la biblioteca porque Felipe quería mostrarle el lugar en que había ordenado los diez ejemplares de *La Araucana* que él le había enviado. Eran ediciones de lujo que había hecho imprimir especialmente para el rey. Se sintió honrado. No le preguntó si había leído el libro, porque intuyó que la respuesta sería negativa. Todos sabían que, a diferencia de su padre, Felipe no era un buen lector de poesía. Su lectura principal eran los documentos que llegaban de las Indias y de sus otras posesiones, de los cuales le gustaba ocuparse personalmente. Pidió permiso para revisar otras obras de la repisa. No pasaban de veinte. Había una *Historia general de las Indias* de Francisco López de Gómora; una *Historia de las Indias y conquista de México,* del mismo autor; las *Décadas del Nuevo Mundo,* de Pedro Mártir de Anglería; varios libros de Bartolomé de las Casas, entre ellos su *Historia de Indias* y su *Breve historia de la destrucción de las Indias.* Eso le sorprendió. Vio, además, varios títulos de Calvete de Estrella sobre el Perú, entre ellos su *Vacaida.* Felipe le contó, como disculpándose por la exigüidad de esa colección, que había pedido a sus gobernadores y virreyes que le enviaran todo lo que se había escrito sobre los descubrimientos y conquistas. Le aclaró que le interesaba especialmente lo referido a la Nueva España. El único historiador que se había dedicado a estudiar los hechos de Cortés era Francisco López de Gómora.

—Pero tengo entendido que él nunca estuvo allí.

Felipe asintió y siguieron caminando. Admiró los frescos de la bóveda de la biblioteca en la que estaban representadas todas las ciencias. Sobresalía una alegoría a la Filosofía. Otro fresco representaba una especie de juramento entre Salomón y la reina de Saba. La figura de Salomón le recordó al joven Felipe. Los dos se miraron y sonrieron. Otros frescos mostraban a los gimnosofistas griegos intentando averiguar las cualidades del alma humana a través de los números. Ercilla se sorprendió. La numerología era una ciencia perseguida por la Inquisición. Pensó que quien establece las reglas no tiene por qué dejarse constreñir por ellas. Le preguntó si tenía algún ejemplar de *El lazarillo de Tormes* y el rey lo sacó de la parte de abajo de una repisa.

—Lo tengo en el anaquel de los prohibidos.

Echó una mirada a ese espacio y vio las obras de Teresa de Ávila. Había escuchado buenos comentarios sobre los escritos de esa monja, pero nunca la había leído. Pidió permiso y sacó un ejemplar de *Camino de perfección*.

—Es mi monja admirada —comentó el rey.

—Mi madre también la apreciaba mucho.

—Convirtió su vida en una jornada de aprendizaje —explicó Felipe.

Ercilla dejó el libro en su lugar y se acercó a otras repisas. Vio manuscritos en griego, hebreo y árabe.

—Ninguna biblioteca europea tiene más libros griegos que yo —aseguró el anfitrión.

Alonso lo dudó. Había visto más manuscritos en ese idioma en Viena y en Praga. Se acordó de Calvete. Intuyó que él era uno de los encargados de conseguir esos valiosos libros. Llegaron a unas escaleras en forma de caracol y las subieron. En el piso alto había una galería de arte. Le llamó la atención un cuadro de Jerónimo Bosch. No lo conocía. Lo encontró maravilloso.

—Tengo treinta y tres obras de este pintor flamenco.

Vio los cuadros de Tiziano inspirados en las escenas de *La metamorfosis* de Ovidio y se acercó a ellos para estudiarlos mejor. Recordó haber estado presente cuando Felipe se los encargó al italiano en Augsburgo. Nuevamente sonrieron con complicidad. Se atrevió a preguntar si había recibido la carta en que le pedía que lo nombrara caballero de la Orden de Santiago y Felipe asintió. Le informó que se había comunicado con Pedro Morejón, su hombre de confianza en esa orden. Se alegró, porque eso aumentaba las posibilidades de que la marquesa de Ugarte accediese a concederle la mano de María Bazán. Cuando salieron al Patio de los Reyes estaba dichoso. La reunión había sido exitosa. Garcilaso también fue ordenado caballero, pero él no vivió la gracia de casarse con la mujer que amaba.

María Bazán

No fue fácil explicar sus planes a Rafaela.

—Eros y Venus son caprichosos —aclaró.

—No me sorprende. Ya no salías conmigo. Me escondías. Siempre supe que alguna vez me ibas a dejar.

Juró que la iba a cuidar siempre. A ella y a su hijo. Rafaela lloró. Quiso saber cómo era María Bazán. Ercilla guardó silencio.

—¿Cuántos años tiene?

—25.

La fue a dejar a la casa de su madre y le prometió comprarle una casa en cuanto le llegara el sueldo que le debían del Perú.

—Para que no tengáis que vivir siempre con vuestra madre.

Abrazó y besó a su hijo con un nudo en la garganta.

Volvió a ver a María en noviembre de 1570 en el Alcázar Real, con motivo del recibimiento de Ana de Austria. La cuarta esposa del rey llegó con sus hermanos menores, Maximiliano y Alberto. Tenía 21 años. Alonso tenía una buena opinión de ella. Era amante de las letras, igual que su padre. La había visto varias veces leyendo en los jardines del palacio Hofburg. Llegó con un vestido azul claro sin mangas acuchilladas. Era más sencillo que cualquiera de los atuendos de Isabel de Valois. Sobre la reina francesa se decía que jamás repetía su vestuario.

Ercilla prefería la belleza involuntaria de María Bazán. Esa tarde volvieron a bailar danzas alemanas en honor a la recién llegada. El carácter de María le gustaba. Era suave y conciliadora. Presintió que lo iba a entender y que iban a coincidir en las cosas importantes. Después del tercer baile, le pidió que lo acompañara al jardín, porque quería hablar seriamente con ella. Allí le contó lo de su investidura de caballero y le confesó que pretendía pedir su mano.

—Me siento sujeto y sometido por vos. Os amo.

—Y yo me siento agradecida de ser amada por un poeta. Sois un vidente, un receptáculo de la inspiración divina. Haré todo lo posible para que mi madre no se oponga a nuestro matrimonio.

Caminaron. Detrás de un arbusto la besó sutilmente. Volvieron al salón y siguieron bailando. Antes tenía que disimular su intranquilidad. Ahora suspiraba entre pasos, floretas y medias vueltas, tratando de que no se notara su dicha. La ausencia de la marquesa de Ugarte en esa fiesta fue arreglada por Fortuna.

Ella hubiera preferido para su hija un hombre de la nobleza madrileña con una mejor situación económica. Hizo ver a María la posibilidad de que el poeta solo se interesara en su dote. Ella le aseguró que Alonso la amaba de corazón.

—¿O acaso no creéis que un hombre se pueda enamorar de mí? ¿Pensáis que Garcilaso se hubiera casado por interés con una mujer? —le recriminó.

—¿Por qué no?

Le dijo que su esposo debía ser ese poeta, que no aceptaría otro hombre en su vida y no quiso hablar más del asunto. Se encerró en su cuarto y le contó todo a su amado en una carta. Ercilla sabía que María lo iba a conseguir. Le devolvió el correo con estrofas sobre el amor de Jorge Manrique...

Es amor fuerza tan fuerte /que fuerza toda razón; /una fuerza de tal suerte, /que todo seso convierte /en su fuerza y aficción.

La marquesa accedió a que su hija y el poeta pasearan juntos por los jardines de la Casa de Campo. Ambos lo vieron como un buen signo y un gran avance. Esa tarde, entre fuentes de agua que recordaban a los palacios de Italia y Bruselas, los cuerpos se tocaron como por casualidad. María comentó la reacción de Guacolda, la mujer de Lautaro. A su juicio corroboraba lo que decía Cornelio Agrippa sobre el sexo femenino.

—Adán proviene del hebreo *adamas* y significa tierra y Eva puede ser traducido como vida. O sea que el lenguaje ya insinúa la superioridad de Eva.

—¿Eso dice Cornelio Agrippa?

Las manos se volvieron a tocar sin querer... queriendo.

Cuando no se veían, las cartas mantenían vivos el deseo y la ansiedad. Ercilla le envió parte de un soneto de Garcilaso...

Estoy continuo en lágrimas bañado,
rompiendo el aire siempre con suspiros;
y más me duele el no osar deciros
que he llegado por vos a tal estado;

que viéndome do estoy, y lo que he andado
por el camino estrecho de seguiros,
si me quiero tornar para huiros,
desmayo, viendo atrás lo que he dejado...

La marquesa se tomaba su tiempo, aún no daba su consentimiento, y a Ercilla se le hacía cada vez más difícil regirse por las estrictas leyes del código del amor cortesano. No quería terminar como Garcilaso, cuyas mujeres fueron casadas con otros hombres. De allí sus quejas constantes, que a la vez eran el cimiento de su poesía. Todas las relaciones amorosas del Íbero fueron una tortura que él supo convertir en versos sublimes. Maravilloso, solo que Ercilla no quería eso para él. Decidió hacer una locura que acelerara los trámites matrimoniales. En el cumpleaños de Ana de Austria, mientras bailaban una alemana, aprovechó una media vuelta para tomar por la cintura a María y darle un beso en la boca delante de todo el mundo. Todos sabían que se querían, sin embargo, el código moral no permitía esas demostraciones de afecto públicas. Ercilla miró a su amigo Rodolfo y explicó inspirado:

—Solo la locura da felicidad al ser humano. El placer nunca se encuentra en la prudencia, sino en la embriaguez, la exaltación y el delirio.

Rodolfo lo aplaudió y contestó:

—Un poco de locura forma parte de toda vida verdadera.

La marquesa no pudo seguir postergando la boda de su hija. El casamiento tuvo que ser apurado por *justas causas y respetos*. El 7 de enero de 1570 se firmaron las capitulaciones matrimoniales. Ercilla recibió como dote un millón de maravedíes que el rey dio a María para ayuda de su casamiento.

Parte de la dote eran joyas, vestidos, ropa blanca *para que aderezase su persona y su casa*. Ercilla dio en arras tres mil ducados. Todo fue minuciosamente tasado. Quedó establecido que a esas arras se sumarían los cuatro mil ducados que esperaba del Perú. La ceremonia tendría lugar el primero de septiembre de 1570.

Rodolfo invitó a Ercilla a dar un paseo en carruaje por la calle de Alcalá. Se había transformado en un joven alto de ojos azules y pelo rubio rizado. Lejos de la vigilancia de la corte le confesó que había pedido un horóscopo al vidente francés Michele de Nostradamus. Ercilla se sorprendió y se mostró interesado. Quiso saber qué decía.

—Que no me voy a casar con mi prima Isabel Clara Eugenia, aunque mucho le duela a mi tío Felipe, y aunque eso me aseguraría el trono de España si el rey no tiene hijos varones...

—¿La hija mayor de Isabel de Valois? Pero si recién tiene cuatro años.

Ambos se rieron. Ercilla imaginó el escándalo que se armaría si Felipe llegaba a enterarse de los pensamientos de Rodolfo. Le confesó una vez más que extrañaba Viena. Ansiaba volver a vivir junto a su padre. Ercilla predijo que eso ocurriría pronto.

—Me alegraré por vos, pero estaré triste y os echaré de menos.

Rodolfo le contó anécdotas de su viaje a Córdoba y Sevilla con el rey. Pasaron la Semana Santa en Córdoba y el primero de mayo entraron por el Guadalquivir a Sevilla. Los recibieron con fuegos artificiales y con representaciones teatrales que lo aburrieron.

—Con gusto me hubiera quedado en mis aposentos leyendo *La morada jeroglífica* de John Dee.

Ercilla lo miró sorprendido y preguntó si era el mismo John Dee que María Tudor mandó a encerrar por hereje.

Asintió.

—El mismo. Pero la reina Isabel ahora lo tiene de consejero y médico personal.

Ercilla no quiso saber cómo había conseguido ese libro prohibidísimo por la Inquisición. Agradeció la confianza con gestos y miradas y le hizo más preguntas sobre el viaje a Sevilla. Los acompañó Juan de Herrera, el arquitecto de El Escorial. Regresaron por Jaén, Úbeda y Toledo. Rodolfo calculó que, entre tanto, ya había conocido gran parte de España. Antes de despedirse, Ercilla le pidió que fuese testigo de su matrimonio, tal como se lo había prometido una vez.

Como regalo de bodas para su novia, Ercilla mandó a hacer un collar de oro con perlas, rubíes y diamantes que él mismo diseñó. El joyero solo tuvo que obedecer. Se casaron en la fecha acordada. La princesa Juana fue testigo de la novia. Estuvieron presentes las dos hijas del rey, Isabel Clara Eugenia y Catalina Micaela. Por cuenta del novio asistieron los poetas Juan de Guzmán, Manuel Sánchez de Lima, Duarte Díaz, Juan Díaz Rengifo, Esteban de Garibay y Zamalloa. Solo faltó Vicente Espinel, porque no lo pudo ubicar.

Caballero

Los recién casados visitaron Bermeo, el pueblo del padre y del abuelo de Ercilla. Había visto esos muros medievales y la Torre de Ercilla. Tenía el recuerdo nebuloso de haber estado allí siendo niño, acompañando a su madre al casamiento de una prima. Visitaron el antiguo solar de su familia. Cuando el alcalde del pueblo se enteró de esa visita ilustre, los invitó al ayuntamiento frente al mar. Hubo una cena a la que asistió mucha gente. Ercilla llevó ejemplares de su poema. En un discurso adelantó que en la segunda parte de *La Araucana* mencionaría la villa. Hubo aplausos. Al otro día, al despedirse, anunció al alcalde que próximamente llegarían oficiales de la Orden de Santiago a Bermeo a constatar su hidalguía. La autoridad replicó que de aquello no había ninguna duda.

Pasaron por Nájera, donde vivía su única hermana viva con su marido y cuatro hijas. Se llamaba también María y lloró al verlo. Sabía de su fama y había visto *La Araucana* en una librería en San Sebastián, pero no tenía dinero para comprar el libro. Ercilla le entregó el ejemplar que había reservado para ella. Le contó que su marido estaba enfermo y que temía que pronto se quedaría sola y con pocos medios. Alonso prometió ayudarla.

El 8 de octubre de 1570 se trasladó a la casa que compró con la dote de su esposa en la plaza de Puñoenrostro, que quedaba en la misma calle del Cordón. Era una de las casas más grandes de ese barrio. Con los muebles, adornos y ajuares que aportó María, quedó elegantísima. El dormitorio era lo más lujoso: una cama de nogal con cuatro columnas talladas, cubiertas de tafetán. En la intimidad con María no buscaba el desenfreno que buscó con Apolonia y con Rafaela, sino la cercanía. Después de haber perdido a su hermana por un sobreparto, prefería que ella no quedara embarazada. Ya tenía a su hijo Juan.

En los primeros meses instaló una nueva puerta de entrada, empedró el patio y agregó un canal en el tejado para que corriera el agua. Pretendía vivir allí para siempre con su amiga y compañera María.

Ya acomodado, dio curso a los trámites para ingresar a la Orden de los Caballeros de Santiago. Para ello tuvo que pedir al rey un documento de constatación de idoneidad. Un caballero no podía ser bastardo, ni descendiente de ellos. Sus padres y abuelos no debían haber ejercido nunca oficios mecánicos, ni sufrido condena de la Inquisición. La declaración firmada por el rey en julio de 1571 decía:

> *Sepad que don Alonso de Ercilla nos ha hecho relación que su propósito y voluntad de ser en la dicha orden y vivir en la observancia y so la regla y disciplina de ella, por la devoción que tiene al bien aventurado apóstol señor Santiago, suplicándonos le mandásemos admitir y dar el hábito e insignia de la dicha orden... y porque la persona que ha de ser recibida en la dicha orden ha de ser hidalgo, así de padre como de la madre... fue acordado que debíamos dar esta nuestra carta...*

Fue dirigida a Pedro Morejón, caballero de la orden, quien, con estos antecedentes, se trasladó a Bermeo, a Nájera, Bobadilla, Baños de Riotovia, Arenzana, Mohave, Tricio, Huércanos, Uruñuela, Cenicero y Fromesta, pueblos de donde eran originarios los ancestros del poeta. Constatada la limpieza de su sangre, Ercilla se volvió a dirigir al monarca para que le mandase dar el hábito e insignias de la orden. Obtuvo la Real Cédula el 29 de noviembre por *su devoción y los servicios que nos ha hecho y esperamos que nos hará de aquí en adelante.*

Paralelamente, el rey escribió a otros caballeros de la orden para que investieran a don Alonso con los autos y ceremonias correspondientes. Así, el 31 de diciembre de 1571 Alonso de Ercilla y Zúñiga recibió el hábito e insignia y fue ordenado caballero en la iglesia de San Justo.

Pocos meses antes, en julio de 1571, había asistido a la despedida de su querido amigo Rodolfo. Regresaba a Viena junto con su hermano Ernesto, en el séquito que llevó a Juan de Austria a Italia a hacerse cargo de la comandancia de la Liga Santa. El hijo natural de Carlos Quinto estaba dichoso porque el papa Pío Quinto le había dado la responsabilidad de liderar la escuadra contra los turcos. Todo había sido por inspiración divina. El prelado lo había leído en el Evangelio de San Juan...

Hubo un hombre enviado por Dios cuyo nombre era Juan.

Felipe pidió encarecidamente a Rodolfo que no traicionara la religión católica, que solo leyera libros aprobados por el Papa y que nunca se dejara contagiar por las ideas protestantes. Rodolfo asintió y lanzó una mirada cómplice a su amigo. Después, tomando un jerez juntos, Rodolfo le confesó que desde que supo que iba a regresar a Viena no podía dormir de la felicidad.

Euforia

Madrid se puso eufórica cuando llegó la noticia de que Juan de Austria había vencido en Lepanto. Alonso y María se sumaron al jolgorio espontáneo en la plaza Mayor. Había surgido un nuevo héroe. Juan de Austria logró algo que nadie creía posible: vencer a los turcos otomanos. Trescientas naves de la Liga Santa y unos noventa mil hombres, la mitad españoles, se impusieron sobre las fuerzas de Solimán comandadas por Alí Bajá.

Ercilla decidió que en la segunda parte de su poema entraría ese suceso.

Al volver a su casa se dio cuenta de que un paje llamado Miguel de Nogueral aprovechó la ocasión y le robó cuarenta y tres ejemplares de su libro, más ropa de raso y de tafetán y unas calzas de terciopelo. Huyó con todo a Valencia.

Decidió verlo como lo malo que siempre debe ocurrir. Una pequeña sombra en la racha de buena fortuna que estaba viviendo.

Cuando Ana de Austria dio luz a un varón, se armó otra fiesta en la plaza Mayor. Esta vez, Ercilla se encontró con Rafaela Esquinas. Ella lo vio y lo encaró delante de María. Le reprochó no visitar a su hijo. Juan ya tenía tres años. Ercilla trató de justificarse. Se disculpó diciendo que estaba muy ocupado. Le contó lo de su investidura de caballero. María intervino. Dijo a Rafaela que con gusto recibiría a Juan en su casa para que Alonso pasara más tiempo con su hijo. Le pidió que lo llevara el domingo siguiente.

En algún momento tenía que ponerse a trabajar en la segunda parte de su poema, pero los asuntos cotidianos lo distraían. Recibió un pequeño impulso cuando Vicente Espinel le escribió desde Valladolid recomendándole el libro *Os Lucíadas* de Luis de Camoes. Le aseguró que ese poema épico era a las Indias Orientales lo que *La Araucana* a las Indias Occidentales. Pero murió su suegra, dejando a María como su heredera universal. Se tuvo que ocupar de la administración de los bienes recibidos por su esposa. Al soldado poeta que había regresado sin un real de las Indias le caían herencias y dotes del cielo. Menos mal que su esposa lo ayudaba en la administración de las finanzas. Y todavía tenía que cumplir con los estatutos de los caballeros de la Orden de Santiago, que obligaban a los nuevos miembros a asistir a las galeras durante seis meses. Vio llegado el momento cuando se enteró de que Juan de Austria preparaba un viaje a Túnez a socorrer la fortaleza de la Goleta, que estaba sitiada por los turcos. Se sumó a ese séquito con la idea de quedarse en Nápoles. Nunca había estado en la patria de Virgilio. Garcilaso escribió sus mejores versos durante su destierro en esa ciudad. Pensó que quizás allí podría llegar el impulso que le faltaba.

Italia

No dedicó mucho tiempo a las galeras. Mejor dicho, nada. Estuvo un día en el puerto y después buscó un alojamiento en el barrio de Il Seggio de Gnido. En alguna parte había leído que Garcilaso solía pasear por allí con las damas que lo consolaban de su dolor de mundo. Visitó la tumba de Virgilio, ubicada en la cima de un cerro, detrás de la iglesia de Santa María di Piedigrotta. Ascendió el monte con mucha veneración, entró en el mausoleo de la época Augusta y se quedó allí un rato conversando con el romano, pidiéndole que lo siguiera inspirando. La vista de Nápoles y de su bahía desde allí era impresionante. Supo que todo eso iba a fluir en la segunda parte de su poema. Que conversaría con él, que narraría las aventuras de la diosa Dido desde su propia perspectiva.

Otro día asistió a la representación de una comedia basada en los cuentos del *Decamerón* de Bocaccio. Una trama llena de percances y malentendidos. En el escenario, tres hombres y tres mujeres se reían de un gran señor, degradándolo. El público tomaba partido. El actor que representaba al gran señor interpretaba bien su papel. Hacía el ridículo, se avergonzaba, se sentía acorralado. La obra estaba llena de sutilezas morales. El público se reía con una liviandad que no había visto en España. Evocó *El lazarillo de Tormes*, la única obra que le había sacado carcajadas del alma. Detectó que el humor surge de la unión entre lo magnífico y lo ordinario. Por allí saltaba la chispa. Por allí se deslizaba la reflexión filosófica. Elucubró que Diego Hurtado de Mendoza creó su personaje durante su estadía en Italia. Las ideas venían a su cabeza con velocidad. Se dejó contagiar por el entusiasmo del público. Se le ocurrió que el mundo no era tan virtuoso, bello y ordenado, como Felipe quería que fuera a toda costa. En el escenario, el noble estaba amarrado a una silla y tenía el pelo manchado con una sustancia blanca y pegajosa. Todos se reían de su caída en desgracia. Se dedicó a observar al público, tan diferente al español. Muy pocos vestían de negro. Combinaban los colores a su antojo: rojo con naranjo, lila con celeste. Los cuellos eran blancos, igual que en su patria. Pensó que los italianos tenían una plasticidad mental que le faltaba a sus paisanos. Una obra así sería imposible de representar en Madrid. Allí el discurso era siempre rígido, serio y doctrinal. Sin iniciativa, voluntad inteligente y entusiasmo, la humanidad degenera en seres obedientes, pensó. Contra eso actuaba la sátira de Bocaccio y la ironía de Juvenal, de quien el primero fue gran admirador. Concluyó que Juvenal le hizo muy bien a Roma.

Observó a su vecino inmediato, un hombre de su edad. Parecía reírse de sí mismo y, al hacerlo, perdonarse sus pecados y contradicciones, mientras en el escenario continuaban los empoderamientos del bajo pueblo. El público no paraba de celebrar la derrota de lo opresivo y lo restrictivo. Recordó su tiempo en Arauco. Nunca vio reír a ningún yanacona.

Los españoles y los indígenas de Chile se asemejaban en su solemnidad. *Benditos los pueblos capaces de reírse de sí mismos*, pensó mientras aplaudía. Sintió pena cuando se acabó la función.

Caminó a la hostería en la que se alojaba con paso derecho y ademán de buena persona, preguntándose qué expresa mejor el mundo: ¿la comedia o la tragedia? La tragedia se basa en contradicciones que no tienen solución, mientras que en la comedia estas contradicciones, inherentes a la existencia, sí la tienen. Las desgracias, los conflictos, los vicios pueden ser superados y recompensados al final de las comedias. No así en las tragedias. Concluyó que el Imperio español, que tanto amaba, era el imperio de las contradicciones insalvables dignas de una tragedia.

Volvió al puerto a remar en las galeras durante una semana antes de partir a Roma, aceptando una invitación del embajador de España, Juan de Stúñiga.

El primero de junio de 1575 llegó a la ciudad eterna. Era la primera vez que estaba allí. Su padre vivó en Roma cuando fue consejero del papa León Décimo. Paseó por las calles pensando en él. ¡Cuántos poetas por él admirados habían caminado por ellas! La ciudad eterna, la ciudad de las letras latinas, de los mártires de Cristo, del sepulcro de los santos. Tuvo la impresión de que los romanos le sonreían. Siguió a cierta distancia a una mujer de hermosa figura, vestida con telas suaves de colores llamativos a quien consideró el refinamiento mismo. Era la romana perfecta. La siguió por un callejón estrecho y salió a un mercado en que se vendía de todo. La romana se detuvo ante el puesto de un vendedor de telas. Ercilla hizo lo mismo. El hombre hablaba el italiano con un acento árabe o turco. Vestía una vistosa túnica amarilla. Extendió un paño de seda color vino para que ambos lo apreciaran. La joven lo miró y le sonrió. Alonso sintió que podría enamorarse allí mismo. Era Laura o Beatriz. Compró un corte de paño porque su valor era muy inferior al que alcanzaba la seda en Madrid y se despidió de ella con una venia.

Su amigo Stúñiga vivía cerca de la plaza de San Pedro. Desde su ventana se veía el Capitolio, el lugar donde Petrarca había sido coronado poeta en 1341. El que aseguraba no haberse dedicado al estudio de las letras por vanidad, sino con moderación, buscando en ellas un medio para ser bueno.

El embajador lo llevó a la Capilla Sixtina y le organizó un encuentro con el papa Gregorio Tercero, que en su juventud había sido amigo de su padre. El Sumo Pontífice pensó que Alonso no era el hijo, sino el nieto de Fortún de Ercilla. Al cerciorarse de que se trataba del hijo, lo abrazó y le contó que había buscado muchas veces a su padre para pedirle consejos. Habían coincidido en Pisa, cuando Fortún era profesor de Derecho Pontificio en la universidad.

—Fortún solo quería servir a su rey. Cuando supimos que Carlos Quinto lo había mandado a llamar, quisimos retenerlo, pero no fue posible.

El Papa lo interrogó sobre sus viajes, en especial sobre aquel que hizo al estrecho de Magallanes. Ercilla le explicó que no había quedado claro si habían llegado por tierra a ese estrecho. Gregorio Tercero no quiso entrar en detalles. Le dio su bendición.

María le escribió a Roma contándole que *La Araucana* había sido publicada en Amberes por la casa de Pedro Bellero y que había recibido una invitación de Rodolfo de Hungría a Praga, donde tendría lugar su coronación como rey de Bohemia. Por lo demás, todo iba bien en Madrid.

Se alegró muchísimo de esa invitación. Siguió a Siena, Florencia, Bolonia, Ferrara, Padua, Mantua, Cremona, Placencia, Milán y Pavia, ciudades que en parte había visitado en el felicísimo viaje del príncipe Felipe. En todas compró algo: de Siena se llevó una fuente de plata dorada, en Florencia compró vasos de oro y una versión de la *Divina Comedia* con empaste de cuero. En Bolonia pensó mucho en su padre. Visitó el Colegio de San Clemente, en el que estudiaron tantos eruditos españoles.

Se quedó algunos días en Venecia en la casa del embajador Guzmán de Silva. Vivía en Connaregio-Sista, junto al Canal Grande. Con él se enteró de detalles de la batalla de Lepanto. Todos hablaban de Juan de Austria en esa ciudad, el hijo de Carlos Quinto y una dama de Ratisbona.

En Pavia compró seis tazas de plata dorada y tres azucareros del mismo metal, porque encontró que estaban a muy buen precio. En Milán compró seda negra y una carroza estilo vienés. De allí siguió a Trento, Múnich, Dresde y, por fin, Praga. Llegó con su carroza nueva y cuatro cofres que fue comprando y llenando en el camino.

Praga

Temió que Rodolfo hubiera cambiado, que la confianza que había entre ellos se hubiera desvanecido, pero no. No le costó nada volver a congeniar con él. Seguía siendo un joven honesto y había desarrollado aún más su espíritu curioso y heterodoxo. Le contó, en tono anecdótico, que al regresar de Madrid su padre se sintió decepcionado por su carácter.

Los encontró a él y a su hermano demasiado formales y distantes en el trato, lo cual atribuyó a la influencia española. Temió que eso podría molestar al pueblo austríaco, acostumbrado a un estilo más familiar, y que eso pudiera hacer peligrar su elección como emperador del sacro Imperio romano germánico. Era conocido el desprecio de los príncipes protestantes alemanes hacia todo lo español.

Rodolfo le mostró su colección de objetos en su cámara maravillosa. Era lo más novedoso que Ercilla había visto en su vida. Se sentía especialmente orgulloso de un ave azul embalsamada procedente de una misteriosa isla austral que solo se alimentaba del néctar de los árboles de especias. Se llamaba *Paradisea Rudolphi*. Una de las monedas que circulaban en Praga tenía acuñada la imagen de ese pájaro. Otras maravillas eran el esqueleto de un gigante, varios clavos de hierro del arca de Noé y una *Biblia del Diablo* que guardaba sellada en una vitrina. Fuera de eso, había una colección de piedras preciosas de todo el mundo porque Rodolfo creía en el magnetismo. Si durante millones de años las fuerzas telúricas se habían aprisionado allí, ¿por qué no iban a poder compartir esa fuerza interna con algunos elegidos?

Rodolfo le confesó que el Papa le había escrito una carta reprochándole esa colección maravillosa. Se lo dijo sin miedos, a modo de anécdota. Ercilla sentía como su mente se llenaba de ideas. De alguna manera, esa cámara iba a influir en la segunda parte de su poema.

El 22 de septiembre de 1575 asistió a la coronación del rey de Bohemia en la iglesia gótica de San Vito. Era uno de los pocos españoles entre los príncipes y nobles bohemios, polacos y alemanes, católicos y protestantes. Las fiestas duraron una semana.

El castillo de Praga era visitado periódicamente por hombres de toda Europa vinculados al arte y las ciencias. Ercilla participaba en conversaciones que en Madrid hubieran sido imposibles. Conversaciones que eran llevadas con una naturalidad exquisita. El confesor de Rodolfo, Johannes Pistorius, había sido luterano y calvinista antes de convertirse al catolicismo. Otro que participaba en las reuniones era Jacopo Strada. Vivía en el castillo y escribía una historia de los emperadores romanos desde Julio César hasta Maximiliano Segundo, a partir de las ilustraciones de las monedas que Rodolfo guardaba en su cámara maravillosa. Y llegaban también astrónomos, alquimistas, numerólogos, cabalistas, para discutir serenamente sobre temas que hubieran disgustado sobremanera a la Inquisición. A ratos se sentía como asistiendo a clases de ocultismo. El alquimista Guillermo de Rosenberg buscaba la piedra filosofal en el laboratorio del castillo. Ercilla lo visitó varias veces.

Rosenberg quería diseñar una piedra que tuviera el poder de la divina metamorfosis. Experimentaba con otros alquimistas que entraban y salían del castillo. Ercilla se les sumaba como observador. Se interesó por el magnetismo mineral, el *anima mundi* contenida en las piedras. Descubrir los poderes ocultos de la materia, y la relación entre la materia y el espíritu. ¿A quién no le interesaría algo así?

El alquimista le explicaba que no buscaba el oro por el oro. Lo importante era la metamorfosis de un metal simple en otro divino. Lograrlo significaría que también el alma humana podía evolucionar hacia niveles superiores de entendimiento.

—¿Acaso no es ese el sentido de la vida: evolucionar? —reflexionó Rosenberg.

—¿Acaso la poesía no busca algo parecido? —contestó Ercilla—. El laboratorio del poeta es la naturaleza humana.

Convinieron que ni para el químico ni para el poeta había nada sucio en la tierra.

El alquimista aspiraba a ser *sanctum regnum*, vale decir, a tener la ciencia y el poder de los magos. Para ello eran necesarias cuatro condiciones: una inteligencia iluminada, audacia, voluntad férrea y discreción. Ercilla le agradeció que compartiera sus conocimientos con él. Fue la razón por la que dilató su estadía en Praga. Cada sesión le daba nuevas ideas para su poema.

Rodolfo era visto en Praga como el Nuevo Hermes Trismegistos. No le molestaba. Al contrario. Todos sabían que tenía una Tabula Smaragdina encontrada en el sepulcro del dios Hermes. Rosenberg leía en ella la revelación de las verdades últimas, como aquella que decía que lo de arriba es igual que lo de abajo.

Los húngaros sabían que su rey se escribía con el médico y vidente francés Michele de Nostradamus. Algunos lo tildaban de falso médico, porque no había terminado sus estudios de Medicina, pero Rodolfo lo defendía. Fue el inventor de unas píldoras que contenían químicos naturales llamados *vitaminas*. Quienes las tomaban sobrevivían a la terrible peste negra. En la corte también se hablaba de Paracelso, cuyos libros estaban en la biblioteca del castillo. Y de Miguel Servet, un judío converso de Aragón cercano a Carlos Quinto que había sido quemado vivo en Ginebra. Muchos habían leído su libro *Sobre los errores acerca de la Trinidad*. Ercilla lo buscó en la biblioteca y lo abrió en una página escogida al azar. Leyó una frase que lo estremeció...

Ninguna autoridad puede impedirte pensar lo que quieras y decir lo que quieras...

Consultó, porque pensó que no habría otra oportunidad para hacerlo, el *Libro de las Profecías* de Nostradamus, en el que el vidente avizoró diez centurias del porvenir de la humanidad. Cada centuria dividida en un centenar de cuartetas o estrofas de cuatro versos bien rimados en latín. Dedicó varios días a leer las cuartetas herméticas con una mezcla entre curiosidad y escepticismo. Las predicciones llegaban hasta el año 3797, fecha del Apocalipsis y del fin de la raza humana.

—¿Será posible predecir el futuro? —se preguntó.

Decidió inventar un mago clarividente y ponerlo a vivir en la cueva que descubrió en Nahuelbuta y comenzó a escribir allí mismo las octavas. Lo llamó mago Fitón.

En las conversaciones en la corte nunca se renegaba de la doctrina católica. La magia era solo una arista más de sus vidas. Eso era lo que hacía tan agradable la plática. En ellas participaba también el artista italiano Giuseppe Archimboldo. Hablaba poco, pero cuando decía algo era de un fulgor electrizante. Sus cuadros eran como fuegos artificiales del estilo. Pintaba retratos humanos a partir de verduras y frutas escogidas con genialidad. Cuando Alonso lo visitó en su taller, Archimboldo quiso saber si creía en la magia. Él le respondió espontáneamente que sí y que estaba escribiendo un poema en el que había un mago a quien ya le tenía nombre: Fitón. El artista lo celebró.

—Phiton era el nombre primitivo del Oráculo de Delfos —comentó—. Buena elección. Vivimos para revelar algo. La obra que no revela algo no vale la pena. Lo que nos habla es el acontecimiento, lo insólito, lo extraordinario.

Archimboldo organizó una fiesta con temas mitológicos a modo de despedida del rey ante su pronta partida a la Dieta de Ausgburgo. Los nobles llegaron disfrazados de Ulises, Penélope, Telémaco, Dido, Afrodita, Zeus, Platón, Juvenal, Virgilio, Petrarca... Alonso se disfrazó de Eneas. Bailó toda la noche con una mujer disfrazada de Dido.

Se despidió de Praga con pena. Su plan era seguir desde Augsburgo a Madrid.

Augsburgo

Ya había estado en la ciudad fundada por los romanos quince años antes de Cristo acompañando a Felipe a la dieta de los príncipes alemanes en julio de 1550. Vale decir, fue dieciséis años antes. Esta vez faltaron muchos príncipes, porque había peligro de peste. De España asistieron el conde de Monteagudo y el marqués de Almazán. Era la primera vez que Rodolfo Segundo de Hungría y Bohemia abría esa reunión el 17 de mayo de 1576.

Alonso asistió de oyente a algunas sesiones en la sala principal del Rathaus o ayuntamiento. Los príncipes alemanes se quejaban de la intransigencia religiosa del Papa y apoyaban la política tolerante de Maximiliano y su hijo Rodolfo. El emperador había envejecido. Se veía cansado. Hablaba lentamente cuando le tocaba usar la palabra. Su muerte repentina, el 12 de octubre de 1576, no fue tan inesperada. Eso significó un cambio de planes para Ercilla. Quince días más tarde Rodolfo fue elegido nuevo emperador del sacro Imperio romano germánico. Después de la coronación regresó de inmediato a Praga con los restos de su padre y con Ercilla en su séquito porque se lo pidió expresamente.

La ceremonia del entierro en la iglesia de San Vito fue apoteósica. En el cortejo participaron varios cientos de personas de todas las capas sociales. Llegaron representantes de todos los territorios bajo la soberanía de los Augsburgo. Los pobres recibieron una donación real para que se compraran ropa negra. Nunca se había visto algo así en el Reino checo.

Las semanas siguientes, Rodolfo entró en un estado de melancolía. Su madre, que estaba tan triste como él, trataba de rodearlo de católicos. Pero Rodolfo no aceptaba sus intromisiones. La relación entre ellos se había enfriado. Todos sabían que al nuevo emperador no le gustaban las obligaciones del gobierno. Se sentía más artista y esteta que hombre de estado. Pasaba horas contemplando el cuadro *Autorretrato en espejo negro* del italiano Parmigianino. Las audiencias, las actas y las negociaciones lo abrumaban. Su médico Johannes Crato y el alquimista Rosenberg coincidían en que el emperador sufría de *tristitia*. Rosenberg le preparaba un brebaje energizante de hierbas y polvo de la piedra de la divina metamorfosis que no siempre surtía efecto.

Ercilla a veces paseaba con él por los jardines del castillo. Los lacayos y ballesteros de la guardia de corps, todos saludables y llenos de energía, escondían los naipes cuando lo veían venir. Rodolfo le contaba sus planes. Reservó una parte de los jardines para tener animales salvajes, que había encargado a África. Le explicaba que en el castillo de Praga podía estar rodeado de gente o maravillosamente solo. Era la razón porque prefería Praga a Viena.

No fue fácil despedirse de esa atmósfera, pero su esposa lo esperaba. Antes de emprender el regreso, volvió al barrio judío bajo el puente de piedra. Entró en la tienda que había visitado en su primera estadía y compró camisas de seda para María y para él. En la callecita del Enebro ya no estaba el mendigo que quiso leerle el futuro.

El día de su partida, María de Austria le encargó cartas y regalos para sus tres hijos que vivían en la corte de Felipe, entre ellos la reina Ana. En el castillo se rumoreaba que sus días en Praga estaban contados. La viuda de Maximiliano mostraba más nostalgia que nunca por su tierra española.

Madrid

Entró a la ciudad en carroza el 8 de junio de 1577, después de dos años y dos meses de ausencia. Se alegró de volver a casa. Encontró todo en orden. María había contratado a dos sirvientes nuevos. Las cuentas estaban al día. No había deudores morosos. Su esposa había llevado los cuadernos y la casa a la perfección. Constató que ella, en el fondo, no lo necesitaba. Se arrodilló y le pidió disculpas por haberse ausentado durante tanto tiempo.

Lo esperaba con un regalo: un escritorio de ébano forrado en terciopelo negro. Se sentó ante el mueble y estudió las repisas en la pared. Casi no quedaban ejemplares de su libro. En otra pared guardaba sus armas: dos espadas, una de combate y otra de corte, más una daga y un arcabuz. Agregó dos pistoletes que compró en Italia.

María entregó los artículos de lujo que llevó su marido a los comerciantes de siempre, entre ellos, a García de Alvarado, nieto y heredero del mariscal Alonso de Alvarado, un hombre que se había hecho rico en el Perú. La carroza estilo vienés la vendieron con mucha ganancia a Alonso de Cárdenas, conde de Puebla.

Como siempre, lo esperaba un alto de cartas. Entre ellas había pagarés de las imprentas que publicaron su poema: uno de Amberes, otro de Salamanca y otro de Zaragoza. Un lector de Madrid quería conocerlo personalmente antes de partir a las Indias. Una admiradora le enviaba sonetos inspirados en los amores de Lautaro y Guacolda. Un estudiante de Salamanca lo comparaba con Camoes. Alonso de Góngora Marmolejo le envió un ejemplar de su crónica *Historia de todas las cosas que han acaecido en el Reino de Chile y de los que lo han gobernado*. En la carta adjunta le contaba que estaba gravemente enfermo y que no quería morirse sin hacerle llegar ese texto. Se emocionó al verse mencionado en la dedicatoria a Juan de Ovando, presidente del Consejo de Indias. Se la mostró a su esposa:

> *Aunque don Alonso de Ercilla, caballero que en estos reinos estuvo en la campaña de don García Hurtado de Mendoza, escribió algunas cosas acaecidas en su* La Araucana, *intitulando su obra el nombre de la provincia de Arauco y por ser tan copiosa cuanto fuera necesario... aunque con buen estilo, quise tomarlo desde el principio hasta el día de hoy...*

La leyó con curiosidad. La descripción de García Hurtado de Mendoza le gustó: gobernador altivo y soberbio que mostró crueldad y rigor excesivo con los indígenas. Injusto con quienes no habían llegado con él a Chile y muy generoso con sus propias costumbres. Su visión de los indígenas, en cambio, la consideró pobre y más cercana a Ginés de Sepúlveda que a Vitoria o Las Casas. No llamaba a la comprensión, ni abría camino de entendimiento entre cristianos y gentiles.

Todo lo apuraba a escribir la prometida continuación de *La Araucana*. Pronto iban a caducar los derechos de autor concedidos por el rey por diez años. Con la nueva publicación estos se renovarían automáticamente por otra década. Urgía poner nuevamente manos a la obra.

Visitó a su hijo, que ya tenía ocho años. No se había ocupado de su educación. Buscó un profesor que le enseñara a leer y escribir en su casa por las mañanas y se lo llevó a vivir con él.

En julio de 1577 lo visitó Vicente Espinel. Nadie lo entretenía más que él. Era el alma española más libre que conocía. Había intentado hacer carrera militar en Valladolid, pero se dio cuenta de que no era lo suyo. Después fue escudero del conde de Lemos, pero tampoco se sintió bien en ese rol. Comentaron las noticias candentes en Madrid. El rey había enviado a Juan de Austria a los Países Bajos como gobernador general con la misión de conseguir la paz. El vencedor de Lepanto veía a Inglaterra detrás de todo. Mientras la reina Isabel apoyara a los protestantes flamencos, los disturbios no iban a terminar. España debía invadir Inglaterra. Juan quería que su hermano Felipe lo apoyara en su plan de liberar a María Estuardo del encierro al que la había condenado Isabel para casarse con ella y transformarse en el rey de Inglaterra. Era la solución a todos los problemas. Inglaterra volvería a ser católica y dejaría de enviar piratas al Caribe a apoderarse del tesoro de las Indias. Los amigos se preguntaban si Felipe estaría dispuesto a apoyar esos planes. Pensaban que no lo haría. Espinel opinó que el rey Felipe jamás se dejaría eclipsar por su hermanastro.

Alonso le contó sus experiencias en la corte de Rodolfo y le leyó los versos en que describía al mago Fitón. Los avances encantaron a su amigo. Quiso saber de qué se iba a tratar esa segunda parte. La mente de Ercilla ordenó los temas con rapidez. Ahora solo faltaba escribirlos.

En agosto, en un día de mucho calor, volvió a despedirse de María para partir al monasterio de Uclés. Todos los nuevos caballeros de Santiago debían pasar un tiempo de adiestramiento en ese monasterio surgido en tiempos de la Reconquista. Llevó consigo sus apuntes. Era la oportunidad de concentrarse por fin en la segunda parte de *La Araucana*.

Es el ambiente que necesitas. Nadie va a perturbar tu tranquilidad en esa habitación con vistas al campo de Castilla. Durante tus paseos por las galerías del monasterio, o en el silencio de las noches, recuerdas que otro soldado poeta durmió allí su último sueño: Jorge Manrique. De rodillas en la iglesia ensayas momentos de introspección. De paje pasaste a ser gentilhombre, luego soldado, poeta y ahora caballero. Agradeces. Podrías haber muerto tantas veces, piensas, pero estás allí con tus cuarenta y cuatro años. Visitas la tumba de Jorge Manrique. En su lápida lees:

> *Ved de cuán poco valor /son las cosas tras que andamos /y corremos; /que en este mundo traidor /aún primero que muramos / las perdemos.*

Los monjes saben quién eres y en qué andas. Te han asignado una celda especial, grande y cómoda. Te saludan desde lejos con amabilidad.

Relees *Os Luciadas* de Luís de Camoes. En la segunda parte de tu poema buscas ampliar el marco de referencia y exaltar el Imperio español como hizo Camoes con el pueblo portugués y Virgilio con los romanos. A casi diez años de tu primera entrega, te ves sentado de nuevo escribiendo.

Mucho ha cambiado en tu vida desde entonces. La fama te ha traído una esposa, una posición social segura, una casa bien armada y, lo más importante, el reconocimiento de tus contemporáneos.

Relees la primera parte de tu poema y corriges algunos versos. Ha vuelto el ímpetu y la fuerza creadora. Tus pensamientos vienen nuevamente cargados de poesía. La habías terminado en alta mar, en plena tormenta, y allí mismo retomas la narración. La tempestad se presenta *como en el caos y confusión primera*. Tus compañeros y tú se ven en el trance de la muerte, algunos se confiesan a viva voz y piden el perdón de sus pecados. La pluma corre con más oficio y más tranquilidad que antes. Tus versos salen más maduros. Ese inicio se lee como un meta texto que recuerda momentos de *La Odisea* y *La Eneida*...

> *Ni la nave de Ulises, ni la armada /que de Troya escapó el último día /vieron con tal furor el viento airado /ni el removido mar tan levantado... /La espantosa imagen de la muerte /se le imprimió en el rostro a cada uno... /el gobierno dejan a los hados /corriendo acá y allá desatinados.*

¡Qué imágenes!

Dios interviene por ustedes, como Palas Atenas en *La Odisea*, y los marinos se salvan. Llegan a la isla Quiriquina. De lo que cuentas aquí has sido testigo y observador atento. La mano quemada tiene todo su derecho a escribir sobre la naturaleza del fuego. Los recuerdos vienen con las sensaciones de entonces: miedo, curiosidad, ansiedad, incertidumbre. Te sientes eco de ideas y pasiones. Hablas por tus compañeros y por los enemigos. Los habitantes de la isla Quiriquina son gente *esforzada, robusta y belicosa*. Pero frente a lo sufrido en alta mar, representan un peligro mucho menor. Las vivencias que en su momento te causaron angustia o miedo, ahora te deleitan. Lees tus primeras descripciones de los indígenas en hojas amarillentas...

> *Gente es sin dios ni ley, aunque respeta /aquel que fue del cielo derribado /que como a poderoso y gran profeta /es siempre en sus cantares celebrado.*

De la isla saltas al interior de Arauco, donde Ongolmo está reunido con dieciséis caciques en consultas de guerra, porque se han enterado de la llegada de los refuerzos españoles. Con ellos están: Rengo, Caupolicán, Peteguelén, Tucapel, Orompello, Colo-Colo, Purén, Lincoya, Talcahuano, Lemo Lemo, Elicura, Millalauco. También en esta reunión hay disentimiento y esta vez es el viejo Colo-Colo quien llama a aunar fuerzas para destruir al enemigo y no pelear entre ellos porque *la fortuna titubea /y comienza a turbarse nuestro cielo...* Sus consejos de unión ante el peligro enemigo y su aviso de las malas señales son notables. En su discurso aconseja:

> *No romper la hermandad con torpes modos /que miembros de un cuerpo somos todos.*

Millalauco se pone en camino hacia la isla Quiriquina y se presenta ante García. Tú estás allí, atentísimo...

> *pues siempre por señales y razones /se suelen descubrir las intenciones... /No hay plática tan doble y cautelosa /que della no se infiera alguna cosa...*

Es importante y necesario, escribes, tener conocimiento del arte y condición del adversario. Millarauco es un espía de Caupolicán, no obstante, miente con que viene a aceptar la paz.

Mientras tú y tus compañeros construyen el fuerte de Penco, Caupolicán está en Talcahuano tramando el asalto que darán a los españoles. Aquí apareces tú por primera vez en la narración...

Aquella noche, yo mal sosegado, /reposar un momento no podía, /o ya fuese el peligro o ya el cuidado, /que de escribir entonces yo tenía...

Esa noche, dices, estabas inspirado, queriendo descargar con la pluma la memoria, cuando por una cortadura se te cayó la pluma de la mano. El dolor era fuerte. Cuando cedió un poco, te dormiste y, entonces, en el sueño, apareció ella: *la robusta y áspera Belona*, la diosa romana que guiaba a los hombres en la guerra. Te lleva a presenciar la batalla de San Quintín, que tenía lugar ese mismo día en el confín entre Francia y Flandes.

Tú eres el poeta.

Te tomas las mismas libertades que se tomó Homero cuando hace que Patroclo se aparezca en los sueños a Aquiles. Belona te anuncia que Carlos ha abdicado a favor de su hijo y te hace presenciar la batalla en la que el rey Felipe se transformará en el líder de la cristiandad. El arte de la adivinación no te es ajeno desde que leíste el *Libro de las Profecías* de Nostradamus en Praga. Si el vidente francés avizoró diez centurias del porvenir de la humanidad, ¿porque no vas a poder ver tú en sueños lo que ocurre en Europa mientras duermes en el fuerte de Penco? El canto dieciocho lo dedicas a esa batalla con la voz medrosa... *indigna de contar tan grande cosa*. Y allí, en medio de la visión, aparece otra vez la diosa y te adelanta el futuro. Te habla de batallas que España perderá y de los asedios de Solimán, el otomano. Y que en Flandes los estados...

> *turbarán el sociego inficcionados /de perversos errores y herejías... /trayendo a estado y condición las cosas /que durarán gran término dudosas.*

Ves el levantamiento de los moriscos en Granada, que será sofocado por Juan de Austria y el matrimonio entre Felipe y Ana. Y no dejas de mencionar a tu amigo Rodolfo, porque la diosa te anuncia...

> *Vendrán a España a la sazón de Hungría /dos príncipes de alteza soberana, /hijos de César Máximo y María. /El mayor es Rodolfo, el otro Ernesto /que a la fama darán materia presto.*

Belona te invita, si quieres enterarte de la guerra de la Liga Santa contra los otomanos, a visitar al mago Fitón y te da señales de cómo reconocerlo. Te alienta a escribir sobre otras cosas, no solo de la guerra... *vuelve los ojos, mira la belleza /de las damas de España* y tú lo haces. Ves un campo fértil cercado de árboles y plantas y, en él, damas con sus cabellos adornados con guirnaldas. Entre ellas distingues a una... *que vi a sus pies rendida mi fortuna*. Es María Bazán. Dejas la pluma, medianamente satisfecho. Has logrado esbozar parte de tus vivencias desde la publicación de la primera parte de tu *La Araucana*. Ahora ellas también son parte de tu obra.

Tú eres el poeta.

Un monje te lleva la cena. Le agradeces. Después de comer das un paseo por el monasterio. Esta pausa del mundo te hace bien. Es solo una pausa, porque el mundo te gusta más que nunca. Por la mañana te sumas a los ejercicios espirituales de los monjes a modo de agradecimiento. Luego continúas. Comienza el asalto de Penco. Te avocas nuevamente a tus héroes indígenas. Tucapel viene vestido con una malla española...

Quisiera tener lengua y voz bastante /para poder en suma ir relatando /el singular esfuerzo y valentía /que el bravo Tucapel mostró aquel día.

Son los momentos en los que reconoces la dignidad del adversario, momentos en los que te igualas a los poetas griegos. Tus imitadores podrán copiar todo de ti, menos tu actitud ética, aquella que otorga la verdadera grandeza a tu poema. El carácter ético es privado y personal, inimitable.

Tú eres el humanista.

La batalla es tan cruenta que...

de sangre caliente y espumosa /tantos arroyos en el foso entraban /que los cuerpos en ella ya nadaban.

Tus apuntes te recuerdan lo que sentiste en ese momento. ¿Qué estoy haciendo aquí? Yo que podría estar ahora cortejando a una bella dama en España...

¿Quién me metió entre abrojos y por cuestas? /pudiendo ir por jardines y florestas...

Se te viene a la mente la mujer indígena que buscaba a alguien en las inmediaciones del fuerte...

Yo soy Tegualda, hija desdichada /del cacique Broncol desventurado.

En esta segunda parte también debe haber una heroína. En tu poema hablas con ella. Tegualda te pide autorización para dar sepultura al cuerpo de su amado Crepino y tú asientes y quieres ayudarla. Escuchas la historia de cómo lo conoció en unos juegos similares a las competencias griegas o romanas. Después de haber rechazado a muchos pretendientes, lo eligió a él. Se habían casado hacía un mes cuando desapareció. Ahora busca su cuerpo. Con ella introduces un momento de ternura en la narración que recuerda nuevamente a Ariosto. Con tu ayuda lo encuentra *helado /de una redonda bala atravesado.* Los yanaconas la ayudan a portar el cadáver y tú la acompañas hasta una sierra.

Del episodio de Tegualda vuelves al escenario de la guerra. Tú eres el poeta.

Los bandos se preparan. Caupolicán pasa revista a los suyos y García da comienzo a la marcha hacia el sur. Vuelves a alabar el orden del ejército indígena.

Jamás los alemanes combatieron /así de firme a firme y frente a frente.

Reaparece Rengo rabioso con su maza alzada y anuncia... *en esa vuestra carne y sangre odiosa /pienso hartar mi hambre y sed rabiosa.* Cuando algunos yanaconas y soldados españoles lo atacan, se defiende sumido en el lodo y sobrevive *bruto, sangriento y enlodado.*

Luego aparece Galvarino —otro nombre italiano—, un prisionero de guerra a quien tus compañeros le cortan la mano derecha a manera de escarmiento. Él pone la izquierda, como en la Biblia.

Solo tú sabes de dónde lo sacaste.

Tú eres el poeta.

Pones en su boca la visión lascasiana de la conquista:

la ocasión que aquí los ha traído... /es el oro goloso... /y es un color, es una apariencia vana /querer mostrar que el principal intento /fue extender la religión cristiana... /pues los vemos que son más que otras gentes /adúlteros, ladrones, insolentes...

Galvarino se reúne con Caupolicán y lo alienta a buscar venganza y a no creer a los españoles. ¿Muestras aquí tu escepticismo? Cortar manos, dedos, narices, orejas y luego dejar ir a los nativos para que los otros los vean y se asusten era un método usual de amedrentamiento que condenas. Galvarino vendrá después a atacarlos con más bríos que nunca.

Relatas el momento en que te alejas de tu compañía y ves por primera vez un poblado indígena *donde la miserable y triste gente /vivía por su pobreza en paz segura.* Sigues caminando y te encuentras con un indígena flaco y tan anciano *que apenas con los pies se sustentaba.* Lo sigues como Eneas siguió a las palomas de su madre Venus que lo llevaron hasta la rama de oro. Te encuentras con una vivienda oscura. Allí reside, solo y alejado del mundo, Guaticolo, que en sus robustos años fue guerrero, antecesor de Colo-Colo. El misterio continúa. Debajo de una peña cubierta de ramas está la entrada a una gran bóveda en cuyo centro arde una luz. Es la morada del mago Fitón...

a quien es dado /penetrar de los cielos los secretos... /y el orden
natural turba y altera /alcanzando las cosas venideras.

En las paredes de la bóveda hay piedras, ungüentos y otras sustancias de virtud mágica. La cámara maravillosa del castillo de Praga aparece aquí en todo su esplendor. El mago te lleva de la mano a otro aposento y de allí a una cámara con columnas de oro, piedras preciosas y esculturas que parece que hablaran. En el centro hay una esfera de vidrio que se sostiene sola en el aire. Fitón te explica que es... *del gran mundo el término abreviado.* Hacerla le ha costado cuarenta años de estudio.

Y comienza tu visión del futuro guiada por este mago, que podría ser una mezcla entre Michele de Nostradamus y Guillermo de Rosenberg.

Llegué el rostro a la bola transparente /donde vi dentro un mundo fabricado /tan grande como el nuestro y tan patente /como un redondo espejo revelado...

Ves la batalla de Lepanto...

del hado el curso próspero sigamos... /que quiere Dios que quebrantemos /el orgullo y furor mahometano.

Tu presencia en la guerra se vuelve más esquiva por estas digresiones fabulosas. Parece que huyeras de ella y de una violencia que consideras injusta, ilegítima, excesiva y vergonzosa. En esta segunda parte te diriges en forma menos explícita a tu señor Felipe. No te frenas al contar que las armas españolas cometen crímenes que cierran el camino a la paz. La fama te da permiso para ser sincero.

Tú eres el poeta humanista.

Evitas mencionar a García Hurtado de Mendoza. Relatas la batalla de Millarapue sin nombrarlo. Recuerdas tus conflictos de conciencia después de aquel enfrentamiento. Relees los versos comenzados en Arauco y los corriges de tal manera que expresen en forma exacta tus sentimientos ese día...

> *Así el entendimiento y pluma mía, /aunque usada al destrozo de la guerra, /huye del grande estrago que este día /hubo en los defensores de su tierra; /la sangre que en arroyos ya corría /por las abiertas grietas de la sierra, /las lástimas, las voces y gemidos /de los míseros bárbaros vencidos.*

Vuelves a sentir escalofríos. El suplicio de Galvarino habla por todos los suplicios que sufrieron los vencidos. Lo haces reaparecer en esa batalla. Está entre los doce elegidos para ser colgados y exhibidos a modo de escarmiento. Sus últimas palabras son:

> *muertos podremos ser, mas no vencidos /ni los ánimos libres oprimidos.*

La gesta heroica que celebraste en la primera parte de tu poema se troca en sentimiento de repudio y desengaño de la guerra. Esos no son los principios ni valores cristianos que sustentan el Imperio español. En vez de exaltar las hazañas de la conquista y la salvación de las almas de los gentiles, como hacía Ginés de Sepúlveda en la Controversia de Valladolid, destacas la crueldad y la miseria humana. Los indígenas de Chile son nobles en la defensa de sus tierras y su libertad.

Tú eres el lascasiano.

Se ha hecho de noche. Sales a caminar para respirar aire fresco, como cada tarde. Has escrito toda la semana. Observas las estrellas y se te viene a la mente aquella noche que pensaste que sería la última. Te sientas en una banca junto al huerto para observarlas con mayor detención. Concluyes que la guerra de conquista fue el encuentro de la arrogancia con la desesperación. Nunca lo habías visto con esa claridad. Te roza una ola de misticismo. Agradeces estar vivo.

Al día siguiente cuentas la llegada de la tropa española al fuerte de Tucapel y haces otra disgregación. Un nuevo encuentro con Fitón. Prefieres contar esas cosas. Vuelves a la bóveda misteriosa y a la bola de cristal y ahora ves toda la geografía, los lugares importantes del pasado y del presente, los estados que tú mismo has recorrido. Ves el sitio pedregoso donde Felipe levantará El Escorial... *será edificio eterno y memorable.*

Te adelantas varios años a Google Maps.

Luego vuelves a tu presente. Acompañas a Miguel de Velasco y Avendaño a La Imperial en busca de bastimentos y, a tu regreso, cerca de la quebrada de Purén, tiene lugar otro de esos encuentros misteriosos. Esta vez con otra mujer indígena...

Mi nombre es Glaura, en fuerte hora nacida.

Suena como la Laura de Petrarca.

Tú eres el poeta.

Es la hija del cacique Quilicura. Te cuenta que ha sido acosada por un primo de su padre llamado Fresolano, que murió en un ataque de cristianos. En ese ataque murió también su padre. Su amado Cariolano se había transformado en su protector, pero ha desaparecido. Glaura te pregunta: *¿Dónde está mi Cariolano?* El nombre lo tomas de Plutarco.

El general romano Gayo Marcio Coriolano fue un enemigo de Roma. Cuando comienza la emboscada en la quebrada de Purén, Glaura reconoce a su amado en uno de los yanaconas que te sirve. Le otorgas la libertad y te dispones a salvar tu vida.

En el último canto los araucanos entran a un nuevo consejo. Tucapel y Rengo no logran ponerse de acuerdo. Se ensartan en una lucha como Áyax y Héctor en *La Iliada*. Aristóteles dice en su *Ars poética* que el poeta es creador de fábulas antes que de versos.

Ahí los dejas...

> *Quien el fin deste combate aguarda /me perdone si dejo destroncada /la historia en este punto porque creo /que así me esperará con gran deseo.*

Nuevamente ha sido una escritura regeneradora. Con el paso del tiempo se van aclarando los sentidos. Fuiste las Indias a buscar la aventura, el material poético vivo. Fue duro y muy diferente al resto de tu vida. Un paréntesis que casi te costó la vida, pero tuvo también su lado dulce y tierno.

Te preparas para regresar a Madrid. Te despides del prior del monasterio, un hombre mayor que ha dedicado su vida al estudio. Agradeces la hospitalidad. Prometes enviarle un ejemplar de tu poema.

Madrid

Lo esperaban novedades. Su hermano Juan de Ercilla estaba viviendo en parte en su casa y en parte en el Alcázar Real, porque había sido nombrado preceptor del príncipe Fernando, hijo mayor de Felipe y Ana de Austria.

Pocos días después de su llegada, lo visitó Sancho de la Cerda, hijo del duque de Medinacelli, un consejero del rey en asuntos bélicos, para pedirle ayuda en un asunto muy personal. Tenía una hija natural llamada María a la que amaba y cuya educación le preocupaba. María de la Cerda tenía la misma edad que su hijo Juan. Alonso pidió a su hermano que se ocupara de la educación de ambos y él aceptó. Acordaron que las clases tendrían lugar en la casa de Ercilla. Sancho de la Cerda le ofreció a cambio un puesto a Juan en la armada cuando cumpliera quince años. Ambos quedaron contentos con esta solución.

Arreglado ese asunto dio una última lectura a la segunda parte de su poema y pidió permiso para su publicación en enero de 1578. El Consejo Real entregó la obra para que la evaluara al licenciado Suárez de Luján, un letrado que gozaba de bastante reputación en Madrid. Su dictamen fue claro:

> *Una de las historias más bien compuestas de cuantas hasta ahora se han escrito en verso castellano. La obra es muy ingeniosa y el lenguaje muy propio...*

El primero en celebrar su nueva publicación fue el letrado guipuzcoano Esteban de Garibay, un hombre bastante formal y de ojos saltones que había publicado una historia general de España y estaba escribiendo genealogías de la nobleza. En varias ocasiones le había escrito pidiendo visitarlo y esta vez pudo ser, porque Ercilla no tenía ningún viaje planeado en el próximo tiempo. Lo acogió como amigo, aunque vio las diferencias. Le faltaba la modestia clásica y la honestidad cortesana. No había leído a Erasmo ni ningún libro prohibido, a excepción de algunas obras de Teresa de Ávila, a quien había visitado en Toledo. Garibay le hizo preguntas sobre su estadía en las Indias. Como muchos letrados, aspiraba a ser cronista del rey.

Otro día apareció en su casa Felipe de Mendoza. Fue una alegría enorme. Ercilla y su esposa lo recibieron con una cena de lujo. Tenía el pelo completamente blanco, lo cual lo hacía verse mayor de lo que era. Contó, con la misma sinceridad de siempre, que no había tenido una vida fácil. Se casó con una española llamada María de Espinoza que, por una enfermedad, estaba quedando ciega. Vivían en Santiago porque, como era de esperarse, no había logrado recuperar la encomienda que le quitó Francisco de Villagra. Le confesó que estaba tan pobre que no pudo pagar el pasaje de su esposa a España. En Chile nadie quería ayudarlo por ser pariente de García Hurtado de Mendoza. Pero el rey lo había recibido y valorado su participación en las campañas de Arauco. Le otorgó una renta única de ocho mil pesos. Estaba esperando recibir esa suma para regresar a Chile. Alonso le preguntó sobre Gil González, el fraile protector de los indígenas. Mendoza le contó que el canónigo de la catedral y vicario de Santiago, Antonio Molina, había interpuesto una querella contra él acusándolo de predicar herejías, pero fue absuelto después de un largo proceso. Para evitar más problemas, regresó a Lima. Era lo último que sabía de él. Ercilla elucubró que se habría retirado al convento de los dominicos de esa ciudad para que lo dejaran tranquilo.

Sobre García contó que estaba en Milán como embajador de España y que había obtenido del Papa una absolución de toda culpa por los pecados cometidos en las Indias. El prelado le había otorgado una dispensa especial que lo relevaba de toda responsabilidad en posibles crueldades cometidas con los naturales. Ercilla bebió un sorbo de vino y sentenció:

—Que el Papa lo perdone es una cosa, que la historia lo absuelva... otra muy diferente.

Ofreció a su visita regalarle un ejemplar de la segunda parte de su poema, en caso de que fuera publicada antes de su partida. Felipe sacó de la carpeta de cuero que portaba un soneto dedicado a Ercilla. Le explicó que lo había escrito después de leer la primera parte de *La Araucana* y se lo leyó en voz alta...

Con mis propios ojos vi que Marte airado
la venturosa diestra te guiaba.
Y que al oído de Apolo te inspiraba
por otra parte el verso delicado.

Ganaste dos coronas ¡gloria doble!
pereciendo y honrando a vencedores
y así, a pesar de envidia y de fortuna

por vencedor, de fuerte y verde roble
el valeroso Marte te dio una;
la otra el dulce Apolo de mil flores.

María lo aplaudió y agradeció el gesto. A continuación, Felipe entregó a Ercilla un sobre y le explicó que contenía un soneto escrito por su hermanastro García para él. Ercilla no se lo esperaba. Lo recibió sin abrirlo. Imaginó que su contenido sería un ejercicio de fina hipocresía. Cambió de tema. Pidió a su amigo que llevara a Chile trescientos pesos que debía a Pedro de Soto por un caballo que le había vendido en La Imperial y él aceptó hacerle ese favor. Recién cuando su amigo se marchó, abrió la carta de García. Porque la curiosidad pudo más que el asco. El soneto decía...

> *Divino don Alonso, al cual Apolo*
> *Sin luz con carga mano así reparte.*
> *Que entre el furor del bravo y crudo Marte*
> *A ti ilustró con claro rayo solo.*
> *(...).*
> *De Arauco la conquista dibujaste*
> *Con mano tan sutil y tantas flores...*
> *Pintaste la verdad (que siempre amaste)*
> *Con mil matices vivos y colores.*

El 4 de marzo de 1578 le llegó el permiso para publicar juntas la primera y la segunda parte de *La Araucana* con un privilegio de derechos por diez años en Castilla, Aragón y en las Indias. El libro salió de la imprenta a fines de agosto en un tamaño análogo al de la primera edición, pero en un papel de mejor calidad y con una tipografía más lujosa. Esta vez no tuvo que pagar la impresión. Eso corrió por cuenta del editor, que fue nuevamente Pierre Cossin, el mismo que publicó la primera parte. Hubo otra edición en Zaragoza que incluía dos quintillas de Diego Morillas Osorio. En ellas comparaba a Ercilla con Julio César, porque ambos escribían y luchaban al mismo tiempo.

El éxito fue aún más rotundo. El duque de Medinacelli lo visitó eufórico.

—Mi querido amigo, la creatividad humana alcanza en ciertos hombres su completa intensidad. Os movéis en vuestra obra como la Providencia en la suya.

Se refería a sus saltos en el espacio y el tiempo.

Vicente Espinel le escribió desde Sevilla, donde vivía en un lupanar con gitanos. Le envió la letra de una *Sátira contra las damas de Sevilla* y le dio como dirección la Hermandad de la Santa Caridad de esa ciudad, por si quería enviarle un ejemplar de su libro. No tenía efectivo para comprarlo. Ercilla se lo mandó de inmediato invitándolo a visitarlo. Pimentel se movía por el mundo con una extraña facilidad y despreocupación. En todas partes encontraba protectores. Por alguna razón misteriosa, nadie le decía que no. Era un pícaro ilustrado y talentoso.

Rodolfo Segundo, a quien le envió un ejemplar en cuanto salió de la imprenta, comentó que había disfrutado especialmente los pasajes de clarividencia en los que aparece el mago Fitón. Ercilla habría acertado con el *quid divinum* y mostrado las profundidades a las que podía llegar su imaginación. Le agradeció haberlo mencionado.

Antes de que terminara el año hubo una reimpresión de *La Araucana* con un soneto del duque de Medinacelli que terminaba así...

Deseo os la palma, pues habéis subido,
donde pocos al fin hasta hoy subieron
y os han Marte y las musas consagrado.

A fines de 1578 le llegó una carta desde Bermeo declarándolo hijo ilustre de la villa, con la promesa de acogerlo y protegerlo siempre que él lo necesitara. Se le hizo un nudo en la garganta. Esa tarde salió a tomar un vino a una taberna nueva que había abierto el duque de Medina-Sidonia a pasos de su casa.

Taberna de Puñoenrostro

De Madrid se decía que era una ciudad brava que tenía trescientas tabernas y una sola librería. Ercilla solo conocía unas pocas. No era asiduo a ellas. Pero desde que el duque de Medina-Sidonia había abierto una a un costado de la plaza en que él vivía, sintió ganas de ir a probar los vinos que allí se ofrecían. Eran vinos andaluces de los campos del duque. Él prefería los vinos manchegos, igual que Felipe Segundo, pero siempre estaba dispuesto a dar una oportunidad a nuevos licores.

Se sentó en la barra contento. Las cosas le seguían saliendo bien. Observó a sus contemporáneos y le llamó la atención un hombre cincuentón que también bebía solo. Intuyó una afinidad que quiso constatar. Tomó su vaso y se le acercó. La conversación surgió como una chispa. Se fijó en una piedra negra que colgaba de su cuello. Sin que él le preguntara, le contó que servía contra el mal de ojo. Se presentó como Alonso de Carvajal. Cuando Ercilla le dijo su nombre, lo reconoció de inmediato. Había leído la primera parte de *La Araucana*. Los dos se estudiaron.

—¿Y sirve? —preguntó Ercilla, refiriéndose al talismán.

El hombre acarició la piedra.

—Por cierto. Lo traje de México. Es obsidiana.

—Imaginé que era de las Indias.

Le contó que había participado en la conquista de México y que en Guatemala vivía un cronista soldado llamado Bernal Díaz del Castillo que había escrito una historia de esa conquista. Ercilla se sorprendió ante esa noticia.

—Nunca he escuchado hablar de él ni he visto su libro en ninguna biblioteca o librería. Contadme más sobre él.

—A ver… Pasamos juntos a las Indias con Pedrarias de Ávila, él con veintiún años y yo con veinte. Estuvimos un tiempo en Cuba hasta que supimos que Cortés estaba buscando gente para ir a México. Peleamos juntos contra Moctezuma, Cuitláhuac y Cuauhtémoc en Tenochtitlán.

—Vaya. Es un placer conoceros.

—La crónica de Bernal Díaz es veraz, no como la historia que escribió Francisco López de Gómara, un panegirista a sueldo de Hernán Cortés y sus descendientes.

—Tampoco aprecio a ese historiador —confesó Ercilla—. No me gustan sus descripciones de los naturales. ¿Qué pensáis de ellos?

—Vi con mis propios ojos cómo sacrificaban seres humanos a su dios para que creciera bien el maíz. Buscaban a sus víctimas según la edad del grano. Ofrecían niños recién nacidos al sembrar...

—No me sigáis contando.

Carvajal terminó su vaso y cambió de tema.

—Hubo un momento en la batalla de Tenochtitlán en que los aztecas llegaron al lugar en que estaban nuestros cañones y podrían haber revertido la situación, pero en vez de hacerse de las armas, metieron la cabeza en la boca del cañón para ver dónde estaba el dios que los manipulaba.

—Me lo puedo imaginar. Tomad otro vino, yo lo invito.

—Con gusto.

—Pero contadme más sobre ese cronista. ¿Cómo se llamaba?

—Bernal Díaz del Castillo. Moctezuma le regaló la india más hermosa de la comarca, con la que tuvo varios hijos. Pero después, en Guatemala, se casó con una española hija de conquistador. No creáis que le sirvió de mucho. Vive allá pobre. Se está quedando ciego y sordo. El rey ha sido ingrato con él. ¿Cómo se ha portado con vos?

—Siempre podría ser mejor.

—Yo he regresado sin oro de las Indias. Cumplí con mi misión en la vida. No espero paga por eso. Vivo de unos olivos que heredé de mi padre. Nunca dejan de dar frutos.

—Las honras consisten, no en tenerlas, sino en solo arribar a merecerlas —comentó el poeta.

Su contertulio lo miró sonriente...

—Ercilla, el versificador. Nunca imaginé conoceros.

—A vuestras órdenes.

—¿Qué se siente ser famoso?

—Todo es perecedero. También la fama —aseguró—, recordando unos versos de Jorge Manrique.

Misión diplomática

Volvió a la taberna con Vicente Espinel el día que su amigo pasó por Madrid. Las sevillanas no correspondieron sus sentimientos, pero le inspiraron canciones y poemas. Le dejó un manuscrito titulado *Diversas poesías de estilo moral y otras cosas*. Ercilla prometió leer los poemas y darle su opinión en el próximo encuentro. Espinel seguía al día siguiente a Italia, donde esperaba encontrar más impulsos creativos. Fue una visita relámpago.

Tuvo que aplazar la lectura de los versos de su amigo porque Felipe Segundo lo mandó a buscar para asignarle una misión, según dijo, muy delicada...

Por la satisfacción que tengo de vos y por vuestra cordura.

Le pidió que saliera de inmediato rumbo a Barcelona a reunirse con el duque de Brunswick y su esposa Dorotea para darle sus cartas de bienvenida a España. Los duques le habían escrito desde Barcelona el 14 de octubre de 1578, por lo que podían encontrarse en esa ciudad o en Zaragoza.

Ya había enviado un mensaje al conde de Sástago, su capitán general de Aragón, para que se encargara de ellos cuando llegaran a esa ciudad. Junto con entregarle las cartas, Ercilla debía procurar que los duques no viajaran a Madrid, porque él no tenía tiempo para recibirlos. En esto último consistía su misión: debía dilatar lo máximo posible la llegada de los Brunswick a la corte, sin que ellos se dieran cuenta y sin que lo tomasen a mal.

Se puso en camino de inmediato. Galopó sin parar día y noche. Quería hacer el trayecto en dos jornadas, pero por la mala calidad de los caballos o por la falta de ellos en las postas, demoró tres en llegar a la casa del conde de Sástago en Zaragoza. Aprobó el aposento que este había preparado para los duques, adornado con tapicerías y camas a la altura de la visita. Sástago le informó que Brunswick se hallaba ya en Fuentes, a seis leguas de distancia, y que al día siguiente haría su entrada a la ciudad.

Partió temprano a su encuentro en Fuentes para entregarle las cartas de bienvenida. Lo había conocido en el felicísimo viaje del príncipe Felipe. Entonces era muy joven para darse cuenta de que la inteligencia del noble era menos que mediana. Confesó que estaba preocupado, porque había prometido a dos personas que se alojarían en su residencia en Zaragoza: al conde de Sástago y al encargado de la justicia de la capital de Aragón. Temía que ambos hubieran hecho preparativos con sus consabidos gastos. El malentendido, aseguró, se debía a su poca pericia en la lengua de Castilla. Pidió la asesoría de Ercilla para no desairar a ninguno. Él le aconsejó que explicara al encargado de la justicia que se iría a un aposento mandado a preparar por el rey. Esto equivalía a decirle que se hospedaría en el palacio de Sástago. Convinieron que Ercilla organizaría los caballos necesarios para que siguieran el viaje a Zaragoza. Como lo vio tan dispuesto a ayudarlo, le pidió que le consiguiera el dinero que le faltaba para pagar los caballos. Ercilla mandó a Madrid a un mensajero con una nota para el tesorero del rey, Gabriel de Zayas, retrasando así una semana la partida.

El duque y su esposa se sentían incómodos por el inesperado cambio de criados que habían tenido que hacer en Trento. Los sirvientes que llevaron desde Alemania se habían quedado en esa ciudad por un repentino miedo a la Inquisición española. Los italianos que los acompañaban fueron contratados a la rápida, sin pensar en la valla del idioma. Los consideraban insolentes. Ya habían despedido a uno en Barcelona. Ercilla ofreció servir de traductor. Pasó tres días traduciendo cosas, de las cuales no tenía ganas de enterarse, del alemán al italiano y del alemán al castellano y explicando a los duques la idiosincrasia de su país. Por ejemplo, que su guardia personal de veinticinco arcabuceros sería mal vista en Castilla.

El 5 de noviembre arribaron a Zaragoza. Sástago, bien enterado de la trama, aseguró a Brunswick que el rey llegaría pronto a reunirse con él y su esposa.

Cuando Ercilla los visitó dos días después, los encontró indignados porque les habían contado que en Madrid no había el menor ruido sobre la salida del rey hacia Aragón. Tuvo que tranquilizarlos. Les explicó que el monarca tenía convocadas las cortes de Castilla, lo cual era cierto, y les aseguró que Felipe saldría a su encuentro en cuanto pudiera. El duque se enojó. Le reprochó que le hicieran perder el tiempo, siendo que él tenía cosas importantes que hacer en Madrid.

—Me excusaré por algunos días para ir a Madrid a dar cuentas de esto a Su Majestad —anunció Ercilla.

—No, por favor, no lo toméis a mal —pidió el duque—. No sé qué haríamos sin vuestra ayuda.

Lo mismo le pidió Sástago. No quería que lo dejara solo con esas visitas.

Se quedó, jugó a los naipes y narró historias sobre las Indias que Brunswick escuchaba entre bostezos. Nada parecía interesarle, excepto lo que tenía que ver consigo mismo. Pero a la duquesa sí le gustaban sus historias. Mejoró su alemán, porque Dorotea lo corregía y le indicaba las palabras que no recordaba o no sabía.

Al tercer día pudo por fin zafarse. En Madrid, el rey agradeció sus esfuerzos y le pidió que volviera a dilatar la llegada de los duques, ahora hasta enero de 1579. Ercilla prometió hacer todo lo posible, aunque le pareció un suplicio. ¡Recién estaban a mediados de noviembre! Se consoló pensando que había soportado cosas más terribles en su vida.

Se transformó en el traductor y relacionador personal de Brunswick. Informó a todos los nobles de Aragón de la presencia de los duques alemanes por si querían saludarlos o invitarlos. El virrey organizó un sarao y pidió a Ercilla que le explicara que debían acudir sin su guardia de arcabuceros. Otra vez tuvo que enfrentarse al mal genio del duque. Pateó sillas y mesas. Esa no era la forma de tratarlo. Ercilla postergó la discusión para después del almuerzo. Había aprendido con García que los temperamentos explosivos pueden ser muy destructivos durante el estallido y se tranquilizan después de unas horas. Efectivamente. Por la tarde Brunswick fue más conciliador. Accedió a enviar sus arcabuceros de regreso a Alemania a cambio de un pasaporte para entrar a Castilla sin ser revisado en la aduana. Ercilla escribió a Zayas nuevamente para que lo consultara con el rey.

Añoraba la tranquilidad y el silencio de su escritorio. El duque era un esclavo de su carácter y un ignorante de todo lo importante respecto de los seres humanos. Con o sin darse cuenta, ejercía un enojoso despotismo sobre los demás. La misión se había vuelto desgastadora.

Logró retenerlos en Zaragoza hasta el 17 de diciembre. Ese día salieron rumbo a Madrid acompañados de varios caballeros principales y perros para que fuesen cazando por el camino. El mismo Ercilla hizo de aposentero. Envió cartas a todos los nobles dueños de castillos entre Zaragoza y Madrid pidiendo, en nombre del rey, que se hicieran agasajos e invitaciones. Con eso la demora estaba asegurada.

En la primera jornada llegaron a Muel, a cuatro leguas de Zaragoza, donde Ercilla recibió los pasaportes para que no hubiera revisión de equipajes ni se pagaran derechos por entrar a Castilla. Les leyó en voz alta los documentos a los duques mientras cenaban. Brunswick se sintió halagado y contento.

La jornada siguió por Daroca, donde el obispo de Teruel les dijo misa en la iglesia de Santa María de los Santos Corporales de Daroca y les mostró unos corporales que se guardaban en la iglesia, unas reliquias cuya procedencia Ercilla no entendió. En las vísperas de Navidad entraron a Torrija. Allí esperaban ser recibidos por el duque del Infantado, pero este se disculpó. Esto causó una nueva explosión de mal genio de Brunswick. Alonso sugirió seguir hacia Alcalá. Allí arribaron el 26 por la noche. Los recibió Bartolomé de Santoyo. Por él Ercilla se enteró de que la razón del viaje del duque a Madrid era recibir algún cargo de Felipe y quedarse a vivir en Castilla.

El primero de enero pudo dar por cumplida la fastidiosa misión. Los dejó en el Alcázar y se retiró. Durante las semanas siguientes no se dejó ver por la corte. La experiencia lo hizo reflexionar sobre la vanagloria, la falsa grandeza y la falsa virtud. En Arauco no vio nada de eso... La nobleza es un invento de la civilización, concluyó. Adán no era noble.

Después de unas semanas, con más distancia, lo tomó con estoicismo. Hay que aceptar a los congéneres. No se pueden enderezar sus narices, ni avivar su ingenio, ni rectificar sus disposiciones. Decidió olvidarse del asunto.

Badajoz

Los adolescentes María de la Cerda y Juan de Ercilla se quedaron sin su profesor cuando este tuvo que partir a Badajoz en el séquito del rey.

Felipe Segundo viajó allí con toda su familia por las novedades que se presentaron en la Corona de Portugal. El rey Sebastián, hijo de su hermana Juana, desapareció sin dejar huella en la batalla de Alcazarquivir en agosto de 1578, en el marco de la conquista portuguesa de Marruecos. Como no tenía hijos ni herederos, el trono quedó en manos del cardenal de Lisboa, quien gobernó como Enrique Primero. Su muerte, en enero de 1580, dejó otra vez el trono vacío. Felipe reclamó sus derechos a esa corona por parte de su madre y de su hermana. Su madre Isabel de Portugal era la segunda hija del rey Manuel Primero. El Consejo de Regencia de Portugal le concedió el trono, pero se interpuso Antonio prior de Crato, otro nieto de Manuel Primero, hijo ilegítimo del infante Luis de Avis. Antonio contaba con el apoyo de Francia e Inglaterra. Ambas naciones querían evitar que España aumentara su influencia en Europa. Felipe llamó nuevamente al duque de Alba. Su antiguo hombre en Flandes ya tenía 72 años. No obstante, confiaba en él. Mientras Alba dirigía las tropas españolas, él se trasladó con su esposa, su hermana María, recién llegada de Viena, más hijos y sobrinos a Badajoz, en el límite entre España y Portugal, a esperar el momento apropiado para entrar triunfante a Lisboa a recibir la corona. En el numeroso séquito se encontraba también el preceptor de infantes Juan de Ercilla.

Felipe estaba contento de cumplir un sueño que ya tenían los reyes católicos. Si todo salía bien, España pasaría a controlar las valiosas rutas asiáticas y sobre su imperio no se pondría más el sol. No contaba con que la naturaleza le iba a enviar un enemigo invisible y altamente mortal; una epidemia de gripe.

Juan de Ercilla fue uno de los primeros en contagiarse. Alonso acudió en su ayuda en tanto recibió la noticia. Lo encontró grave. No solo luchaba contra la enfermedad, sino también contra una ola de calor que lo obligaba al encierro en una pieza oscura. Lo acompañó hasta su muerte el 26 de agosto de 1580. Después de sepultarlo en el convento de los franciscanos de Badajoz, se quedó con el séquito real, porque así se lo pidió el monarca. La atmósfera era tensa. Los reyes también se contagiaron. Muchos pensaron que había llegado la última hora de Felipe. Dictó su testamento. Su médico hizo lo posible por salvarlo. Lo purgó en luna llena y le aplicó ventosas de espalda y pecho. El rey sanó, pero su esposa Ana sucumbió a la gripe en octubre de 1580. Algunos dijeron que murió de pena al enterarse de las disposiciones testamentarias de su marido. No la dejaba a ella como heredera del trono, sino a una junta.

Un rey viudo hizo su entrada triunfal a Lisboa en marzo de 1581.

Lisboa

Entre quienes aplaudieron la entrada triunfal del nuevo monarca a Lisboa estaba un joven de treinta y cuatro años que se acercó a Ercilla porque le habían contado que él era el famoso autor de *La Araucana*.

—He leído vuestro poema épico. Son los mejores versos heroicos en lengua castellana. Pueden competir con los más famosos de Italia. Os felicito.

—Gracias. ¿Sois poeta?

—Lo intento. Trabajo y me desvelo por parecer que tengo de poeta la gracia que no pudo darme el cielo.

Ercilla se fijó en su mano tullida. Semejaba una garra.

Miguel de Cervantes, como se llamaba, la levantó y comentó:

—Menos mal que es la izquierda, porque con la derecha tomo la pluma.

Era un hombre delgado de mediana estatura, derrochante de optimismo. Después del carnaval y de los fuegos artificiales, Ercilla lo invitó a tomar un oporto en un bodegón junto al río Tajo. Caminando hacia allá, Cervantes le contó que *La Araucana* fue uno de los primeros textos que leyó a su regreso de Argel, donde pasó cinco años en cautiverio. Alabó la agilidad de su narración y el dominio absoluto de los tiempos. Ercilla escuchó agradecido.

—Las dos partes son muy buenas, pero la segunda me ha gustado más por la variedad de temas y porque habéis sabido dar vuestra propia visión de las Indias.

—Había gran necesidad de ello —apuntó Ercilla—. Los españoles tenemos que reflexionar sobre el papel que jugamos en nuestras posesiones en ultramar.

Cervantes se quedó pensativo.

—Desde Lisboa partiré a Sevilla a ver si me dejan pasar al Nuevo Mundo.

—Es una experiencia que vale la pena sufrir.

—¿Sufrir?

Ercilla asintió. Cervantes comentó:

—Siempre he pensado que las Indias son refugio de los desesperados de España.

—Por cierto.

Entraron a un bodegón. Ercilla pidió dos vasos de oporto. Luego comentó:

—La vida de la mayoría de los conquistadores es solitaria, breve y brutal.

—Así será. No obstante, espero que me dejen ir a probar suerte. Tengo que pagar la deuda de mi rescate.

El bodeguero hizo correr los vasos por la barra. Ercilla tomó el suyo y bebió la mitad del licor.

—Contadme sobre vuestro cautiverio. ¿Habéis pensado escribir sobre él?

Cervantes movió la cabeza afirmando y le contó que, en 1574, cuando regresaba de Nápoles a Barcelona, su galera fue atacada por un grupo de piratas berberiscos. Portaba dos cartas de recomendación para Felipe Segundo, una de ellas de Juan de Austria, por lo que sus captores pensaron que era una persona de importancia y pusieron un rescate demasiado alto. Su vida valía para ellos quinientos escudos de oro. Su familia se demoró cinco años en juntarlos. Estaba en deuda con ellos.

Ambos terminaron su vaso y pidieron otro oporto. Cervantes le preguntó si había leído a Erasmo. Los ojos del poeta soltaron una chispa.

—He leído de él todo lo que ha caído en mis manos. Visité la casa en que vivió en Rotterdam.

Los dos amigos comentaron lo que sabían de él. Que era hijo ilegítimo de un sacerdote y que quedó huérfano a temprana edad. Su verdadero nombre era Desiderio.

—Aunque de deseado no tenía nada —apuntó Cervantes—. Era un bastardo que nadie quería en su cercanía.

—Por cierto. Pero tenía una buena estrella —afirmó Ercilla—. Se formó como sacerdote en la Orden agustina con veinte años y se las arregló para no ayunar ni vestir sotana.

—Tuvo la suerte de que el obispo de Cambrai necesitara un secretario que dominara el latín para que lo acompañara a Roma.

—La suerte no existe. Todo está diseñado por Fortuna.

Cervantes asintió y agregó:

—Ese viaje no se efectuó, pero consiguió que lo enviaran a París a doctorarse en Teología.

Ercilla opinó con entusiasmo:

—Fue un libre pensador y un maestro espiritual que combatía el fanatismo religioso.

—A pesar de que la Inquisición incluyó sus libros en el índex, lo leían los reyes y letrados de toda Europa.

—Doy fe de ello —dijo Ercilla—. Mi madre fue dama de la emperatriz María de Austria. Ella lo leía y aplicaba sus teorías en la educación de sus hijos.

—Su gran enemiga fue la ignorancia —redondeó Cervantes.

Le contó que le gustaría escribir algo sobre la locura erasmiana, que para él no era otra cosa que el ingenio.

—Para ser ingenioso hay que desvincularse del mundo. ¿No le parece?

—Completamente de acuerdo. Necesitamos inventar personajes que sean como un espejo en el que podamos mirar nuestra necedad en todo su esplendor —redondeó Cervantes.

Los conflictos por la sucesión de la Corona de Portugal no terminaron con la entrada triunfal de Felipe Segundo a Lisboa, porque su contrincante Antonio prior de Crato no se dio por vencido. Se refugió en la isla Terceira de las Azores y desde allí siguió disputándole el trono. El rey envió a Álvaro de Bazán, el tío de María y comandante general de la armada. Ercilla regresó a Madrid a buscar a su hijo y se enroló con él. Juan había cumplido catorce años, edad en que los jóvenes podían entrar como pajes aprendices. Soñaba para él una carrera brillante en la armada española. El auditor Cristóbal Mosquera de Figueroa, un poeta y protegido de Álvaro Bazán, cronista de la expedición a las Azores, prometió ayudarlo. Era un hombre de barba crespa, labios pequeños y frente alta.

La flota española estaba formada por veintiocho barcos en los que iban unos cinco mil marinos. Ercilla y su hijo iban en el galeón San Martín, comandado por Bazán. Era un armatoste de mil doscientas toneladas difícil de maniobrar. Los barcos de los franceses, enviados por el rey Enrique III, hermano de Isabel de Valois, eran más ligeros. Igualmente los barcos ingleses. Ambas naciones veían las islas Azores como una buena plataforma para su piratería. No querían que los españoles se apoderaran de ellas. Los enfrentamientos tuvieron lugar entre el 22 y el 26 de julio de 1582 y fue otra victoria para los españoles. Significó la consagración de Felipe Segundo en el trono de Portugal. Cuando la armada española entró victoriosa por el río Tajo el 10 de septiembre, Ercilla y su hijo iban con ellos. Se propuso escribir sobre esa experiencia. Sabía que sería su última gran aventura bélica.

Su hijo se quedó en la armada y él se aprestó para regresar a Madrid. Pero antes compró joyas de oro, porque en Lisboa el metal tenía un precio menor que en Madrid. Para su esposa adquirió unos aros con diamantes y rubíes. Lisboa era el puerto al que arribaban los productos de la India y de China. Compró, además, una cama de brocado y damasco con flecos de oro que le sería enviada a Madrid en el transcurso del mes.

Visitó una librería cerca de la Torre de los Clérigos y constató que un impresor portugués inescrupuloso había publicado *La Araucana* sin su permiso y sin hacerlo participar de las ganancias. Dejó el asunto en las manos de juristas del rey y partió a Bobadilla a hacerse cargo de la herencia que le dejó su hermano; el mayorazgo que había formado su padre en esa comarca. Se trataba de unas tierras con sus casas, huertas y viñas. Allí arregló los documentos para que los beneficios fuesen entregados a la hermana que vivía en Nájera, su única hermana viva.

Plata y libros

En Madrid se encontró con la buena noticia de que por fin le habían llegado del Perú las remuneraciones que le debían. El factor real de Potosí le envió nueve barras de plata como pago de sus sueldos de gentilhombre de lanzas del virrey.

De inmediato compró a Rafaela Esquinas una casa en la calle de los Jardines, como se lo había prometido años antes. Era una casa sencilla a la que Ercilla hizo algunas mejoras: colocó rejas de hierro a una ventana, puso postigos a la puerta de calle y la blanqueó. Sintió que con eso había hecho alguna justicia con la madre de su hijo.

Junto con la plata le llegó una carta de Felipe de Mendoza en la que le contaba que en Chile todos leían y comentaban su poema. Los indígenas seguían alzados. Martín

Ruiz de Gamboa había asumido como gobernador. Ercilla recordó conversaciones con Gamboa en el campo de batalla. Las emociones se amontonaron. En algún momento tenía que escribir la tercera parte de su *Araucana*. Le faltaba contar la jornada en busca del estrecho de Magallanes y la afrenta de García. Al final de la carta, Mendoza le contaba que García había sido llamado a formar parte del grupo de asesores del Consejo de Indias.

Volvió la rabia. El hombre que en su juicio de residencia fue acusado de las peores prácticas en el Reino de Chile era tratado de esa manera. Eran las injusticias que ensombrecían el imperio.

Los derechos de autor de su poema le llegaban puntuales. Se dio el lujo de contratar un repostero italiano para que le preparara los dulces de ese país que tanto le gustaban. Entre tanto, eran diez los criados que los servían a él y a su esposa. Disfrutó los dulces con su amigo Vicente Espinel, que pasó a visitarlo con la frescura de siempre.

—He aquí un estudiante sin grados, un soldado sin batallas, un poeta sin libros y escudero sin señor.

—Bienvenido amigo.

Vestía, como siempre, una camisa y calzas sencillas y llevaba su guitarra al hombro. Se quedó una semana en su casa iluminándola. Ercilla lo invitó a permanecer más tiempo, pero él no pudo, o no quiso. El duque de Medina-Sidonia, que había sido nombrado gobernador en Milán, lo había mandado a llamar.

Otro asiduo a su casa era Ulrico Lederer, un alemán que conoció en la corte de Viena. Era su representante legal en los préstamos de dinero, el que estampaba su firma en los escritos en los que Ercilla no quería aparecer... A eso dedicó lo que quedó de las barras de plata. María decidía en quién confiar y llevaba los libros de cuentas. Prestaron a su vecino, el conde de Puñoenrostro, 400 maravedíes; al conde de Barajas, 50 mil; al marqués de Denia, 600 mil; al marqués de Astorga, 17.000; a los condes de la Coruña, 562.000; al marqués del Valle, 37.000; a Álvaro Bazán, 120 ducados de oro. En la lista de sus deudores había tres mujeres: Juana de Toledo, antigua dama de la emperatriz de Austria y amiga de su difunta hermana María Magdalena, que le debía 74 mil maravedíes. Leonor de Icis, que escribió para él un soneto publicado en varias ediciones de *La Araucana*, le debía 17 mil maravedíes, y María Aguilar le debía 400 reales. El poeta tenía deudores de todas las edades, profesiones y oficios. También prestaba a artesanos que en sus apuros recurrían a él. Y a los libreros Pedro de Corcuera, de Valladolid, y Juan de Montoya, de Madrid. Los préstamos a estos últimos consistían en libros que ellos pagarían a su autor en caso de su venta, lo que siempre ocurría.

Cuando no prestaba su plata potosina, leía para el Consejo Real. Desde el reinado de los reyes católicos no se podía imprimir ningún libro en España sin antes ser examinado por un letrado nombrado por este consejo.

La primera evaluación que le pidieron fue un gusto. Le tocó examinar las *Obras completas* de Garcilaso de la Vega con anotaciones de Hernando de Herrera. Volvió a disfrutar al poeta que tanto lo marcó en su juventud. Garcilaso decía mucho con pocas palabras. La ecuación ideal se le daba fácil. Escribió: *No es necesario que yo apruebe a Garcilaso, pues es de todos tan recibido y aprobado.*

Con el *Tesoro de varias poesías* de Pedro de Padilla fue benévolo. Los *Diálogos de fantástica filosofía* de Francisco Miranda Villafañe los encontró provechosos para todo género de gente. *Selva de aventuras* de Jerónimo de Contreras le aburrió, pero no pensó que esa fuera razón suficiente para desaprobar su publicación. La edición castellana de *Orlando furioso* de Ludovico Ariosto la aprobó con entusiasmo. Lamentó que Vásquez de Contreras hubiera borrado las partes más atrevidas para hacer la obra aceptable al lector español. *Cancionero* de López Maldonado lo entretuvo por su *gentil estilo y lenguaje*. No encontró en él *cosa lasciva ni mal sonante*. Tampoco encontró cosa mal sonante en *Caballero Asisio* de fray Gabriel de Mata.

A sus amigos los trataba especialmente bien. Sobre *Sonetos y canciones* de Duarte Díaz, en edición bilingüe portuguesa y castellana, dijo que habrá muchos que gusten de leerlos. Sobre *Diversas poesías de estilo moral y otras cosas* de Vicente Espinel comentó que eran los mejores versos líricos que había leído. En privado le pidió que acortara el título a *Diversas rimas* cuando lo visitó en 1583.

Espinel llegó otra vez con un caudal de anécdotas. Estuvo un tiempo en la Lombardía, donde se anotó en el ejército español como soldado y como músico. Pero antes de llegar a Italia tuvo un contratiempo. Fue apresado por piratas berberiscos y llevado a Argel. No le quiso contar quién pagó su rescate. Estaba en Milán cuando llegó la noticia de la muerte de la reina Ana. De inmediato escribió unos versos elegíacos en latín y en español para leerlos en una misa que se ofició en su honor en la catedral de Milán. Regaló a Ercilla una copia de esos versos.

Comentaron juntos el libro *Filosofía cortesana moralizada* de Fernández Navarrete y coincidieron en que era una mala imitación de *El Cortesano* de Castiglione. A pesar de no tener las cualidades del original, lo aprobaron.

Paralelamente, seguía vendiendo las mercancías que había comprado en Italia y Praga. Benito de Cisneros, sobrino del célebre cardenal, a quien conocía desde la niñez cuando ambos eran pajes del príncipe Felipe, le compró una alfombra turca en dos mil reales, más intereses. Le otorgó dieciocho meses de plazo para pagarlo.

Y todavía le quedaban los artículos de lujo que había comprado en Portugal. En enero de 1581 vendió a Enrique de Mendoza una cadena de oro en 79.000 maravedíes y a Luis de Córdoba y Aragón, hijo del duque de Cardona, nueve platillos de plata, tres candelabros, veintisiete botones de oro, una medalla del mismo metal y otros artículos de lujo en la suma de 367.000 maravedíes.

Diego Téllez Enríquez se quedó con la cama de brocado y damasco que había comprado en Lisboa pagando tres veces lo que le había costado a Ercilla.

Vicente Espinel comentó en una de sus visitas que la vivienda de Ercilla parecía una casa de empeño.

En 1583 le pidieron que examinara *La Austriada* de Juan Rufo, pero se excusó por la rivalidad que mediaba entre ambos.

El libro *Elegías de varones ilustrados de Indias* de Juan de Castellanos le pareció evidentemente inspirado en su poema. En Cartagena de Indias le hablaron de él. Sintió satisfacción por esa resonancia. Eran biografías de los hombres destacados en la conquista de Nueva Granada. Escribió que no había hallado cosa mal sonante ni contra las buenas costumbres y en lo que tocaba a la historia... *la tengo por*

verdadera por ver fielmente escritas muchas cosas y particulari-
dades que vi y entendí en aquella tierra el mal tiempo que pasé
y estuve en ella... son acontecimientos que hasta ahora no he
visto escritos por otro autor.

Uno de los pocos libros que desaprobó fue *Carlos vic-*
torioso de Jerónimo Jiménez Urrea, porque le pareció una
imitación de otro libro sobre Carlos Quinto escrito por Luis
Zapata. *El trato de Argel* de Miguel de Cervantes le pareció
atrevido. En su obra, el autor rogaba al monarca que desis-
tiera de la anexión de Portugal y dirigiera todas sus fuerzas
a liberar a los más de quince mil cautivos españoles que
penaban en el enclave berberisco de Argel.

A ratos, todavía con desgano, revisaba el cofre en que guardaba los papeles escritos en el Reino de Chile. Era hora de
comenzar la tercera parte de su poema, pero el empujón
aún no llegaba. No le sirvió convertir el despacho en el lugar más lujoso de su casa. En 1583 remató en pública su-
basta de los bienes del duque de Alba un escritorio de plata
en el que estaba cincelada la historia de Orfeo. Lo compró
en 5.700 reales por pura nostalgia. El duque había muerto
en Tomar, cerca de Lisboa, un año antes. Se lo mostró con
orgullo a su amigo Vicente Espinel, cuando lo visitó, como
siempre, de sorpresa.

El Escorial, Nájera y Viena

A comienzos de 1585, Ercilla y su esposa pasaron unos días
en El Escorial para ver los avances en la construcción del
palacio y constataron que estaba casi listo. Felipe Segundo
se había instalado allí a su regreso de Lisboa. Dejó como

virrey de Portugal a su sobrino Alberto de Austria, el hermano menor de Rodolfo. En parte se instaló en ese palacio y, en parte, se encerró en él. Lo transformó en su bastión personal. Ejercía su poder desde allí, tratando de mantener un contacto mínimo con el mundo, lo cual dejaba mucho espacio para la especulación. Se decía que el rey sufría de *tristitia*, que su única pasión era coleccionar y ordenar las reliquias que mandaba a buscar en la Tierra Santa.

La persona más cercana al monarca, desde que murió su hermana Juana en 1573, era su hija Isabel Clara Eugenia. Se había transformado en su mejor amiga y confidente. Durante su estadía en Lisboa le escribía largas y sinceras cartas en las que ordenaba sus pensamientos. Era la razón por la que todavía no la había casado, a pesar de que existían muchos pretendientes entre los príncipes europeos. Isabel Clara Eugenia era un buen partido. El rey la mantenía a su lado con el pretexto de que ningún príncipe estaba a su altura. Alonso estaba convencido de que el rey esperaba, en secreto, que Rodolfo decidiera casarse con ella y así transformarla en emperatriz.

Alonso y María visitaron la basílica de El Escorial. Ercilla estudió el relicario, un armario grande de vidrio que contenía huesos de mártires. En el oratorio privado del rey colgaba un cuadro de Tiziano que mostraba a Cristo con la cruz a cuestas. ¿Qué asociaciones despertará en la mente de Felipe Segundo?, se preguntó. ¿Sentirá que arrastraba la cristiandad a cuestas, igual que el hijo de Dios?

Desde allí partieron a Nájera para visitar a María, la hermana de Ercilla que estaba enferma. Luego su esposa regresó a Madrid con los criados y Ercilla siguió a Viena, para cobrar unos dineros que se le debían por la dote de otra hermana, la que se casó con Fadrique de Portugal, y para saludar a su amigo, el emperador Rodolfo.

Era la corte en que mejor se sentía, el lugar en el que podía expresar con libertad sus pensamientos y absorber las ideas de los intelectuales europeos. Llegar allí era como respirar aire fresco. Rodolfo lo recibió con el cariño, la cercanía y la sinceridad de siempre. Claro que, esta vez, hubo algo nuevo. El libro de Bartolomé de las Casas *Breve historia de la destrucción de las Indias* había sido traducido al alemán, al inglés, al flamenco, al francés y al latín. Rodolfo tenía ejemplares en cada uno de esos idiomas. La edición alemana estaba ilustrada por láminas espantosas de cristianos mutilando indígenas. En la edición en latín Guillermo de Orange consideraba en la introducción que la crueldad de los españoles se debía a que eran descendientes de marranos y judíos.

En las calles y tabernas de Viena bastaba que lo reconocieran como español para que le preguntaran su opinión. ¿Era cierto que los españoles se convertían en bestias cuando cruzaban el Atlántico? ¿Era cierto que el bastión de la cristiandad practicaba el genocidio en sus territorios de ultramar? ¿Era cierto que los españoles querían transformar América en una mina de oro para su pueblo haragán y codicioso?

Las acusaciones del dominico alimentaron la animadversión que Rodolfo sentía por su tío Felipe. En una cena con sus amigos letrados, leyó un pasaje del libro de Las Casas...

En estas ovejas mansas y de las calidades susodichas por su Hacedor y Creador así dotadas, entraron los españoles desde que las conocieron como lobos y tigres y leones cruelísimos de muchos días hambrientos. Y otra cosa no han hecho de cuarenta años hasta hoy y hoy en este día lo hacen, sino despedazarlas,

matarlas, angustiarlas, afligirlas, atormentarlas y destruirlas
por nuevas y varias y nunca antes vistas ni leídas ni oídas ma-
neras de crueldad, de las cuales algunas pocas abajo se dirán, en
tanto grado que habiendo en la isla española sobre trescientas
mil ánimas que vimos, no hay hoy de los naturales doscien-
tas personas.

Todos miraron a Ercilla. Él reconoció que era cierto. No había nada que negar. Aunque la situación había cambiado después de la promulgación de las Leyes Nuevas. Los indígenas no estaban tan solos. Aun cuando eran pocos, existían intelectuales de peso que los defendían. Contó que había conocido a algunos de sus defensores en Chile y el Perú.

Otro tema que interesaba a los cortesanos vieneses era el destino del príncipe Carlos. En el palacio de Hofburg colgaba su retrato. ¿Era cierto que el rey había encerrado y mandado a asesinar a su primogénito y heredero?, preguntaban. Rodolfo le contó que su padre había querido casar a Carlos con su hermana Ana, pero Felipe le respondió que eso no era posible por la falta de juicio de su hijo y por su impotencia. Rodolfo quiso saber qué pensaba Ercilla sobre el asunto, ¿era verdad aquello de la impotencia? Ercilla recordó los comentarios en el Alcázar sobre las travesuras de Carlos con la servidumbre femenina y opinó que era improbable.

Rodolfo quiso saber cómo había sido recibida su madre en la corte de Felipe y él le dijo que se había encontrado con ella en Lisboa y la había visto muy bien. El emperador le mostró orgulloso un cuerno de unicornio con filigranas de oro, rubí y perlas que su madre le había enviado desde Portugal. En el Hofburg también había una cámara maravillosa, aunque no tan impresionante como la de Praga.

Contenía objetos de las Indias que le enviaba su embajador Khevenhüller, entre ellos, máscaras de oro y muñecos con penes y vaginas para usos eróticos.

La atmósfera en Viena era más antiespañola que nunca. El conde de Frackemburg, embajador del rey Felipe en Austria, le habló de otro libro que desprestigiaba a España, en este caso, a la Inquisición, escrito en latín y publicado en Heidelberg en 1567: *Sanctae Inquisitionis Hispanicae Artes aliquot detectae*.

Notó que, al mismo tiempo que criticaban a España, imitaban sus modas y estaban pendientes de lo que ocurría tanto allí como en las Indias. Viena crecía. Se veían muchos palacios en construcción. El mismo Hofburg había sido agrandado en todas las direcciones. El emperador residía en el Rudolfsburg, un edificio al extremo noroeste del palacio central. La habitación de Alonso quedaba cerca de la residencia de Rodolfo. La veía desde su ventana.

La corte estaba más animada que en otras visitas. De ello se ocupaban los muchos músicos de diversas orquestas que tocaban durante las comidas y reuniones. Antes de su regreso a Madrid, Rodolfo lo nombró gentilhombre de cámara en una ceremonia íntima y cercana, y pidió a su retratista oficial que pintara un retrato de su amigo poeta para la colección de españoles contemporáneos ilustres. La pose que eligió fue con la pluma en la mano, escribiendo de pie, con un peto en el que lucía la cruz de Santiago.

La despedida fue triste, porque era improbable que se volvieran a ver. Era improbable que Ercilla volviera a visitar Viena. Prometió enviarle la tercera parte de su poema. Cuando partió de la ciudad no pudo evitar las lágrimas. Lloró por primera vez desde que regresó de las Indias.

Madrid

Se encontró con una larga y entusiasta misiva de su hijo, enviada desde Lisboa, fechada en junio de 1585. Álvaro Bazán estaba formando una armada para invadir Inglaterra y derribar a la reina Isabel. Contaba con él. Lo había ascendido a marino regular. Ercilla se sintió orgulloso y rezó por él.

En Madrid no se hablaba de otra cosa. Últimamente no eran los turcos los que amenazaban el imperio, sino los ingleses. La reina Isabel confió el comando de su marina a Francis Drake, el pirata que tantos estragos causaba en las costas americanas. En 1572 atacó Nombre de Dios. Un año más tarde se apoderó de toda la flota española con el oro y la plata que transportaba. Con eso hizo ricos a sus marinos y feliz a la reina. Cinco años después, en el trayecto de su circunnavegación, saqueó los puertos americanos del Pacífico de Valparaíso, Coquimbo y El Callao. Llegó hasta la bahía de San Francisco, apoderándose de mucho oro y piedras preciosas. Los puertos del Pacífico estaban indefensos. Drake hacía lo que quería. Se reía de España. El primero de enero de 1586 desembarcó con mil doscientos hombres en La Española y se apoderó de Santo Domingo. Tomó como rehenes a las autoridades, exigió un rescate de veinticinco mil ducados y, después de recibirlo, incendió la ciudad. De allí pasó a Cartagena de Indias, donde él y sus marinos aplicaron la misma estrategia. Igualmente, en Cuba y La Florida. Ese año habían desembarcado tropas inglesas en Galicia.

A fines de 1585 volvió a visitarlo su amigo Espinel. Le habían pasado muchas cosas desde su último encuentro, dos años antes. Estuvo en Flandes luchando en el ejército de Alejandro Farnesio. Allí se encontró con su tío Hernando de Toledo, a quien le escribió una *Égloga* inspirado en sus aventuras amorosas sevillanas. Pensaba regresar a Milán y recorrer la Lombardía. Esperaba componer nuevas canciones y versos en esas tierras.

Fueron juntos a la casa del marqués del Valle, porque la llegada de Espinel coincidió con una invitación a una academia literaria que el marqués mantenía en su residencia, cerca del convento de las Carmelitas Descalzas. Allí se encontraron con Duarte Díaz, Cristóbal de Mesa, Gabriel Lasso de la Vega y el cronista de la Jornada de Portugal, Cristóbal Figueroa. Alonso todavía sentía agradecimiento hacia él por haber apoyado la carrera de su hijo. Llegó desde Écija. Felipe Segundo lo había nombrado corregidor de esa provincia por su actuación en la armada. Fue una tarde memorable. Mosquera leyó un comentario entusiasta del poema de Ercilla. Lo comparó con los mejores poetas clásicos. Alabó su espíritu sencillo. Solo un hombre de alma grande se atreve a expresarse así. Espinel leyó su *Canción a la memoria de doña Ana de Austria* y su *Égloga* amorosa. Luego interpretó una *Canción a la patria* acompañándose con su guitarra de cinco cuerdas, que entre tanto se había hecho popular en España. Los dejó a todos de buen humor. Espinel era un gran creador de atmósferas.

Esteban de Garibay llegó tarde. Leyó el inicio de una de sus genealogías y los comentarios fueron duros. A Gabriel Lasso le pareció mala y, en general, una pérdida de tiempo. No valía la pena ocuparse de los nobles castellanos, porque la virtud de la mayoría era meramente genealógica y consistía en no tener ascendencia mora ni judía. El marqués del Valle, a pesar de ser noble, estuvo de acuerdo. Lo mismo Espinel. Dijo que había conocido nobles que exhibían como señal de linaje el no saber escribir su nombre. Garibay salió desmoralizado de esa reunión. Antes de separarse, los amigos preguntaron a Ercilla cuándo publicaría la tercera parte de su poema. No supo qué responder. Se limitó a asegurar que más temprano que tarde.

A principios de 1586 volvió a Nájera, porque le llegó la noticia de la muerte de su hermana. Con ella había perdido a toda su familia. Era el único hijo de Fortún García y Leonor Zúñiga que quedaba vivo. Paseó por las calles del pueblo rememorando a su madre. Recordó a un paje jugando con sus hermanas en los jardines de un palacio en Valladolid. Esa muerte significó que recobrara el usufructo del mayorazgo que antes le había cedido. Se ocupó de que lo administraran sus sobrinas y de que ellas recibieran el beneficio.

A su regreso a Madrid, lo sorprendió la visita de Calvete de Estrella. Estaba más encorvado. Daba susto. *De tanto agacharse ante el rey*, pensó. Lo cierto era que ambos se agachaban. No había otra forma. Calvete le contó que Felipe Segundo lo había nombrado cronista de Indias y que García Hurtado de Mendoza había convencido al monarca de que él era el verdadero conquistador de Chile, ganador de siete batallas, fundador de dos ciudades y refundador de otras. Quería hacer asiento como virrey del Perú. Ercilla intuyó que lo iba a conseguir y eso lo puso triste. Calvete lo notó. Aseguró que García tenía una vida difícil. Se había encontrado con él en la corte. Sufría de gota. Le costaba caminar.

Consideró que era el momento de escribir la tercera parte de su poema. En ella sería mucho más claro en sus posiciones. Diría lo que había callado hasta ahora. Calvete le dio, sin querer, el impulso que le faltaba.

CUARTA PARTE

Después de once años de intervalo, retomas la narración del duelo entre Tucapel y Rengo. No te cuesta nada. Comienzas casi con ironía...

> *Aquella pasión que nos induce /al yugo de razón no se reduce... /Tenemos hoy la prueba aquí en la mano /de Tucapel y Rengo que... /como fieras se están despedazando /Viendo el brazo en alto a Tucapel alzado, /me culpo, me castigo y me reprendo /de haberlo tanto tiempo así dejado.*

Caupolicán, asistiendo como juez a la batalla, los separa casi muertos y logra que se reconcilien. La guerra entre hermanos no tiene sentido.

A continuación, la escena se traslada al fuerte de Tucapel, donde llegaron los tuyos después de vencer en Purén. El capitán Reinoso queda a cargo del bastión mientras tú y otros compañeros salen a reconocer las otras plazas. A García otra vez no lo mencionas. Pero ya lo harás. La fama te da permiso. Antes relatas las artimañas con las que engañaron a los indígenas en Cañete, esas que te hicieron decir... *condeno y doy por malo lo que hago.* Porque doblegar a los otros con astucia no es de caballeros. Tú eres amigo de la victoria en buena lid.

Después de la matanza de Cañete salen a buscar a Caupolicán... *No hubo monte, ribera, llano y sierra /donde no fuese el bárbaro buscado.* Y en una de esas excursiones, regresando al fuerte, le cuentas a tus compañeros la verdadera historia de la reina Dido, a la que Virgilio transformó en la amante de Eneas para congraciarse con Augusto. Sostienes que Dido nunca se encontró con Eneas, porque se suicidó antes de tener que ceder a las pretensiones que tenía el vecino rey Yarbas de casarse con ella. Tu reina Dido se parece más a la de Boccaccio que a la de Virgilio. Su historia transporta a tus lectores a la polis ideal, donde todo es armonía y justicia, donde no existen esos engaños y artimañas del campo de batalla araucano.

Tú eres el poeta.

A continuación, vuelves a lo histórico. Un yanacona delata el lugar en el que se encuentra escondido Caupolicán. Los acompañas a buscarlo. La interrogante, si él es o no el cacique buscado, la resuelve en tu poema Fresia, cuando sale corriendo de un rancho con un niño de quince meses en brazos. Dos esclavos africanos la alcanzan y la llevan al lugar en el que está preso el guerrero. ¡Qué dramático! Hoy los niños chilenos aprenden esos versos en el colegio...

> *¿Eres tú el capitán que prometía /de conquistar en breve las Españas? /Ay de mí... que en todo el mundo era llamada /Fresia la mujer del gran Caupolicán... /Toma, toma tu hijo... /cría. Críale tú que ese membrudo cuerpo /en sexo de hembra se ha trocado /que yo no quiero título de madre /del hijo infame del infame padre.*

Rematas la escena con Caupolicán pidiendo el bautismo antes de morir empalado. ¿Será cierto? Dices que cuando lo sentaron en la punta de la estaca aguda no se quejó...

sosegado quedó de tal manera /que si asentado en tálamo estuviera.

Tú eres el narrador.

El vuelo poético es alto, la tensión dramática que logras impresiona todavía en el siglo XXI. Cuentas que en aquella ejecución no estabas presente, porque habías partido a nuevas conquistas y que si tú... *a la sazón allí estuvieras, /la cruda ejecución se suspendiera.*

Así muere el que, para algunos, es el héroe de tu poema. Para algunos, no para mí. El héroe de *La Araucana* no es el guerrero Caupolicán, que al parecer sí existió, porque Gerónimo de Bibar también lo menciona en su crónica, sino tú o tu yo-poético que aparece al principio de cada canto, con un comentario o un aforismo y, en el cierre, exhibiendo el control sobre la historia. El poeta Ercilla no deja pasar la oportunidad de compartir una reflexión sobre la naturaleza de las cosas, como Lucrecio. Es a ti a quien tus lectores seguimos y escuchamos.

El nuevo canto lo dedicas a la clemencia, algo que a García le faltaba...

No consiste en vencer solo la gloria /ni está allí la grandeza y excelencia /sino en saber usar de la victoria.

Esos versos te salen del alma. Tus sentimientos son reales. No hay fingimiento en ellos. Copias las octavas escritas en Arauco, en plena guerra, sumido en tus conflictos de conciencia...

La mucha sangre derramada ha sido /(si mi juicio y parecer no yerra) /la que de todo en todo ha destruido /el esperado fruto de esta tierra; /pues con modo inhumano han excedido /de las leyes y términos de guerra, /haciendo en las entradas y conquistas / crueldades enormes nunca vistas.

Por la ventana abierta se escuchan los ruidos de la calle. Alguien grita: ¡Agua va! Te tranquiliza saberte a salvo en tu lujoso despacho. Relees. En algún momento vas a contar la gran afrenta. Pero antes quieres relatar la marcha en busca del estrecho de Magallanes...

Íbamos sin cuidar de bastimentos /por cumbres, valles hondos, cordilleras /fabricando en los llanos pensamientos /máquinas levantadas y quimeras...

Viviste en carne propia lo que era estar a la intemperie. Te alargas en el relato de esa penosa caminata...

Nunca con tanto estorbo a los humanos /quiso impedir el paso la natura... /ni entre tantos peñascos y pantanos /mezcló tanta maleza y espesura... /Era lástima oir los alaridos /ver los impedimentos y embarazos... /nuestros sencillos débiles vestidos / quedaban por las zarzas a pedazos... /Y además del trabajo incomparable /faltando ya el refresco y bastimento, /la aquejadora hambre miserable /las cuerdas apretaba del tormento.

Hasta la llegada salvadora al seno de Reloncaví. Describes el encuentro con los nativos que los acogieron con generosidad y sin desconfianza. Se notaba que era su primer contacto con españoles... *Quedábanse suspensos y admirados /de ver hombres así no conocidos.* Vuelves a sentir ternura por la bondad y sencillez de aquella gente. Pones en su boca las hermosas palabras de bienvenida que escribiste en Chile inspirado:

si queréis amistad, si queréis guerra, /todo con ley igual os lo ofrecemos: /escoged lo mejor que, a elección mía, /la paz y la amistad escogería.

En ellos observas el género humano al desnudo, en estado puro, aún no contagiado de codicia. Esa pureza de sentimientos te parece misteriosa y, al mismo tiempo, te da alegría, esperanza, felicidad. Revives aquella epifanía al copiar los versos allá escritos...

La sincera bondad y la caricia /de la sencilla gente destas tierras /daban bien a entender que la codicia /aún no había penetrado en aquellas sierras /ni la maldad, el robo y la injusticia /(alimento ordinario de las guerras) /entrada en esta parte había hallado /ni la ley natural inficionado.

Los españoles llegaron a destruir ese idilio.

nosotros destruyendo /todo lo que tocamos de pasada /con la osada insolencia el paso abriendo /les dimos lugar ancho y ancha entrada /y la antigua costumbre corrompiendo...

Te muestras como el humanista que eres. Haces una pausa satisfecho. Sientes que avanzas a buen ritmo. Muchos de los versos escritos en Chile conservan la emoción del momento.

Las especulaciones sobre si llegaron o no al estrecho de Magallanes continúan en tu poema, pero pasas rápido al tema que ahora quieres contar. Ha llegado el momento de referirte a la afrenta, porque en los versos siguientes ya están de regreso en La Imperial, donde García te condenó a muerte y luego mudó en destierro esa sentencia. Ahora, en tu testamento literario, puedes contar lo que realmente ocurrió...

Ni digo cómo al fin, por accidente, /del mozo capitán acelerado /fui sacado a la plaza injustamente /a ser públicamente degollado; /ni la larga prisión impertinente, /do estuve tan sin culpa molestado, /ni mil otras miserias de otra suerte, /de comportar más graves que la muerte.

Es tu venganza. Sobre tu estadía en Lima no cuentas nada, solo que estuviste allí hasta que llegó la noticia del levantamiento de Lope de Aguirre.

Estás en eso, entusiasmado, pronto a terminar esta tercera parte, cuando te llega la terrible noticia de la muerte de tu hijo Juan. Ha fallecido en los mares ingleses, en el desastre de la Grande y Felicísima Armada, que algunos mal llamaban *armada invencible*. Dejas la pluma. Lo consideras una tragedia y un gran desdén de Fortuna. Reflexionas sobre todo lo que le has dado a España y lo poco que has recibido de tu rey. Lloras la muerte de tu hijo y cuando retomas la escritura es para recordarle a tu rey...

¿Qué jornada también por mar y tierra /habéis hecho que deje de seguiros? /A Italia, Augusta, a Flandes, a Inglaterra...

En las últimas octavas plasmas impresiones personales muy amargas. Le haces sentir a tu señor que te sientes defraudado...

trabajo infructuoso como el mío /que siempre ha dado en seco y en vacío.

García será nombrado virrey del Perú y Calvete es cronista de Indias sin haber estado nunca allí. Reflexionas sobre el sinsentido de esa vida de esfuerzos sin reconocimientos. Te consuelas con un verso que, más que verso, es tu verdad:

las honras consisten, no en tenerlas, /sino en arribar a merecerlas.

La última octava es de suma melancolía.

Del fin y término postrero /no puede andar tan lejos ya mi nave... /siempre por camino despeñado /mis vanas esperanzas he seguido... /conociendo mi error de aquí adelante /será mejor que llore y que no cante.

Sientes lo mismo que Marco Aurelio cuando escribió en sus *Meditaciones*:

Después de sesenta y dos años de haber navegado por el piélago de esta vida, ahora me mandan desembarcar y tomar tierra en la sepultura.

La pena te embarga. Sientes que tu viaje está llegando a su término, *lejos del fin y el puerto deseado*. Cicerón sostuvo que el misterio y cualidad principal de una obra era su *motus animi continuus*. Esta tercera parte comienza vivaz y culmina triste... muy triste.

Permíteme el atrevimiento de llorar contigo.

Tristitia

Mientras esperaba el permiso de publicación, escribió una alabanza para las *Diversas rimas* de Vicente Espinel. En ella citó una oda de Horacio que el mismo Espinel había traducido al castellano.

Vive el día de hoy. Captúralo. /No te fíes del incierto mañana.

Vicente Espinel lo ayudaba a sobrellevar la tristeza. Buscaba palabras para consolarlo...

—Aquellos que no han descendido a los infiernos al menos una vez en su vida no sirven para la amistad, el amor o el arte.

Con la muerte de su hijo, Alonso comenzó una fase melancólica de la cual no se recuperará. No era el único que sufría. Muchas familias perdieron a seres queridos. Murieron más de quince mil marinos españoles y se perdieron sesenta de los cuatrocientos navíos mayores y menores que conformaban la Grande y Felicísima Armada. Entre los barcos hundidos por los cañones de la Royal Navy estaba el *San Marcos*, en el que iba Juan de Ercilla.

Se dieron muchas explicaciones. Espinel sabía que el duque de Medina-Sidonia, que sucedió a Álvaro Bazán después de su muerte en febrero de 1588, tenía poca experiencia en el mar. Pero esa no podía ser la única explicación de semejante derrota. Tampoco la pericia de uno de los comandantes de la marina real británica, Francis Drake. La única y verdadera explicación para muchos era que Dios había dejado de estar de parte de España.

Para Felipe, la derrota fue especialmente dura porque toda la jornada de Inglaterra había sido gestada por él en la soledad de El Escorial. No solo había fallado Medina-Sidonia, también él. Un paño negro envolvió el ánimo de los españoles, desde el rey hasta el último súbdito.

El Consejo Real autorizó la publicación de la tercera parte de su poema el 13 de mayo de 1589. Esta vez no fue necesario pedir aprobaciones de letrados. El poeta Alonso de

Ercilla se acreditaba solo. El poeta no sabía, no podía saber, que ese mismo día García tomaba posesión de su cargo de virrey del Perú en Cartagena de Indias.

La tercera parte de *La Araucana* fue publicada en Madrid por la imprenta de Pedro Madrigal y adornada de varias piezas laudatorias, entre ellas, de Cristóbal Mosquera de Figueroa. Llegó a las librerías a principios de 1590 y antes de que se acabara el año se agotó. Fue publicada también en Zaragoza. En 1591 el editor madrileño publicó las tres partes en un solo libro. Esta edición también se agotó rápidamente. Ercilla apenas podía seguir el ritmo de las reediciones.

El éxito apenas le importaba. Por un tiempo dejó de aceptar visitas. Solo a los amigos más cercanos, como Sancho de la Cerda y su representante legal, Ulrico Lederer. Muchos trámites pequeños que antes hacía personalmente los dejó en manos del paje Agustín de Canedo, un joven de treinta años que contrató para esos fines.

María Bazán le leía las cartas que le enviaban sus amigos y lectores. Eran muchas. Entre ellas una de Vicente Espinel, que se había instalado por un tiempo en Roma, donde obtuvo un beneficio del Papa para ordenarse sacerdote. Le decía que se había cansado de la vida mundana.

Se sintió comprendido por un lector de Salamanca que consideraba que su poema era una impresión viva del siglo en que vivían. Ercilla expresaba las pasiones de la monarquía española, el ímpetu de la conquista y el espíritu de aventura. Se alegró de ese comentario por un momento, solo por corto tiempo, porque nada podía sacarlo de la *tristitia*.

Esta vez las críticas de los letrados no fueron tan buenas. Un crítico opinó que el estilo era impecable, pero el tema dejaba que desear. Lamentó que en el bando español no destacara ninguna figura. Al faltar un héroe cristiano, decía, el poema era como un cuerpo sin alma. Otros consideraban que el poeta había sido demasiado severo con España. Ercilla alababa en exceso a los indígenas en la defensa de su libertad y trataba a los españoles de codiciosos.

García le escribió una carta desesperada desde Lima, reprochándole haber escrito más en favor del coraje de los indígenas que del valor de los españoles. A él le correspondía ser el héroe de ese poema. Él, que había sido el descubridor, conquistador y pacificador de Chile.

—¡Mentira! —gritó solo en su habitación.

En la carta García le advertía que en Lima vivía un poeta nacido en el fuerte de Angol, llamado Pedro de Oña, que estaba escribiendo una obra que sería una respuesta a su *La Araucana*. Oña iba a contar la historia verdadera de su campaña militar.

Lo comentó con Espinel cuando volvió a Madrid.

—Que contrate todos los poetas a sueldo que quiera —comentó el, ahora, sacerdote—. No harán otra cosa que copiaros y todos sabrán quién es el original y quién la copia.

Coincidieron en que lo que más molestaba a García era saber que la octava que lo trataba de *mozo capitán acelerado* era leída por tanta gente a ambos lados del océano. Ninguna obra épica tenía ni había tenido nunca tan buena acogida en España, Europa y las Indias como la suya. Ercilla explicó a Espinel que su poema era utilizado en probanzas y memoriales de servicio. Lo sabía por las cartas que le llegaban del Reino de Chile. Además, servía como fuente para la escritura de crónicas.

—No os aflijáis entonces —lo consoló Espinel—. Habéis ganado.

En los meses y años siguientes, García Hurtado de Mendoza comenzó una batalla personal contra Alonso de Ercilla para desacreditarlo, también ante el monarca. Cuando Ercilla solicitó la plaza de secretario del Consejo de Indias, a principios de 1590, le fue denegada. De nada sirvió que sus amigos argumentaran que Ercilla había escrito un compendio poético de la conquista de América, que daba una nueva mirada hacia la españolidad, que mostraba la ambición y el deseo de fama con trazos realistas. Esos eran, ciertamente, los valores sustanciales del modo de ser castellano. De nada sirvió, en fin, el éxito de *La Araucana*.

Ercilla tomó la negativa y la posterior distancia del rey como algo personal. María trató de hacerle ver que detrás de aquel distanciamiento no había nada en su contra. La viudez, la muerte de tres de los cuatro hijos que tuvo con Ana de Austria y el desastre de su armada hicieron que su carácter se endureciera y se alejara aún más de sus súbditos.

Vicente Espinel reforzó esos argumentos. No era cierto que Ercilla hubiera caído en desgracia con el monarca, porque cuando los poetas o cronistas caían en desgracia, sus obras eran inmediatamente prohibidas. Francisco López de Gómora, por ejemplo, fue prohibido por Carlos Quinto y su obra secuestrada en 1553, porque alababa demasiado a los reyes católicos. Su hijo Felipe no lo reivindicó. En 1572 ordenó que se confiscaran todos sus papeles. Ercilla se estremeció. No quiso ni imaginar que algo así pudiera sucederle a él.

Esta vez Espinel le llevó de regalo sus *Poemas de arrepentimiento por su revuelta vida*. Era una suerte de confesión y despedida de la vida mundana. Últimamente vivía entre Ronda, Málaga, Granada y Madrid. En Ronda estudiaba moral y era capellán del Hospital Real de Santa Bárbara, en Málaga cantaba misa, en Granada estudiaba Letras y en Madrid se preocupaba de la publicación de sus *Rimas* y traducía *Arte poética* de Horacio. Fuera de eso, estaba postulando a una maestría en Artes en la Universidad de Alcalá. Su ideal era estudiar toda la vida. Nadie se movía por el mundo con más facilidad y soltura que él. En todas partes encontraba protectores. Por alguna razón misteriosa, nadie le decía que no. No obstante, se quejaba...

> *Y tú, Fortuna, que en mi daño presta /en todas ocasiones te mostraste /cánsate un poco de mi desventura.*

Un día, Alonso se levantó de buen humor. Juntó fuerzas y escribió una carta al rey pidiéndole ser recibido en El Escorial. Pero Felipe no tuvo tiempo para él, quizás porque no quiso seguir tomando parte en las rivalidades entre el poeta y su virrey, quizás porque su ánimo era no recibir a nadie para no quitar tiempo a la oración y a las reliquias. Lo cierto es que le contestó: *Don Alonso, hábleme por escrito.*

Los últimos años

En los últimos años de Ercilla pesaron más sus decepciones por todo aquello que no había logrado, por los cargos que el rey no le había dado, por la pérdida de su hijo, que sus muchos logros. El solo hecho de haber escrito una obra que lo trascendería debió haber sido una fuente de tranquilidad. Pero no lo era. Los momentos de introspección lo llevaban siempre a la misma conclusión: todo estaba en manos de Fortuna...

tan varía y tan incierta... /que se muestra alguna vez amiga...
/roguemos que no venga y, si viniere, /que sea pequeño el mal
que le siguiere... /no es su condición fijar la rueda... /el más se-
guro bien de la Fortuna /es no haberla tenido vez alguna.

¿Habrá existido alguna vez un poeta feliz? El bienestar
de cada ser humano depende únicamente de la relación entre sus anhelos y conquistas. La cuantía de las conquistas no
dice nada por sí sola. Una sobredosis de anhelos es el medio
del que se vale *tristitia* para instalarse en nuestras mentes.

Vicente Espinel era uno de los pocos con los que se
sinceraba. El incansable andaluz preparaba la publicación
de sus *Rimas diversas,* que Ercilla había evaluado como *de
las mejores de España* en su informe al consejo. Cuando las
publicó, a mediados de 1591, tuvo una muy buena acogida
por parte de los lectores y muy buena crítica. Muchos autores jóvenes que estaban comenzando a escribir se acercaron
a él, entre ellos Lope de Vega y Miguel de Cervantes, que en
1585 había publicado *La Galatea.*

Entre pena y pena, Alonso seguía dedicado a los negocios.
En 1591 prestó a Diego Zapata, comendador de Montealegre en la Orden de Santiago e hijo mayor del conde de Barajas, mil escudos de oro. Traspasó mil maravedíes a Benito
de Cisneros y a su mujer Margarita Harington a cambio
del cobro de los arrendamientos de unas casas que Cisneros
tenía en la plazuela de San Salvador en Madrid.

Pero en 1592 la *tristitia* le quitó hasta las ganas de hacer negocios. Dejó todo en manos de su esposa y de Ulrico Lederer.
María Bazán llamó a su médico, Juan Díaz, quien diagnosti-
có exceso de bilis negra. Le explicó que, cuando una persona

tiene exceso de este humor, el cuerpo experimenta una melancolía sin causa. Aseguró que muchos grandes de España la padecían, partiendo por el monarca. Los melancólicos tienden a la solemnidad y a la lentitud. Pero había un consuelo: la *tristitia* iba emparejada con una gran creatividad. Lo decía Aristóteles, que seguramente también la padecía.

Siguiendo el consejo de su médico y de su esposa, volvió a tomar la pluma. Esta vez para escribir sobre la Jornada de Portugal. Se lo comunicó a su amigo Cristóbal Mosquera de Figueroa y este llegó desde Burgos a visitarlo para intercambiar vivencias. Él estaba escribiendo un libro sobre Álvaro de Bazán. Eso le subió el ánimo por unos meses.

Cuando las octavas sobre Portugal estuvieron listas, las mandó a la imprenta de Lisboa que alguna vez había editado su *La Araucana* sin su permiso. Fueron publicadas a principios de 1593. Los comentarios que le llegaron desde allí fueron regeneradores. Volvió a tener fuerza. Decidió incluirlas en la próxima edición de poema. Porque *La Araucana* se seguía reeditando en Madrid, en Salamanca, en Zaragoza...

Ercilla esperaba que Felipe Segundo le hiciera algún comentario sobre sus nuevas octavas, pero no lo hizo. Fue otra decepción. En la última década del siglo, el rey vivía encerrado entre sus reliquias. Sus jornadas se reducían a leer documentos, a dictar y firmar cédulas reales, y a conversar con los huesos de los santos. Entre tanto, ya contaba con más de siete mil piezas, entre ellas, diez cuerpos completos, ciento cuarenta y cuatro cabezas, trescientos seis brazos y piernas, cabellos de Jesucristo y de la Virgen, fragmentos de la cruz y de la corona de espinas. Las guardaba en una habitación contigua a sus aposentos para tocarlas e invocarlas cuando las necesitara. Porque las reliquias habían mostrado varias veces su infalibilidad. En el primer embarazo de Isabel de Valois, por ejemplo. La rodilla entera con el hueso y el pellejo de San Sebastián tenía el poder de curar sus ataques de gota.

Eran tantos los documentos que llegaban a su escritorio, porque todo debía pasar por sus manos, que su administración era una sucesión de atrasos y demoras. La indecisión crónica del hombre que llevaba las riendas del reino más poderoso de la Tierra causaba sorpresa entre sus asesores, pero nadie osaba criticarlo. Últimamente, más que por hombres entendidos en política de Estado, se hacía asesorar por adivinos y alquimistas, igual que Isabel de Inglaterra y el emperador Rodolfo.

A principios de 1594, Ercilla mandó a construir una chimenea en su recámara. Ya no quería salir a ver a sus amigos. A la melancolía se había sumado un mal en el pecho. Su médico ordenó una dieta especial y mucho reposo. Leer y escribir seguían siendo su único consuelo. Ahora escribía las aprobaciones de libros tendido en su cama.

La visita de Calvete de Estrella logró sacarlo, por una tarde, de su habitación. Estaba viejo, delgado y más encorvado que nunca. Le llevó de regalo *La Vacaida*, el libro que le había prometido años antes. Le confesó que estaba enfermo. Su corazón ya no andaba como antes. Ercilla le dijo que el suyo también daba señales de debilidad. Ambos tenían la certeza de que esa reunión sería la última. Calvete le informó que García Hurtado de Mendoza había hallado la manera de reescribir la historia a su gusto y conveniencia. Cuando llegó al Perú se encontró con el anciano capitán Pedro Mariño de Lobera, quien cuarenta años antes había luchado en una de sus compañías.

—Lo conocí personalmente —indicó Ercilla.

—Pues Lobera escribió una crónica sobre los sucesos en el Reino de Chile. García se la pidió para revisarla y se la ha pasado a un jesuita para que la reescriba.

—Ya veo —dijo Ercilla...

Dio un paseo por el despacho en que se encontraban. Durante varios minutos nadie dijo nada. Solo se escuchaban los ruidos de la calle.

—Sabe, Calvete, esta sociedad se divide entre pillos, canallas y perversos. Los pillos son menos malos que los canallas. Los canallas, ansiosos de poder, han hecho este mundo a la pinta suya. García es uno de ellos.

—¿Y los perversos, ¿qué decid de ellos?

—Conocí a algunos en el Reino de Chile. Sobre ellos todavía tengo que reflexionar.

En noviembre, su corazón empeoró. No le dio tiempo ni para escribir su testamento. Alcanzó a dar poder para testar a su amada esposa el 24 de noviembre de 1594, y nombró a cuatro albaceas, entre ellos a su íntimo amigo, Sancho de la Cerda, cuya hija se había criado en su casa, y al conde de Frackemburg, embajador del rey Felipe en Austria, pensando en los préstamos que hizo a súbditos de ese reino. Pidió a su mujer que no se olvidara de los trece criados que servían en su casa. Ulrico Lederer, el alemán que firmaba sus empréstitos, también recibió su parte. No pudo estampar su firma en el documento por su debilidad. Lo hicieron por él los testigos, que eran los ayudantes del notario.

Murió cuatro días más tarde a los 61 años. Su cuerpo fue vestido con el manto blanco del hábito de Santiago y llevado al monasterio de las Carmelitas Descalzas para ser velado y enterrado provisoriamente.

Todos los poetas de Madrid acudieron a despedirse de él.

Un año después, en agosto de 1595, María Bazán fundó un monasterio de monjas carmelitas descalzas en Ocaña, provincia de Toledo, y trasladó hasta allí los restos de Alonso de Ercilla. Por su ilustre huésped, este convento de estilo renacentista forma hoy parte oficial de la lista de los Bienes de Interés Cultural.

Epílogo

Para los chilenos, *La Araucana* es la fe de bautismo de nuestra nación. *No hay literatura del mundo que tenga tan noble principio como la de Chile*, escribió con razón Meléndez Pelayo en su *Historia de la poesía hispanoamericana*. El poema de Ercilla no es visto como un simple relato, sino como un mito nacional. Colo-Colo, Lautaro, Caupolicán se han transformado en arquetipos colectivos o héroes con gran potencial representativo. A falta de templos imponentes y palacios antiguos, o algún otro vestigio de un pasado prestigioso, *La Araucana* se ha instalado en el imaginario nacional como un monumento en versos. Los mestizos aprendemos sus octavas de memoria en el colegio y las celebramos, aunque no siempre las comprendemos.

Es la razón por la que he escrito esta novela.

En cuanto a García Hurtado de Mendoza, consagró el resto de su vida a tratar de corregir su imagen. Después de que Mariño de Lobera muriera en el Perú en 1595 y dejara inédita su *Crónica del Reino de Chile,* encargó al jesuita Bartolomé de Escobar que reescribiera el texto. Oficialmente se dijo que era imposible entregarlo al público en esas condiciones. Era necesario corregir tosquedades y reducir la obra *a nuevo método y estilo*. La revisión fue sin escrúpulos. En la nueva versión García aparece como el gran pacificador de Arauco y un santo milagroso. El original de Lobera se perdió. Es probable que el mismo García se haya encargado de que desapareciera. A su regreso a España llevó consigo la crónica reescrita para publicarla, pero por razones desconocidas no lo logró. Se mantuvo inédita hasta mediados del siglo XIX. El libro que sí fue publicado durante la vida de García fue *Arauco domado* de Pedro de Oña. Para relatar los acontecimientos de la guerra en la que no participó, Oña se basó al pie de la letra en *La Araucana*. Es la misma historia, solo que en esta sí hay un héroe: García Hurtado de Mendoza. *Arauco domado* es una obra de encargo que Oña escribió para su virrey. El talentoso poeta nacido en Angol, en plena Araucanía, agradeció el mecenazgo llamándolo *César, Alejandro, san García...*

Fue el primero en una larga lista de imitadores de Ercilla. La guerra de Arauco estuvo de moda en América y España durante todo el período colonial.

Hasta su muerte en 1609, García tuvo que sufrir varias ediciones de *La Araucana* en España y en Flandes. Su hijo Juan Hurtado de Mendoza siguió la lucha de su padre por reescribir la historia. Contrató al letrado Cristóbal Suárez de Figueroa para que redactara la biografía de su padre y puso a su disposición todos los documentos que el ex gobernador de Chile y ex virrey del Perú había dejado. *Hechos de don García Hurtado de Mendoza* fue publicado sin gloria en 1613. Junto con ello, encargó comedias a los dramaturgos Luis de Belmonte Bermúdez y Lope de Vega. Este último escribió *El Arauco Domado por don García Hurtado de Mendoza*. No obstante, Lope no dejó de reconocer los méritos de Ercilla, cuyo poema se seguía reeditando en castellano, portugués, francés, alemán. Lo llamó el Colón de las Indias del Parnaso.

El tema central de *La Araucana* es la confrontación entre dos mundos asimétricos. Desde la perspectiva del siglo XXI podemos decir sin hipocresía que fue la confrontación de una nación europea renacentista en el estado de evolución técnica más avanzado entre sus contemporáneos terrícolas y una cultura neolítica que conocía el oro y el cobre, pero no el hierro ni la rueda. Sin escritura, sin animales de carga y sin caballos. La asimetría era abismante y entonces pasó lo que tenía que pasar... No fue España, ni el hombre europeo, la que se confrontó con el hombre americano, sino un grupo de humanos armados con espadas, picas, mosquetes, ballestas y arcabuces, protegidos de pies a cabeza por corazas de hierro y montados sobre caballos, contra un grupo de humanos desnudos, a pie, armados con lanzas con puntas de pedernal, hachas, mazas y flechas envenenadas. Uno formado en la tradición humanista europea con su saber impreso en libros y otro que transmitía su tradición y saber por medio de cosmogonías orales. Ercilla cantó la intensa dimensión humana —en el sentido más amplio y trágico— de aquella confrontación asimétrica. La fascinación que despierta la conquista de América hasta hoy se explica, a mi parecer, por lo que nos dice sobre nosotros, los habitantes de este planeta. Lo que somos capaces de sufrir y de soportar, lo que somos capaces de hacernos los unos a los otros.

Tanto por su profunda formación humanista, como por su intuición de poeta, Ercilla reflexionó sobre este encuentro trágico en su *La Araucana*. En el Reino de Chile vio seres humanos por todas partes y no bárbaros, salvajes o infieles.

He allí su inimitable grandeza.

Berlín, noviembre de 2022

Índice

CUARTA PARTE

«Para viajar lejos no hay mejor nave que un libro».

Emily Dickinson

Gracias por tu lectura de este libro.

En **penguinlibros.club** encontrarás las mejores
recomendaciones de lectura.

Únete a nuestra comunidad y viaja con nosotros.

penguinlibros.club